DU MÊME AUTEUR

Aux Éditions Gallimard

AU BONHEUR DES OGRES (« Folio », n° *1972*).

LA FÉE CARABINE (« Folio », n° *2043*).

LA PETITE MARCHANDE DE PROSE (« Folio », n° *2342*). Prix du Livre Inter 1990.

COMME UN ROMAN (« Folio », n° *2724*).

MONSIEUR MALAUSSÈNE (« Folio », n° *3000*).

MONSIEUR MALAUSSÈNE AU THÉÂTRE (« Folio », n° *3121*).

MESSIEURS LES ENFANTS (« Folio », n° *3277*).

DES CHRÉTIENS ET DES MAURES. Première édition en France en 1999 (« Folio », n° *3134*).

LE SENS DE LA HOUPPELANDE. *Illustrations de Tardi* (« Futuropolis »/Gallimard).

LA DÉBAUCHE. *Bande dessinée illustrée par Tardi* (« Futuropolis »/Gallimard).

AUX FRUITS DE LA PASSION (« Folio », n° *3434*).

LE DICTATEUR ET LE HAMAC (« Folio », n° *4173*).

MERCI.

MERCI *suivi de* MES ITALIENNES, chronique d'une aventure théâtrale *et de* MERCI, adaptation théâtrale (« Folio », n° *4363*).

MERCI. *Mise en scène et réalisation de Jean-Michel Ribes. Musique* « Jeux pour deux », 1975, *de François Vercken* (« DVD » conception graphique d'Étienne Théry).

CHAGRIN D'ÉCOLE (« Folio », n° *4892*). Prix Renaudot 2007.

Aux Éditions Gallimard Jeunesse

Dans la collection « Folio Junior »

KAMO L'AGENCE BABEL, n° *800. Illustrations de Jean-Philippe Chabot.*

L'ÉVASION DE KAMO, n° *801. Illustrations de Jean-Philippe Chabot.*

KAMO ET MOI, n° *802. Illustrations de Jean-Philippe Chabot.*

KAMO L'IDÉE DU SIÈCLE, n° *803. Illustrations de Jean-Philippe Chabot.*

Suite des œuvres de Daniel Pennac en fin de volume

JOURNAL D'UN CORPS

DANIEL PENNAC

JOURNAL
D'UN CORPS

nrf

GALLIMARD

*Il a été tiré de l'édition originale de cet ouvrage
soixante exemplaires pur vélin pur fil des papeteries
Malmenayde numérotés de 1 à 60.*

AVERTISSEMENT

Mon amie Lison – ma vieille, chère, irremplaçable et très exas-pérante amie Lison – a l'art des cadeaux embarrassants, cette sculpture inachevée qui occupe les deux tiers de ma chambre, par exemple, ou les toiles qu'elle laisse à sécher pendant des mois dans mon couloir et ma salle à manger sous prétexte que son atelier est devenu trop petit. Vous avez entre les mains le dernier cadeau en date. Elle a débarqué chez moi un matin, a fait place nette sur la table où j'espérais prendre mon petit déjeuner et y a laissé tomber une pile de cahiers légués par son père récemment disparu. Ses yeux rougis indiquaient qu'elle avait passé la nuit à les lire. Ce que j'ai fait moi-même la nuit suivante. Taciturne, ironique, droit comme un i, auréolé d'une réputation internationale de vieux sage dont il ne faisait aucun cas, le père de Lison, que j'ai croisé cinq ou six fois dans ma vie, m'intimidait. S'il y a une chose que je ne pouvais absolument pas imaginer de lui, c'est qu'il ait passé son existence entière à écrire ces pages ! En état de sidération, j'ai sollicité l'avis de mon ami Postel, qui avait longtemps été son médecin (comme il fut celui de la famille Malaussène). La réponse tomba, instantanée : Publication ! Sans hésitation. Envoie ça à ton éditeur et publiez ! Il y avait un hic. Demander à un éditeur de publier le manuscrit d'une personnalité passablement connue

9

qui exige de garder l'anonymat n'est pas chose facile ! Dois-je éprouver quelque remords d'avoir extorqué une telle faveur à un honnête et respectable travailleur du livre ? Vous en jugerez par vous-même.

D.P.

Le 3 août 2010

Ma chère Lison,

Te voilà revenue de mon enterrement, rentrée chez toi, tristounette forcément, mais Paris t'attend, tes amis, ton atelier, quelques toiles en souffrance, tes projets nombreux, dont celui de ton décor pour l'Opéra, tes fureurs politiques, l'avenir des jumelles, la vie, ta vie. Surprise, à ton arrivée une lettre de maître R. t'annonce en termes notariaux qu'il détient par-devers lui un paquet de ton père à toi destiné. Bigre, un cadeau post mortem du papa ! Tu y cours, bien sûr. Et c'est un drôle de présent que te remet le notaire : rien de moins que mon corps ! Non pas mon corps en chair et en os, mais le journal que j'en ai tenu en douce ma vie durant. (Seule ta mère savait, ces derniers temps.) Surprise, donc. Mon père a tenu un journal ! Qu'est-ce qui t'a pris, papa, un journal, toi si distingué, tellement inatteignable ? Et toute ta vie ! Pas un journal intime, ma fille, tu connais ma prévention contre la recension de nos fluctuants états d'âme. Tu n'y trouveras rien non plus sur ma vie professionnelle, mes

11

opinions, mes conférences, ou ce qu'Étienne appelait pompeusement mes « combats », rien sur le père social et rien sur le monde tel qu'il va. Non, Lison, le journal de mon seul corps, réellement. Tu en seras d'autant plus surprise que je n'étais pas un père très « physique ». Je ne pense pas que mes enfants et mes petits-enfants m'aient jamais vu nu, assez rarement en maillot de bain, et jamais ils ne m'ont surpris roulant des biceps devant un miroir. Je ne pense pas non plus, hélas, avoir été prodigue en câlins. Quant à vous parler de mes bobos, à Bruno et à toi, plutôt mourir – ce qui d'ailleurs advint, mais une fois mon temps bien compté. Le corps n'était pas un sujet de conversation entre nous et je vous ai laissés, Bruno et toi, vous débrouiller seuls avec l'évolution du vôtre. N'y vois pas l'effet d'une indifférence ou d'une pudeur particulières ; né en 1923, j'étais tout bêtement un bourgeois de mon temps, de ceux qui utilisent encore le point-virgule et qui n'arrivent jamais au petit déjeuner en pyjama, mais douchés, rasés de frais, et dûment corsetés dans leur costume du jour. Le corps est une invention de votre génération, Lison. Du moins quant à l'usage qu'on en fait et au spectacle qu'on en donne. Mais pour ce qui est des rapports que notre esprit entretient avec lui en tant que sac à surprises et pompe à déjections, le silence est aujourd'hui aussi épais qu'il l'était de mon temps. Si on y regardait de près on constaterait qu'il n'y a pas plus pudiques que les acteurs pornos les plus déculottés ou les artistes du body art les mieux décortiqués. Quant aux médecins (à quand remonte ta dernière auscultation ?), ceux d'aujourd'hui, le corps, c'est bien simple, ils ne le touchent plus. Ils n'en ont, eux, que pour le puzzle cellulaire, le corps radiographié, échographié, scanné, analysé, le corps biologique, génétique, moléculaire, la fabrique d'anticorps. Veux-tu que je te dise ? Plus on l'analyse, ce corps moderne, plus on l'exhibe, moins il existe. Annulé, à proportion inverse de son exposition.

C'est d'un autre corps que j'ai, moi, tenu le journal quotidien ; notre compagnon de route, notre machine à être. Quotidien, c'est beaucoup dire ; ne t'attends pas à lire un journal exhaustif, il ne s'agit pas d'une recension au jour le jour mais plutôt à la surprise la surprise – notre corps n'en est pas avare – de ma douzième à ma quatre-vingt-huitième et dernière année, et ponctuée de longs silences, tu verras, sur ces plages de la vie où notre corps se laisse oublier. Mais chaque fois que mon corps s'est manifesté à mon esprit, il m'a trouvé la plume à la main, attentif à la surprise du jour. J'ai décrit ces manifestations le plus scrupuleusement possible, avec les moyens du bord, sans prétention scientifique. Mon bel amour de fille, tel est mon héritage : il ne s'agit pas d'un traité de physiologie mais de mon jardin secret, qui est à bien des égards notre territoire le plus commun. Je te le confie. Pourquoi à toi précisément ? Parce que je t'ai adorée. C'est bien assez de ne pas te l'avoir dit de mon vivant, accorde-moi ce petit plaisir posthume. Si Grégoire avait vécu, sans doute aurais-je légué ce journal à Grégoire, il aurait intéressé le médecin en lui et amusé le petit-fils. Dieu que j'ai aimé ce gosse ! Grégoire mort si jeune et toi aujourd'hui grand-mère, constituez mon baluchon de bonheur sûr, mon viatique pour le grand voyage. Bien. Fin de l'effusion. Fais de ces cahiers ce que bon te semble ; poubelle si tu juges intempestif ce cadeau d'un père à sa fille, distribution familiale si le cœur t'en dit, publication si tu l'estimes nécessaire. Dans ce dernier cas, veille à l'anonymat de l'auteur – d'autant qu'il pourrait être n'importe qui –, change les noms des gens et des lieux, on ne sait jamais où se nichent les susceptibilités. Ne vise pas la publication exhaustive, tu ne t'en sortirais pas. D'ailleurs un certain nombre de cahiers se sont perdus au fil des ans et quantité d'autres sont purement répétitifs. Saute-les ; je pense par exemple à ceux de mon enfance où je comptabilisais le nombre de mes tractions et de mes abdo-

minaux, ou ceux de ma jeunesse où j'accumulais la liste des aventures amoureuses en expert-comptable de ma sexualité. Bref, fais de tout cela ce que tu veux, comme tu le veux, ce sera bien fait.

Je t'ai aimée.

Papa

1

LE PREMIER JOUR

(Septembre 1936)

*Maman était la seule
que je n'avais pas appelée.*

Une blague stupide faite par Grégoire et son copain Philippe à la petite Fanny m'a rappelé la scène originelle de ce journal, le trauma qui l'a fait naître.

Mona, qui aime faire le vide, a ordonné un grand feu de vieilleries dont la plupart dataient du temps de Manès : Chaises bancales, sommiers moisis, une charrette vermoulue, des pneus hors d'usage, autant dire un autodafé gigantesque et pestilentiel. (Ce qui, à tout prendre, est moins sinistre qu'un vide-greniers.) Elle en a chargé les garçons qui ont décidé de rejouer le procès de Jeanne d'Arc. J'ai été tiré de mon travail par les hurlements de la petite Fanny, recrutée pour tenir le rôle de la sainte. Pendant toute la journée, Grégoire et Philippe lui ont vanté les mérites de Jeanne dont Fanny, du haut de ses six ans, n'avait jamais entendu parler. Ils lui ont tant fait miroiter les avantages du paradis qu'elle battait des mains en sautant de joie à l'approche du sacrifice. Mais quand elle a vu le brasier dans lequel on se proposait de la jeter toute vivante, elle s'est précipitée chez moi en hurlant. (Mona, Lison et Marguerite étaient en ville.) Ses petites mains m'ont agrippé avec une terreur de serres. Grand-père ! Grand-père ! J'ai tenté de la consoler avec des « là, là », des « c'est fini », des « ce n'est rien » (ce n'était pas rien, c'était même assez grave, mais je n'étais pas au courant de ce projet de canonisation). Je l'ai prise sur mes genoux et j'ai senti qu'elle était humide. Plus que cela, même, elle avait fait dans sa culotte, elle s'était souillée de terreur. Son cœur battait à un rythme effrayant, elle respirait à coups minuscules. Ses mâchoires étaient à ce point soudées que j'ai craint une crise de tétanie. Je l'ai plongée dans un bain chaud. C'est là qu'elle m'a raconté, par bribes, entre deux restes de sanglot, le destin que ces deux abrutis lui avaient réservé.

Et me voilà renvoyé à la création de ce journal. Septembre 1936. J'ai douze ans, bientôt treize. Je suis scout. Avant, j'étais louveteau, affublé d'un de ces noms d'animaux mis en vogue par *Le Livre de la jungle*. Je suis scout, donc, c'est important, je ne suis plus louveteau, je ne suis plus petit, je suis grand, je suis un grand. C'est la fin des grandes vacances. Je participe à un camp scout quelque part dans les Alpes. Nous sommes en guerre contre une autre troupe qui nous a volé notre fanion. Il faut aller le récupérer. La règle du jeu est simple. Chacun de nous porte son foulard dans le dos, coincé dans la ceinture de son short. Nos adversaires aussi. On appelle ce foulard une vie. Non seulement il nous faut revenir de ce raid avec notre fanion, mais en rapportant le plus de vies possible. Nous les appelons aussi des scalps et nous les suspendons à nos ceintures. Celui qui en rapporte le plus grand nombre est un guerrier redoutable, il est un « as de la chasse », comme ces aviateurs de la Grande Guerre dont les carlingues s'ornaient de croix allemandes à proportion du nombre d'avions abattus. Bref, nous jouons à la guerre. Comme je ne suis pas bien costaud, je perds ma vie dès le début des hostilités. Je suis tombé dans une embuscade. Plaqué à terre par deux ennemis, ma vie arrachée par un troisième. Ils me ligotent à un arbre pour que je ne sois pas tenté, même mort, de reprendre le combat. Et ils m'abandonnent là. En pleine forêt. Attaché à un pin dont la résine colle à mes jambes et à mes bras nus. Mes ennemis s'éclipsent. Le front s'éloigne, j'entends sporadiquement des éclats de voix de plus en plus ténus, puis, plus rien. Le grand silence des bois s'abat sur mon imagination. Ce silence de la forêt qui bruit de tous les possibles : les craquements, les frôlements, les soupirs, les gloussements, le vent dans la futaie... Je me dis que les bêtes, dérangées par nos jeux, vont maintenant réapparaître. Pas les loups, bien sûr, je suis un grand, je ne crois plus aux loups mangeurs d'hommes, non, pas les loups, mais les sangliers par exemple. Que fait un sanglier à un garçon attaché à un arbre ? Sans doute rien, il lui fiche la paix. Mais si c'est une laie, accompagnée de ses petits ? Pourtant, je n'ai pas peur. Je me pose juste le genre de questions qui viennent dans une situation où tout est à explorer. Plus je fais des efforts pour me libérer, plus les liens se resserrent et plus la résine colle à ma peau. Va-t-elle durcir ? Une chose est sûre, je ne me débarrasserai pas de mes liens, les scouts s'y connaissent en nœuds indénouables. Je me sens bien seul mais je ne me dis pas qu'on ne me retrouvera jamais. Je sais que c'est une forêt fréquentée, nous y rencontrons assez souvent des cueilleurs de myrtilles et de framboises. Je sais qu'une fois finies les hostilités quelqu'un viendra me détacher. Même si mes adversaires m'oublient, ma patrouille notera mon absence, un adulte sera prévenu et je serai libéré. Donc je n'ai pas peur. Je prends mon mal en patience. Mon raisonnement maîtrise sans difficulté tout ce que la situation propose à mon imagination. Une fourmi grimpe sur ma chaussure, puis sur ma jambe nue qu'elle chatouille un peu. Cette fourmi solitaire n'aura pas raison de ma raison. En elle-même, je la juge inoffensive. Même si elle me pique, même si elle entre dans mon short, puis dans mon slip, ce n'est pas un drame, je saurai supporter cette douleur. Il n'est pas rare de se faire mordre par les fourmis en forêt, c'est une douleur connue, maîtrisable, elle est acide et passagère. Tel est mon état d'esprit, tranquillement entomologiste, jusqu'à ce que mes yeux tombent sur la fourmilière proprement dite, à deux ou trois mètres de mon arbre, au pied d'un autre pin : un gigantesque tumulus d'épines de pin grouillant d'une vie noire et fauve, un monstrueux grouillement immobile. C'est quand je vois la deuxième fourmi grimper sur ma sandale que je perds le contrôle de mon imagination. Il n'est plus question de piqûres à présent, je vais être recouvert par ces fourmis, dévoré vif. Mon imagination ne me représente pas la chose dans son détail, je ne me dis pas que les fourmis vont grimper le long de mes jambes, qu'elles vont me dévorer le sexe et l'anus ou s'introduire en moi par mes orbites, mes oreilles, mes narines, qu'elles vont me manger de l'intérieur en cheminant par mes intestins et mes sinus, je ne me vois pas en fourmilière humaine ligotée à ce pin et vomissant par une bouche morte des colonnes de travailleuses occupées à me transporter miette par miette dans l'effroyable estomac qui grouille sur lui-même à trois mètres de moi, je ne me représente pas ces supplices, mais ils sont tous dans le hurlement de terreur que je pousse maintenant, les yeux fermés, la bouche immense. C'est un appel au secours qui doit couvrir la forêt, et le monde au-delà d'elle, une stridence où ma voix se brise en mille aiguilles, et c'est tout mon corps qui hurle par cette voix de petit garçon redevenu, mes sphincters hurlent aussi démesurément que ma bouche, je me vide le long de mes jambes, je le sens, mon short se remplit et je coule, la diarrhée se mêle à la résine, et cela redouble ma terreur car l'odeur, me dis-je, l'odeur va enivrer les fourmis, attirer d'autres bêtes, et mes poumons s'éparpillent dans mes appels à l'aide, je suis couvert de larmes, de bave, de morve, de résine et de merde. Pourtant, je vois bien que la fourmilière ne se soucie pas de moi, qu'elle demeure à travailler pesamment sur elle-même, à s'occuper de ses innombrables petites affaires, qu'à part ces deux fourmis vagabondes les autres, qui sont sans doute des millions, m'ignorent complètement, je le vois, je le perçois, je le comprends même, mais c'est trop tard, l'effroi est le plus fort, ce qui s'est emparé de moi ne tient plus aucun compte de la réalité, c'est mon corps tout entier qui exprime la terreur d'être dévoré vif, terreur conçue par mon esprit seul, sans la complicité des fourmis, je sais confusément tout cela bien sûr, et plus tard quand l'abbé Chapelier – il s'appelait Chapelier – me demandera si je croyais sérieusement que les fourmis allaient me dévorer, je répondrai non, et quand il me demandera d'avouer que je me suis joué la comédie, je répondrai oui, et quand il me demandera si ça m'a amusé de terroriser par mes hurlements les promeneurs qui m'ont

21

finalement détaché je répondrai je ne sais pas, et n'as-tu pas honte d'avoir été ramené tout merdeux comme un bébé devant tes camarades, je répondrai si, toutes questions qu'il me pose en me nettoyant au jet, en enlevant le plus gros au jet, sans même ôter mes vêtements, qui sont un uniforme je te le rappelle, l'uniforme des scouts je te le rappelle, et t'es-tu demandé une seconde ce qu'allait penser des scouts ce couple de promeneurs ? Non, pardon, non, je n'y ai pas pensé. Mais, dis-moi la vérité, cette comédie t'a fait plaisir tout de même, non ? Ne mens pas, ne me dis pas que tu n'y as pas pris du plaisir ! Tu y as pris plaisir, n'est-ce pas ? Et je ne pense pas avoir su répondre à cette question car je n'étais pas encore entré dans ce journal qui pendant toute la vie qui allait suivre s'est proposé de distinguer le corps de l'esprit, de protéger dorénavant mon corps contre les assauts de mon imagination, et mon imagination contre les manifestations intempestives de mon corps. Et que va dire ta mère ? As-tu pensé à ce que va dire ta mère ? Non, non, je n'ai pas pensé à maman et comme il me posait cette question je me suis même dit que la seule personne que je n'avais pas appelée pendant que je criais, c'était maman, maman était la seule que je n'avais pas appelée.

Je fus renvoyé. Maman vint me chercher. Le lendemain, je commençais ce journal en écrivant : Je n'aurai plus peur, je n'aurai plus peur, je n'aurai plus peur, je n'aurai plus peur, je n'aurai plus jamais peur.

2

12-14 ANS

(1936-1938)

*Puisque c'est à ça qu'il faut
ressembler, c'est à ça que je ressemblerai.*

12 ans, 11 mois, 18 jours   *Lundi 28 septembre 1936*

Je n'aurai plus peur, je n'aurai plus peur, je n'aurai plus peur, je n'aurai plus peur, je n'aurai plus jamais peur.

12 ans, 11 mois, 19 jours   *Mardi 29 septembre 1936*

La liste de mes peurs :
– Peur de maman.
– Peur des miroirs.
– Peur de mes camarades. Surtout de Fermantin.
– Peur des insectes. Surtout des fourmis.
– Peur d'avoir mal.
– Peur de me souiller si j'ai peur.
Idiot de dresser une liste de mes peurs, j'ai peur de tout. De toute façon, la peur surprend toujours. On ne s'y attend pas et deux minutes plus tard elle vous rend fou. C'est ce qui m'est arrivé dans la forêt. Pouvais-je m'attendre à avoir peur de deux fourmis ? À presque

treize ans ! Et avant les fourmis, quand les autres m'ont attaqué, je me suis jeté par terre sans me défendre. Je me suis laissé prendre ma vie et attacher à l'arbre comme si j'étais mort. J'étais *mort de peur*, vraiment mort !

La liste de mes résolutions :

– Tu as peur de maman ? Fais comme si elle n'existait pas.

– Tu as peur de tes camarades ? Parle à Fermantin.

– Tu as peur des miroirs ? Regarde-toi dans la glace.

– Tu as peur d'avoir mal ? C'est ta peur qui te fait le plus de mal.

– Tu as peur de te souiller ? Ta peur est plus dégoûtante que la merde.

Il y a quelque chose de plus idiot que de dresser la liste de mes peurs, c'est de dresser la liste de mes résolutions. Je ne les tiens jamais.

12 ans, 11 mois, 24 jours   *Dimanche 4 octobre 1936*

Depuis qu'ils m'ont renvoyé, maman ne décolère pas. Ce soir, elle m'a sorti du tub sans attendre que je me savonne. Elle m'a forcé à me regarder dans la glace de la salle de bains. Je ne m'étais même pas séché. Elle me tenait par les épaules comme si je cherchais à m'enfuir. Ses doigts me faisaient mal. Elle n'arrêtait pas de répéter regarde-toi, mais regarde-toi ! J'ai serré les poings et j'ai fermé les yeux. Elle criait. Ouvre les yeux ! Regarde-toi ! Mais regarde-toi ! J'avais froid. Je serrais les mâchoires pour ne pas claquer des dents. Tout mon corps tremblait. Nous ne sortirons pas d'ici tant que tu ne te seras pas regardé ! Regarde-toi ! Mais je n'ai pas ouvert les yeux. Tu ne veux pas ouvrir les yeux ? Tu ne veux pas te regarder ? Toujours la même comédie ? Très bien ! Tu préfères que je te dise à quoi tu ressembles ? À quoi ressemble le garçon que je vois ? À quoi ressemble-t-il, d'après toi ? À quoi ressembles-tu ? Veux-tu que je te le dise ? Tu ne ressembles à rien ! Tu ne ressembles *absolument à rien* ! (Je recopie exactement *tout* ce qu'elle m'a dit.) Elle est partie en claquant la porte. Quand j'ai ouvert les yeux, le miroir était embué.

12 ans, 11 mois, 25 jours   *Lundi 5 octobre 1936*

S'il avait assisté à la crise de maman papa m'aurait dit à l'oreille : Un garçon qui ne ressemble absolument à rien, mais dis-moi, c'est très *intéressant*, ça ! À quoi doit *finalement* ressembler un garçon qui ne ressemble *absolument* à rien ? À l'écorché du Larousse ? Quand papa insistait sur un mot on aurait dit qu'il le prononçait en italiques. Ensuite il se taisait pour me laisser le temps d'y réfléchir. Je pense à l'écorché du Larousse parce que nous avons beaucoup étudié l'anatomie papa et moi sur cet écorché. Je sais comment est fait un homme. Je sais où se trouve l'artère splénique, je connais chaque os, chaque nerf, chaque muscle par leurs noms.

13 ans, anniversaire   *Samedi 10 octobre 1936*

Maman a encore fait à Dodo le coup du mouchoir propre. Elle a bien sûr attendu le déjeuner et que tout le monde soit arrivé. Dodo passait les zakouskis. Elle lui a demandé de « bien vouloir » poser les assiettes et l'a attiré à elle très doucement, comme pour le câliner. Au lieu de quoi elle a sorti le mouchoir. Elle le lui a passé derrière les oreilles, dans la pliure des coudes et des genoux. Dodo se tenait tout raide. Bien entendu le mouchoir (que maman a montré à la compagnie !) était moins blanc. Les ongles non plus ne convenaient pas. Quand on est un petit garçon si sale on ne joue pas les jeunes filles de la maison ! Retournez vous décrasser, jeune homme ! À Violette, en désignant Dodo, elle a dit : Veillez au grain, voulez-vous ? Qu'il n'oublie pas le nombril, surtout ! Je vous donne dix minutes. Dans ces moments de méchanceté, maman prend toujours sa voix de jeune fille guillerette.

Quand j'étais petit et que Violette me débarbouillait, elle me décrivait la saleté de la cour de Louis XIV comme si elle en sortait. Ah ! C'était riche en odeurs, tu peux me croire ! Ces gens-là, ils se parfumaient comme on glisse la poussière sous le tapis. Violette aime aussi ce billet de Napoléon à Joséphine (il revenait de la campagne d'Égypte) : « Ne te lave pas, j'arrive. » Tout ça pour te dire, mon petit gaillard, que nous autres nous n'avons pas besoin de sentir le jasmin pour qu'on nous aime. Mais ne va pas le répéter !

À propos de propreté, un jour que je passais le dos de papa au gant de crin, il m'a dit : T'es-tu jamais demandé où va toute cette crasse humaine ? Que salissons-nous quand nous nous lavons ?

Je l'ai fait ! Je l'ai fait ! J'ai fait tomber le drap de mon armoire et je me suis regardé dans la glace ! J'ai décidé que c'était fini. J'ai fait tomber le drap, j'ai serré les poings, j'ai respiré un bon coup, j'ai ouvert les yeux et je me suis regardé ! *JE ME SUIS REGARDÉ !* C'était comme si je me voyais pour la première fois. Je suis resté très longtemps devant le miroir. Ce n'était pas vraiment moi à l'intérieur. C'était mon corps mais ce n'était pas moi. Ce n'était pas même un camarade. Je me répétais : Tu es moi ? C'est toi, moi ? Moi, c'est toi ? C'est nous ? Je ne suis pas fou, je sais très bien que je jouais avec l'*impression* que ce n'était pas moi, mais un garçon quelconque abandonné au fond du miroir. Je me demandais depuis combien de temps il était là. Ces petits jeux qui mettent maman hors d'elle n'effrayaient pas du tout papa. Mon fils, tu n'es pas fou, *tu joues avec tes sensations*, comme tous les enfants de ton âge. Tu les interroges. Tu n'en finiras pas de les interroger. Même adulte. Même quand tu seras très vieux. Retiens bien ça : *Toute notre vie, il faut faire un effort pour en croire nos sens.*

Il est vrai que mon reflet m'est apparu comme un enfant abandonné dans mon armoire à glace. Cette sensation est absolument vraie. En faisant tomber le drap je savais bien qui je verrais mais ce fut quand même une surprise, comme si ce garçon était une statue abandonnée là bien avant ma naissance. Je suis resté longtemps à le regarder.

Et c'est là que j'ai eu l'idée.

Je suis sorti de ma chambre, je suis allé dans la bibliothèque sur la pointe des pieds, j'ai ouvert le Larousse, j'ai découpé l'écorché à la règle (personne ne s'en apercevra, Maman n'utilise le Larousse que pour le glisser sous les fesses de Dodo quand on mange dans la salle à manger), je suis revenu dans ma chambre, j'ai mis le verrou, je me suis mis tout nu, j'ai glissé l'écorché dans la rainure de la glace, et je nous ai comparés, lui et moi.

Le fait est que nous n'avons *absolument rien à voir*. L'écorché est un athlète adulte. Il a les épaules larges. Il se tient droit sur ses jambes musclées. Moi, je ne ressemble à rien. Je suis un enfant mou, blanc, à la poitrine creuse, si maigre qu'on pourrait glisser le courrier sous mes omoplates (*dixit* Violette). Nous avons pourtant un point commun : nous sommes *transparents* tous les deux. On voit nos veines, on peut compter nos os, mais aucun de mes muscles à moi n'est visible. Je n'ai que la peau, les veines, le mou et les os. Rien n'est *tenu*, comme dirait maman. C'est vrai. Du coup, n'importe qui peut prendre ma vie, m'attacher à un arbre, m'abandonner dans la forêt, me nettoyer au jet, se moquer de moi ou dire que je ne ressemble à rien. Ce n'est pas toi qui me défendrais, hein ? Tu me laisserais boulotter par les fourmis, toi ! Tu me chierais dessus !

Eh bien *moi*, je vais te défendre ! Je te défendrai même contre moi ! Je vais te faire des muscles, je vais fortifier tes nerfs, je vais m'occuper de toi tous les jours, je vais m'intéresser à *tout* ce que tu *ressens*.

13 ans, 1 mois, 4 jours   *Samedi 14 novembre 1936*

Papa disait : Tout objet est *d'abord* objet d'intérêt. Donc mon corps est un objet d'intérêt. Je vais écrire le journal de mon corps.

13 ans, 1 mois, 8 jours   *Mercredi 18 novembre 1936*

Je veux aussi écrire le journal de mon corps parce que
tout le monde parle d'autre chose. *Tous les corps sont aban-
donnés dans les armoires à glace.* Ceux qui écrivent leur journal tout court, Luc ou Françoise, par exemple, parlent
de tout et de rien, des émotions, des sentiments, des histoires d'amitié, d'amour, de trahison, des justifications à
n'en plus finir, ce qu'ils pensent des autres, ce qu'ils
croient que les autres pensent d'eux, les voyages qu'ils
ont fait, les livres qu'ils ont lus, mais ils ne parlent jamais
de leur corps. Je l'ai bien vu cet été avec Françoise. Elle
m'a lu son journal « en grand secret » alors qu'elle le lit
à tout le monde, Étienne me l'a dit. Elle écrit sous le
coup de l'émotion mais elle ne se rappelle presque
jamais *quelle* émotion. Pourquoi as-tu écrit ça ? Je ne sais
plus. Du coup, elle n'est plus très sûre du *sens* de ce
qu'elle écrit. Moi, dans cinquante ans, je veux que ce
que j'écris aujourd'hui dise la même chose. Exactement
la même chose ! (Dans cinquante ans, j'aurai soixante-
trois ans.)

13 ans, 1 mois, 9 jours   *Jeudi 19 novembre 1936*

En repensant à toutes mes peurs, j'ai établi cette liste
de sensations : la peur du vide broie mes couilles, la
peur des coups me paralyse, la peur d'avoir peur
m'angoisse toute la journée, l'angoisse me donne la coli-
que, l'émotion (même délicieuse) me flanque la chair

31

de poule, la nostalgie (penser à papa par exemple) mouille mes yeux, la surprise me fait sursauter (même une porte qui claque !), la panique peut me faire pisser, le plus petit chagrin me fait pleurer, la fureur me suffoque, la honte me rétrécit. Mon corps réagit à tout. Mais je ne sais pas toujours *comment* il va réagir.

13 ans, 1 mois, 10 jours   *Vendredi 20 novembre 1936*

J'ai bien réfléchi. Si je décris *exactement* tout ce que je ressens, mon journal sera un *ambassadeur* entre mon esprit et mon corps. Il sera le *traducteur* de mes sensations.

13 ans, 1 mois, 12 jours   *Dimanche 22 novembre 1936*

Je ne vais pas seulement décrire les sensations fortes, les grandes peurs, les maladies, les accidents, mais absolument *tout* ce que mon corps ressent. (Ou ce que mon esprit fait ressentir à mon corps.) La caresse du vent sur ma peau, par exemple, le bruit que fait en moi le silence quand je me bouche les oreilles, l'odeur de Violette, la voix de Tijo. Tijo a déjà la voix qu'il aura quand il sera grand. C'est une voix *sablée*, comme s'il fumait trois paquets de cigarettes par jour. À trois ans ! Quand il sera adulte, sa voix ne sera plus aiguë, bien sûr, mais ce sera la même voix sablée, avec le rire derrière les mots, j'en suis certain. Comme dit Violette en parlant des colères de Manès : On peut crier autant qu'on veut, on a la voix qu'on a !

13 ans, 1 mois, 14 jours   *Mardi 24 novembre 1936*

Notre voix est la musique que fait le vent en traversant notre corps. (Enfin, quand il ne ressort pas par le bas.)

13 ans, 1 mois, 26 jours   *Dimanche 6 décembre 1936*

J'ai vomi en revenant de Saint-Michel. Rien ne me met plus en colère que vomir. Vomir c'est être retourné comme un sac. On te retourne la peau. Par secousses. En l'arrachant. Tu résistes mais on te retourne. Le dedans dehors. Exactement comme lorsque Violette écorche un lapin. L'autre côté de ta peau. C'est ça, vomir. Ça me fait honte et ça me met dans des fureurs terribles.

13 ans, 1 mois, 28 jours   *Mardi 8 décembre 1936*

Toujours me calmer avant de noter quelque chose.

13 ans, 2 mois, 15 jours   *Vendredi 25 décembre 1936*

Hier soir, le cadeau de maman a été cette question : Crois-tu *vraiment* avoir mérité un cadeau pour Noël ? J'ai repensé aux scouts et j'ai répondu non. Mais c'est surtout parce que je ne voulais rien d'elle. Oncle Georges, lui, m'a offert deux haltères de deux kilos et Joseph un appareil pour développer les muscles qui s'appelle un extenseur. Ce sont cinq cordons de caoutchouc reliés à deux poignées de bois. Il faut prendre les poignées et tendre l'extenseur le plus grand nombre de fois possible. Dans le mode d'emploi, on voit la photo d'un homme avant qu'il ait acheté les extenseurs et le même homme six mois plus tard. On ne le reconnaîtrait pas. Sa cage thoracique a doublé de volume et ses élévateurs lui font un cou de taureau. Pourtant, il n'en faisait que *dix minutes par jour*.

13 ans, 2 mois, 18 jours   *Lundi 28 décembre 1936*

Nous avons joué à nous évanouir, Étienne et moi. C'était bien. L'autre se place derrière toi, il te prend dans ses bras, te comprime la poitrine le plus fort possible pendant que tu vides tes poumons. Une fois, deux fois, trois fois, en serrant de toutes ses forces, et quand il n'y a plus d'air du tout dans ta poitrine, tes oreilles bourdonnent, la tête te tourne, tu t'évanouis. C'est délicieux. On se sent *partir*, dit Étienne. Oui, ou chavirer, ou couler… En tout cas, c'est vraiment délicieux !

13 ans, 3 mois   *Dimanche 10 janvier 1937*

Dodo m'a réveillé, en pleine nuit. Il pleurait. Je lui ai demandé pourquoi, il n'a pas voulu me le dire. Alors je lui ai demandé pourquoi il me réveillait. Il a fini par me dire que ses copains le moquaient parce qu'il faisait pipi moins loin qu'eux. J'ai demandé jusqu'où. Il m'a dit pas loin. Maman ne t'a pas appris ? Non. Je lui ai demandé s'il avait envie maintenant. Oui. Je lui ai demandé s'il roulait bien sa chaussette avant de faire pipi. Il m'a dit : Quoi ma chaussette ? Nous sommes allés sur le balcon et je lui ai montré comment rouler sa chaussette. C'est Violette qui m'a appris le truc, dans mon bain, quand j'étais petit : Roule donc ta chaussette qu'il n'aille pas nous faire des champignons, celui-là ! Son petit bout est sorti et il a pissé très loin, jusque sur le toit de la Hotchkiss des Bergerac. Elle était garée sous la maison. Il a pissé aussi loin que la largeur du trottoir. Il était tellement content qu'il faisait pipi en riant. Ça envoyait le jet encore plus loin, par secousses. J'ai eu peur que maman ne se réveille et je lui ai mis la main sur la bouche. Il a continué de rire dans ma main.

13 ans, 3 mois, 1 jour   *Lundi 11 janvier 1937*

Il y a trois façons de pisser chez les garçons : 1) Assis. 2) Debout sans rouler sa chaussette. 3) Debout en la roulant. (La chaussette, c'est le prépuce. Confirmé par le diction- naire.) Quand tu la roules, tu pisses beaucoup plus loin. Il est tout de même *incroyable* que maman n'ait pas appris ça à Dodo ! D'un autre côté n'est-ce pas instinctif ? Si oui, pourquoi Dodo ne l'a-t-il pas découvert tout seul ? Qu'en serait-il de moi si Violette ne m'avait pas montré le truc ? Est-il possible que des hommes arrosent leurs pieds toute leur vie parce qu'ils n'ont jamais eu l'idée de rouler leur chaussette ? Je me suis posé cette question toute la jour- née en écoutant mes professeurs parler : Lhuillier, Pierral, Auchard. Ces choses innombrables qu'ils savent sur « la marche du monde » (comme dirait maman) sans peut- être avoir jamais eu l'idée de rouler leur chaussette ! Mon- sieur Lhuillier, par exemple, avec son air de vouloir tout apprendre à tout le monde, je suis sûr qu'il se pisse sur les pieds et se demande pourquoi.

13 ans, 3 mois, 8 jours   *Lundi 18 janvier 1937*

Ce que j'aime quand je m'endors c'est me réveiller pour le plaisir de me rendormir. Se réveiller à la seconde où on s'endort, c'est épatant ! C'est papa qui m'a appris l'*art de l'endormissement.* Observe-toi bien : tes paupières s'alourdissent, tes muscles se relâchent, sur l'oreiller ta tête pèse enfin son poids de tête, tu sens que ce que tu penses n'est plus tout à fait *pensé,* comme si tu commençais à rêver en sachant que tu ne dors pas encore. Comme si je marchais en équilibre sur un mur, prêt à tomber du côté du sommeil ? Exactement ! Dès que tu te sens basculer côté sommeil, secoue la tête et réveille-toi. Reste sur le mur. Ton réveil durera quelques secondes pendant lesquelles tu pourras te dire : Je vais me rendormir ! C'est une *promesse* exquise. Réveille-toi encore pour en jouir une deuxième fois. S'il le faut pince-toi dès que tu te sens basculer ! Reviens à la surface le plus souvent possible et laisse-toi *enfin* couler. J'écoute papa me murmurer ses leçons d'endormissement. Encore, encore ! C'est ce que, grâce à lui, je demande chaque soir au sommeil.

13 ans, 3 mois, 9 jours   *Mardi 19 janvier 1937*

C'est peut-être cela, mourir. Ce serait très bon si nous n'en avions pas si peur. Peut-être ne nous réveillons-nous chaque matin que pour retarder le moment délicieux où nous allons mourir. Quand papa est mort, il s'est endormi une dernière fois.

13 ans, 3 mois, 20 jours   *Samedi 30 janvier 1937*

En me mouchant tout à l'heure, je me suis rappelé que quand Dodo était petit j'essayais de lui apprendre à se moucher. Mais il ne soufflait pas. Je lui mettais le mouchoir sous le nez en lui disant vas-y, souffle, et il soufflait par la bouche. Ou alors il ne soufflait pas du tout, il soufflait à l'intérieur, il se gonflait comme un ballon et rien ne sortait. À cette époque-là, je croyais que Dodo était idiot. Mais ce n'était pas vrai. C'est que l'homme doit tout apprendre sur son corps, absolument tout : on apprend à marcher, à se moucher, à se laver. Nous ne saurions rien faire de tout cela si on ne nous le montrait pas. Au départ, l'homme ne sait rien. Rien de rien. Il est bête comme les bêtes. Les seules choses qu'il n'a pas besoin d'apprendre c'est respirer, voir, entendre, manger, pisser, chier, s'endormir et se réveiller. Et encore ! On entend, mais il faut apprendre à *écouter*. On voit mais il faut apprendre à *regarder*. On mange mais il faut apprendre à couper sa viande. On chie mais il faut apprendre à aller sur le pot. On pisse mais quand on ne se pisse plus sur les pieds il faut apprendre à *viser*. Apprendre, c'est d'abord apprendre à *maîtriser son corps*.

13 ans, 3 mois, 26 jours   *Vendredi 5 février 1937*

M'envisagez-vous comme un *imbécile* pour souligner *phonétiquement* les mots clefs de vos *raisonnements* ? me demande

Monsieur Lhuillier devant la classe. Il l'a fait en m'imitant, ce qui, bien sûr, a fait rire tout le monde. Pensez-vous que votre professeur d'histoire vous ait attendu pour juger que la révocation de l'édit de Nantes était une *erreur onéreuse*? Par ailleurs, n'estimez-vous pas qu'*erreur onéreuse* est un peu *sophistiqué* pour un garçon de votre âge ? Ne seriez-vous pas un rien *snob*, mon ami ? Je vous invite à plus de *simplicité* et à ne pas trop nous *écraser de votre science.*

J'ai ressenti une immense tristesse à voir papa ainsi moqué à cause de mes italiques. (Mes italiques ce sont les siennes, c'était donc de lui qu'ils se moquaient.) J'aurais voulu répondre à Lhuillier en imitant sa voix aigrelette mais le rouge m'est venu aux joues, j'ai retenu mon souffle pour empêcher les larmes et je n'ai rien répondu. À la sonnerie, panique. Sortir de la classe et les retrouver tous dehors, non ! Rien que l'idée m'a paralysé. Réellement paralysé. Mes jambes ont refusé de me porter. Je suis resté assis. Je n'avais plus de corps. *J'étais rentré dans mon armoire !* J'ai fait semblant de chercher dans mon cartable et dans mon pupitre quelque chose que j'aurais perdu. Quelle honte ! C'est la révolte contre cette honte qui m'a finalement donné la force de me lever. Après tout, ils peuvent bien se foutre de moi, aucune importance. Ils peuvent même me battre ou me tuer, je m'en fiche.

Mais non, dehors c'était Violette qui m'attendait. Elle était en courses et en avait profité pour passer me prendre. Toi, mon petit gaillard, tu as eu peur de quelque chose, ça se voit sur ta figure ! Sur ma figure ? Blanche comme un œuf de cane. Pas du tout ! Oh que si ! Nos figures parlent plus longtemps que nous ; regarde Manès, un coup de sang lui dure la journée. Et puis j'entends ton cœur battre. Elle n'entendait rien du tout, mais c'est Violette, elle avait deviné. À la maison, elle m'a fait mon goûter (pain, raisiné, lait glacé). Je lui ai demandé de ne plus venir me chercher à l'école. Tu veux te défendre par toi-même, mon petit gaillard ? C'est de ton âge. N'aie peur de personne, si tu reviens avec des bosses je te soignerai.

13 ans, 3 mois, 27 jours   *Samedi 6 février 1937*

Quand j'ai fait remarquer à papa que je n'étais plus un bébé et qu'il ne fallait plus qu'il me parle en italiques, il a répondu : Impossible mon garçon, c'est mon côté *anglais*.

13 ans, 4 mois   *Mercredi 10 février 1937*

Maman a d'abord cru que je jouais la comédie pour ne pas aller en classe. Mais non, c'était bien une angine rouge. Avec une énorme fièvre les deux premiers jours. Plus de quarante degrés ! L'impression de vivre dans un scaphandre au court-bouillon (*dixit* Violette). Le docteur craignait une scarlatine. Dix jours de lit. Ça commence par une main qui t'étrangle *de l'intérieur* et qui t'empêche d'avaler. Même ta salive. Beaucoup trop douloureux ! Or nous produisons *sans arrêt* de la salive. Combien de litres dans une journée ? Tous ces litres, nous les avalons puisqu'il n'est pas poli de cracher. Saliver, avaler, c'est une fonction du corps aussi automatique que la respiration. Sans elle, on sécherait comme un hareng. Je me demande combien il faudrait de cahiers pour seulement décrire tout ce que notre corps fait sans que nous y pensions jamais. Les fonctions automatiques sont-elles *innombrables*? On n'y fait jamais attention mais il faut que l'une d'elles se détraque pour qu'on ne pense plus qu'à elle ! Quand il trouvait que je me plaignais trop, papa me citait toujours la même phrase de Sénèque : *Chaque homme croit porter le plus lourd des fardeaux.* Eh bien, c'est ce qui se passe quand une de nos fonctions se détraque ! Nous devenons le type le plus malheureux du monde. Pendant tout le début de mon angine je n'étais que ma gorge. L'homme *focalise*, disait papa, tout vient de là ! Aux yeux des hommes, rien n'existe hors du cadre. Mon garçon, je te conseille de briser le cadre.

13 ans, 4 mois, 6 jours   *Mardi 16 février 1937*

Pendant la semaine ma chambre a été une infirmerie. Violette faisait bouillir l'eau des gargarismes à la cuisine et les préparait sur la petite table à jeu de papa qu'elle avait dressée près de la fenêtre avec une nappe blanche. La sœur de Saint-Michel lui avait montré comment faire les cataplasmes. Ne lésinez pas sur la graine, ma fille. (Alors que Violette pourrait être sa grand-mère !)

Violette étale le linge sur la nappe, y verse la bouillie à la farine de lin, saupoudre la farine de moutarde, rabat l'un sur l'autre les bords du linge, me colle ça sur le cou et c'est parti pour un quart d'heure de supplice. Ça gratte, ça chauffe, ça brûle, mille aiguilles traversent ta gorge, qui forcément te fait moins mal puisque tu ne penses plus qu'à cette brûlure. *Substitution des passions, mon bonhomme, c'est le truc !* (Signé papa.) *Pour oublier le mal, aller au pis !* (Signé Violette.) Le pis du pis, ce fut la séance de badigeon par la sœur de Saint-Michel. Elle m'a enfoncé le bâtonnet jusqu'au fond de la gorge et j'ai aussitôt vomi sur son tablier. Je l'ai insultée comme du poisson pourri et elle n'a plus voulu revenir. Toute une histoire avec maman : Tu ne veux pas te soigner ? Tu veux attraper de l'albumine ? Et des rhumatismes ? On peut en mourir, tu sais ! Ça finit par attaquer le cœur ! Quand c'est Violette, le badigeon ne pose aucun problème : Ouvre grand la bouche, mon petit gaillard, continue à respirer sans fermer le clapet du fond. Ne le ferme pas, je te dis ! (Elle veut dire la glotte.) Voilààààààà. Et ne va pas t'évanouir si tu pisses vert, c'est le bleu du badigeon qui fait ça ! Exact : le bleu de méthylène mêlé au jaune de l'urine vous fait pisser vert. Elle a bien fait de me prévenir, c'est exactement le genre de surprise qui me ferait tomber dans les pommes.

13 ans, 4 mois, 7 jours   *Mercredi 17 février 1937*

Cataplasmes, gargarismes, badigeon, repos, oui, mais le meilleur des remèdes c'est de m'endormir dans l'odeur de Violette. Violette est ma maison. Elle sent la cire, les légumes, le feu de bois, le savon noir, la javel, le vieux vin, le tabac et la pomme. Quand elle me prend sous son châle, j'entre dans ma maison. J'entends bouillonner ses mots au fond de sa poitrine et je m'endors. Au réveil, elle n'est plus là, mais son châle me couvre toujours. C'est pour que tu ne te perdes pas dans tes rêves, mon petit gaillard. Les chiens perdus reviennent toujours au vêtement du chasseur !

13 ans, 4 mois, 8 jours   *Jeudi 18 février 1937*

Mon corps est aussi le corps de Violette. L'odeur de Violette est comme ma deuxième peau. Mon corps est aussi le corps de papa, le corps de Dodo, le corps de Manès... Notre corps est aussi le corps des autres.

13 ans, 4 mois, 9 jours   *Vendredi 19 février 1937*

Les jambes en coton mais plus de fièvre. Le docteur est rassuré. Il dit qu'une scarlatine « se serait déjà déclarée ». L'expression m'a frappé parce que, quand Violette parle de son mari, elle dit toujours qu'il était « mignon quand il s'est déclaré » ! (Il est mort à la guerre, dès le début, en septembre 14.) Les guerres aussi se déclarent.

13 ans, 4 mois, 10 jours   *Samedi 20 février 1937*

T'en veux encore ? De quoi ? De la fièvre, t'en veux encore ? Et pourquoi en voudrais-je encore ? Pour ne pas aller à l'école, pardi ! Dodo est tout content de pouvoir se glisser à nouveau dans mon lit. Il n'arrête pas de bavasser. Si tu en veux encore, il faut chauffer le thermomètre, mais ne le mets pas sur le poêle, ça peut le faire péter, il vaut mieux tapoter le dessus, pas le bout qu'on enfonce, l'autre, le rond ! Tu tapotes doucement avec l'ongle et ça monte, tu peux le faire sous les draps, même si maman te surveille, mais pas trop fort sinon le mercure fait des pointillés, tu vois ? (Il se tait et il repart aussitôt.) Et le coup du buvard, tu connais ? Si on glisse un papier buvard sec dans notre chaussure, entre la plante de nos pieds et une paire de chaussettes, tu as de la fièvre dès que tu te mets à marcher. Qu'est-ce que c'est que ces histoires ? Je te le jure ! Qui t'a raconté ça ? Un copain.

13 ans, 4 mois, 15 jours   *Jeudi 25 février 1937*

Maman se demande comment je peux aimer le raisiné de Violette. Elle prétend qu'elle se laisserait mourir de faim plutôt que de manger une cuillerée de cette « horrrreur » ! Elle exige que je garde le pot dans ma chambre. Je ne veux pas de cette abomination à la cuisine, tu entends ! Rien que son odeur me soulève le cœur !

Moi j'aime tout dans le raisiné. Son odeur, sa couleur, son goût, sa consistance. Odorat, vue, goût, toucher, un plaisir de quatre sens sur cinq, rien que ça !

1) <u>Son odeur</u>. Le raisin framboise. Je me vois avec Tijo, Robert et Marianne, sous la treille. L'ombre est chaude. Elle sent la framboise. On est bien.

2) <u>Sa couleur</u>. Presque noir sur fond violet. Quand je plonge la tartine dans mon lait cela fait une auréole qui se décompose du violet noir au bleu très pâle en passant par toutes les nuances des rouges et des mauves. Magnifique !

3) <u>Son goût de framboise</u>. Mais moins acide que la framboise.

4) <u>Sa consistance</u>. Entre la confiture et la gelée. Ça fond mais ça ne glisse pas. Violette fait la même chose avec les mûres.

5) <u>Ah ! J'ai oublié, sa température, aussi.</u> Si je laisse le pot passer la nuit sur ma fenêtre et que je plonge ma tartine dans le lait bouillant, le contraste chaud et froid est merveilleux.

Mais ce que j'aime surtout, c'est le fait que ce soit *le raisiné de Violette*. Et je suis sûr que c'est la raison pour laquelle maman ne l'aime pas.

Question : Nos sentiments pour les personnes influencent-ils nos papilles gustatives ?

13 ans, 4 mois, 17 jours   *Samedi 27 février 1937*

Tout à l'heure, dans la salle de bains, Dodo se lavait les yeux à cause du marchand de sable. Violette lui a dit que le marchand de sable passait tous les soirs et du coup, dès que ses yeux l'ont piqué, il est allé les laver. Je lui ai expliqué que ce n'est pas le marchand de sable mais le *sommeil* qui picote les yeux. Que ce qu'on appelle le marchand de sable, c'est l'envie de dormir. Il a répondu : Eh bien quoi, c'est le marchand de sable ! Dodo est encore sous l'*empire des images*. Moi, j'écris ce journal pour m'en libérer.

13 ans, 4 mois, 27 jours   *Mardi 9 mars 1937*

Oncle Georges a répondu à ma lettre. Avec Violette, il est le seul adulte qui réponde aux questions que les enfants lui posent. Du coup, Étienne sait beaucoup plus de choses que moi.

Mon cher petit,

[...] Tu me demandes si j'ai « perdu mes cheveux à la suite d'une frayeur ou d'un saisissement ». [...] Mon petit, je suis devenu chauve pendant la Grande Guerre et je ne suis pas le seul. Je me suis réveillé un matin avec des touffes de cheveux dans le casque, puis le matin suivant, et encore le matin suivant. Je suis devenu chauve en quelques semaines. Le médecin appelait ça la pelade, il disait que ça repousserait. Tu parles ! [...].

Maintenant tu me demandes si, « en tant que représentant du genre chauve », j'ai « des frissons sur le crâne ». Eh bien, sache que cela m'est arrivé au moins une fois : quand j'ai vu Sarah Bernhardt au théâtre, juste après la guerre. Tu ne peux pas imaginer ce qu'était la voix de Sarah Bernhardt. [...].

Quant aux questions que tu me poses concernant « la menstruation et tout ça », je serais bien incapable d'y répondre. La Femme, mon petit, est un mystère pour l'Homme et le contraire n'est malheureusement pas vrai [...].

Juliette et moi t'embrassons bien affectueusement. Transmets nos amitiés à Madame ta mère et viens quand tu veux à Paris nous montrer tes biceps.

Ton oncle Georges

Pour les règles ce qu'il dit est une façon gentille de me faire comprendre que ces questions ne sont pas de mon âge. Je m'y attendais un peu. Entre-temps Violette m'a expliqué le principal. Je lui avais posé la question à cause d'une phrase de Fermantin sur sa sœur : qui avait

« ses affaires », et qui n'était pas « à prendre avec des pincettes ». Le reste, je le recopie dans le dictionnaire.

Menstruation. Dictionnaire Larousse :

« La menstruation comprend : 1. la période d'établissement qui correspond sensiblement à la puberté ; 2. la période d'état qui correspond à la vie génitale de la femme ; 3. la période de cessation ou ménopause.

« La période menstruelle, ou intervalle entre le début de deux menstrues consécutives, varie, suivant les femmes, entre vingt-cinq et trente jours.

« Les menstrues sont presque toujours suspendues pendant la grossesse, et ordinairement pendant l'accouchement. »

13 ans, 5 mois   *Mercredi 10 mars 1937*

Je me souviens d'une conversation entre l'oncle Georges et papa. Papa ne se levait plus. Il ne mangeait presque rien. L'oncle Georges lui demandait de se reprendre. Il le suppliait, même. Il avait les larmes aux yeux. Impossible, disait papa, moi, mon vieux, c'est de l'*intérieur* que je suis devenu chauve ! Et ça ne repousse pas plus que sur ton crâne d'œuf. L'oncle Georges et papa s'aimaient beaucoup.

13 ans, 5 mois, 6 jours   *Mardi 16 mars 1937*

Papa m'avait prévenu ! Mais c'est une chose de le savoir, c'en est une autre quand ça vous arrive ! Je me suis réveillé et j'ai sauté de mon lit. Mon pyjama était trempé et mes mains toutes poisseuses ! Il y en avait aussi dans les draps. En fait, il y en avait partout. Mon cœur battait à toute allure. C'est en ôtant mon pyjama que je me suis rappelé ce que papa disait. Éjaculation, mon garçon. Si ça t'arrive pendant la nuit n'aie pas peur, ce n'est pas que tu recommences à faire pipi au lit, *c'est l'avenir qui s'installe.* Pas d'affolement, autant t'y faire tout de suite, tu produiras du sperme toute ta vie. Au début on contrôle plus ou moins : frottements, plaisir et hop, on lâche tout ! Et puis on s'y fait, on apprend à se retenir, et finalement on en tire le meilleur parti.

Le pyjama collait à mes cuisses comme du papier gommé. Dodo m'a rejoint dans la salle de bains pendant que je me lavais. Il a fallu qu'il la ramène. Il était tout excité. Ce n'est rien, c'est des spermatozoïdes, c'est pour faire les enfants, la moitié est chez les garçons et l'autre moitié chez les filles !

13 ans, 5 mois, 7 jours   *Mercredi 17 mars 1937*

En séchant sur la peau, le sperme se craquelle. On dirait du mica.

13 ans, 5 mois, 8 jours   *Jeudi 18 mars 1937*

Je ne me souviens plus vraiment du visage de papa. Mais de sa voix, oui. Oh ! oui ! Je me rappelle *tout* ce qu'il m'a dit. Sa voix était un souffle. Il murmurait très près de mon oreille. Quelquefois, je me demande si je m'en souviens vraiment ou si papa murmure encore en moi.

47

13 ans, 5 mois, 18 jours   *Dimanche 28 mars 1937*

De nouveau glissé l'écorché dans la rainure de la glace. Puisque c'est à ça qu'il faut ressembler c'est à ça que je ressemblerai.

13 ans, 5 mois, 19 jours   *Lundi 29 mars 1937*

C'est fait. Je suis allé trouver Fermantin. Je lui ai demandé de me montrer des trucs pour me muscler. D'abord il s'est fichu de moi. Il m'a qualifié de cas désespéré et m'a dit qu'il ne s'abaisserait pas à cela. Même si je te fais tes devoirs de maths ? Il a cessé de rire. Qu'est-ce qui se passe, tu veux te faire des biscoteaux pour tomber les filles ? (J'imagine qu'il parlait des biceps, des deltoïdes et des grands élévateurs.) Tu veux une armure romaine ? (Sans doute les muscles abdominaux : le grand droit, le petit oblique, et aussi les grands dentelés.) Il va falloir que tu fasses des abdos, alors, et des pompes en pagaille ! Fermantin n'a que deux ans de plus que moi mais c'est déjà un vrai gymnaste. En général, dans les jeux collectifs comme le football ou le ballon prisonnier, son équipe gagne. Il est inscrit à plusieurs clubs et voudrait que j'y vienne avec lui. Pas question. Il faut d'abord que je sorte de mon armoire. Pas de sports collectifs, mais des tractions, oui (ce qu'il appelle des pompes), et des abdominaux. On peut faire ça tout seul. De la corde, aussi, de la barre, de la course d'endurance, et qu'il m'apprenne à faire du vélo (Violette me prêtera le sien), et à nager aussi. Manès m'a déjà montré mais quand il me jette dans la conque je me contente de flotter en imitant les grenouilles. Pour la course, le vélo et la natation, Fermantin veut que je lui fasse ses rédactions et son anglais. C'est d'accord.

13 ans, 6 mois, 1 jour   *Dimanche 11 avril 1937*

La traction (la pompe) consiste à tenir ton corps dans un angle d'environ quinze degrés avec le sol, très droit entre la pointe des pieds et les bras tendus, puis à plier les coudes jusqu'à ce que le menton touche le sol, et à te redresser, cela autant de fois que tes bras en ont la force. Le corps doit rester tendu, il ne faut pas que le dos s'incurve ou que les genoux touchent le sol à la fin de la flexion, et la poitrine doit l'effleurer à peine. Tu peux mettre aussi les pieds sur le bord de ton lit pour faire travailler tes bras davantage. Cela, c'est la traction de base. Il y en a quantité d'autres. Fermantin m'en a fait la démonstration. En musique on appellerait ça variations sur un thème. La pompe claquée : les avant-bras propulsent le corps suffisamment haut pour qu'on puisse claquer les mains avant de les reposer sur le sol. (N'essaie pas tout de suite, ta tête arriverait la première et tu te casserais les dents.) La pompe claquée derrière le dos : même opération, mais l'impulsion doit être plus forte pour nous donner le temps de claquer les mains *derrière* notre dos. (N'y pense même pas. Ou alors, fais-le sur un matelas.) Plus difficile encore, la pompe pirouette : le corps tourne sur lui-même avant de retomber dans sa position de départ. La pompe sur un seul bras, puis sur

l'autre, <u>la pompe sur trois doigts</u> (excellent pour les pha-
langes des alpinistes), etc.

*

NOTE À LISON

Ma chère Lison,

*Les quatre cahiers suivants (avril 37 - été 38) sont typique-
ment de ceux que tu peux sauter. Tu n'y trouveras que des
tableaux sur l'évolution de ma musculature (biceps, avant-bras,
torse, cuisses, mollets, ceinture abdominale...). Pendant tout ce
début d'adolescence j'ai passé mon temps à me mesurer ; un
mètre ruban à la main, j'étais devenu mon ethnographe et mon
bon sauvage. J'en souris aujourd'hui mais je crois que je m'étais
bel et bien mis en tête de ressembler à l'écorché du Larousse ! Au
Briac, où Violette m'emmenait passer toutes les vacances depuis
mon exclusion des scouts, je remplaçais la gymnastique par les
travaux des champs et des bois. Manès et Marta étaient épatés
qu'un gamin des villes prît tant à cœur la vie de la ferme. Ils ne
me soupçonnèrent jamais de choisir les travaux en fonction de
critères strictement musculaires : la coupe du bois pour les biceps
et les avant-bras, le chargement du foin pour les cuisses, les
abdominaux et les dorsaux, la course après les chèvres et la
fureur de nager pour l'épanouissement de ma cage thoracique.
J'éprouve aujourd'hui un petit remords de les avoir trompés sur
mes fins dernières, mais Violette n'était pas dupe, elle, et rien ne
me rendait plus heureux que de partager un secret avec Violette.*

*Dis-moi, Lison, comme je ne vous ai jamais parlé de mon
enfance, il me vient soudain à l'esprit que tu ne dois pas com-*

prendre grand-chose à ces débuts calamiteux : la mort du père, la mère furibarde, le jeune corps abandonné dans l'armoire à glace, et ce gamin de treize ans qui écrit déjà avec une componction d'académicien. Le moment est venu de t'en dire deux mots.

Vois-tu, je suis né d'une agonie. Mon père était un de ces innombrables morts vivants rendus par la Grande Guerre à la vie civile. L'esprit saturé d'horreurs, les poumons détruits par les gaz allemands, il tenta vainement de survivre. Ses dernières années (1919-1933) furent le combat le plus héroïque de sa vie. Je suis né de cette tentative de résurrection. Ma mère avait entrepris de sauver son mari en me concevant. Un enfant lui ferait le plus grand bien, un enfant c'est la vie ! J'imagine qu'il n'eut d'abord ni force ni appétit pour ce projet, mais ma mère le requinqua suffisamment pour que je fasse mon apparition le 10 octobre 1923. En pure perte ; le lendemain de ma naissance mon père retombait en agonie. Ma mère ne nous pardonna pas cet échec, ni à lui ni à moi. Je ne sais rien de ce que furent leurs relations avant ma naissance mais j'entends encore la litanie des reproches maternels. Il « s'écoutait trop », « ne se secouait pas assez », « se fichait de tout », restait « assis sur son tas », la laissant « toute seule » dans cette vie où elle avait « tout à penser et tout à faire ». Ces insultes à un mourant furent la musique ordinaire de mon enfance. Mon père n'y répondait pas. Par compassion sans doute – c'était une femme malheureuse qui l'injuriait –, mais par épuisement surtout, un accablement qu'elle prenait pour une forme sournoise de l'indifférence. Cette femme n'avait pas obtenu de cet homme ce qu'elle en attendait, il n'en faut pas davantage à certains tempéraments inquiets pour vivre dans la rancœur, le mépris et la solitude. Elle resta, pourtant. Elle ne le quitta pas. On ne divorçait pas à l'époque,

51

ou peu, ou moins qu'aujourd'hui, ou pas chez nous, ou pas elle, je ne sais pas.

Ma naissance n'ayant pas ressuscité son mari ma mère me considéra d'emblée comme un objet inutile, un bon à rien, stricto sensu, *et elle m'abandonna à lui.*

Or, j'ai adoré cet homme. Je ne savais pas qu'il mourait, bien sûr, je prenais sa langueur pour l'expression d'une grande douceur et je l'aimais pour cela, et comme je l'aimais, je l'imitais en tout, jusqu'à faire de moi un petit moribond idéal. Comme lui, je bougeais peu, je mangeais à peine, je réglais mes gestes à l'extrême lenteur des siens, je grandissais sans m'étoffer, bref, je m'appliquais à ne pas prendre corps. Comme lui, je me taisais beaucoup ou m'exprimais par une ironie douce en laissant aller sur toute chose de longs regards débordant d'un amour impuissant. L'un de mes testicules refusait obstinément de se montrer, comme si j'avais pris la décision de ne vivre qu'à moitié. Vers mes huit ou neuf ans la chirurgie le mit en place malgré lui mais longtemps je me suis cru borgne de ce côté-là.

Ma mère nous appelait ses fantômes, mon père et moi. « J'en ai par-dessus la tête de ces deux fantômes ! » entendions-nous derrière les portes qu'elle claquait. (Elle passait son temps à fuir en restant sur place, d'où le souvenir des portes claquées.) J'ai donc vécu mes dix premières années dans la compagnie unique de ce père évanescent. Il me regardait comme s'il se désolait d'avoir à quitter ce monde en y abandonnant l'enfant que lui avait extorqué l'optimisme de l'espèce. Mais il était hors de question qu'il me laissât sans munitions. Malgré sa faiblesse, il entreprit de m'instruire. Et pas qu'un peu, je te prie de le croire ! Les dernières années de sa vie furent une course éperdue entre l'extinction de sa conscience et l'éclosion de la mienne. Lui mort, il fallait que son fils sût lire, écrire, décliner, compter, calculer, penser, mémoriser, raisonner, se taire à bon escient et ne pas en penser moins. Tel était son projet. Jouer ? Pas le temps. Et d'ailleurs avec quel corps ? J'étais un de ces enfants mous et perplexes qu'on trouve au bord des bacs à sable, tu sais, pétrifiés par l'énergie de leurs congénères. « Quant à celui-ci, disait ma mère en me pointant du doigt, c'est l'ombre du fantôme ! »

Mais quelle tête, ma fille ! Et très tôt ! Avant même de savoir lire je connaissais par cœur quantité de fables. Mon père et moi commentions ensemble leur moralité en de longs conciliabules qu'il appelait nos exercices de « petite philosophie ». Il y associa bientôt les maximes des moralistes, ces aquarelles de la pensée dont un enfant peut très tôt tirer profit pour peu qu'on l'accompagne dans leurs marges, ce qu'il faisait, en commentaires chuchotés parce que sa voix faiblissait – les deux dernières années de sa vie il ne parlait qu'en murmurant – mais aussi, je crois, parce qu'il aimait à me présenter les vérités intemporelles sous forme de confidences amicales. En sorte que très tôt je me suis enrichi d'un savoir universel que j'ai choyé comme l'héritage d'un amour unique. Lorsque, dans votre enfance, Bruno et toi vous vous moquiez de moi parce que vous m'entendiez réciter, comme on chantonne, en laçant mes chaussures ou en faisant la vaisselle, une bribe de Montaigne, trois lignes de Hobbes, une fable de La Fontaine, une pensée de Pascal, une maxime de Sénèque (« Papa parle tout seul, papa parle tout seul ! »), tu te souviens ? Eh bien c'étaient des bulles de petite philosophie qui remontaient de mon enfance.

À six ans, quand il fallut me livrer à l'école, mon père tint à me garder près de lui. L'inspecteur d'académie – il s'appelait Monsieur Jardin – que ma mère convoqua pour qu'il s'oppose à ce projet fut estomaqué par le niveau, l'étendue et la variété de nos conversations chuchotées. Il nous donna son blanc-seing. Une fois mon père disparu, ma mère me livra directement à l'Éducation nationale, examen d'entrée en sixième dûment expédié. Je te laisse imaginer le genre d'élève que j'étais. Plus encore que la qualité de mes connaissances ou le fait que j'écrive et parle comme un livre (en chuchotant comme un conseiller du prince et en soulignant par d'exaspérantes italiques l'essence de mes propos), ce que mes professeurs admiraient surtout c'était l'impeccable écriture de notaire dont m'avait doté la rigueur paternelle. Sois lisible, disait mon père, ne laisse pas soupçonner que tu cherches à dissimuler par une écriture indéchiffrable une pensée que tu ne maîtriserais pas. Quant à la cour de récréation, tu devines le sort que m'y auraient fait mes camarades si le corps enseignant n'avait pris ce pitoyable orvet sous sa protection.

La mort de mon père m'a laissé doublement orphelin. Non seulement je l'avais perdu, mais avec lui toute trace de son existence. Comme font parfois les veuves – qu'elles soient folles de douleur ou ivres de liberté –, dès le lendemain de sa mort ma mère avait effacé tout ce qui pouvait lui rappeler l'existence de cet homme. Ses vêtements allèrent à la paroisse, ses objets familiers à la poubelle ou à la salle des ventes. C'est pour le coup que je suis devenu son fantôme ! Privé du plus petit souvenir tangible de lui, j'errais dans la maison comme une ombre sans corps. Je mangeais de moins en moins, ne parlais plus du tout, et développais une peur panique des miroirs. Je me sentais si peu charnel que leurs reflets me paraissaient suspects. (Fine mouche, tu m'as souvent fait remarquer ma défiance pour les miroirs et les photographies, reliquat de cette terreur enfantine, je suppose.) La nuit plus encore que le jour l'idée de passer devant un miroir me glaçait le sang. Je ne pouvais m'ôter de l'esprit qu'il contenait mon image alors même que, toutes lumières éteintes, je ne m'y voyais pas. Bref, ma chérie, à dix ans ton père ne pesait pas lourd et ne tournait pas rond. C'est alors que ma mère entreprit de m'incarner une fois pour toutes en m'inscrivant aux louveteaux d'abord, puis chez les scouts de France. Les activités de plein air et « l'esprit de corps ! » (elle le disait sans ironie) me *feraient le plus grand bien. Fiasco total, comme tu le sais. Ce n'est pas le genre de milieu où l'on fait carrière quand on a commencé avec un seul testicule.*

Non, la personne qui m'a vraiment donné corps, jusqu'à faire de moi un garçon couillu, jouissant sans vergogne de ses aptitudes physiques, ce fut Violette, qui faisait chez nous le ménage, la lessive et la cuisine, Violette, la sœur de Manès, la tante de Tijo, de Robert et de Marianne. Ma mère usait la patience des domestiques à une vitesse inouïe ; à peine recrutés, ils fichaient le camp accusés de tous les péchés du monde. Jusqu'au jour où Violette prit le manche et s'y cramponna envers et contre tout, parce qu'elle avait secrètement adopté l'enfant larvaire qui hantait cette maison. C'est sous son aile que j'ai poussé. Une fois éliminée l'institution des scouts de France, conçue pour soulager maman de ma présence, Violette se trouva être la seule institution apte à la débarrasser durablement de moi en m'emmenant passer les vacances scolaires – dont les longs mois d'été – à la ferme chez son frère Manès et sa belle-sœur Marta. Violette, qui fut l'amour unique de mon enfance, n'était qu'une solution de facilité. Tu verras, il est souvent question de Violette dans ce journal, et très au-delà de sa mort.

Bien. Fin de cette note biographique. Tu peux revenir aux choses sérieuses. À la ferme, chez Manès et Marta. Été 1938. Tu vas voir, j'étais dans un bien meilleur état.

*

14 ans, 9 mois, 8 jours　　　　　*Lundi 18 juillet 1938*

Pour lutter contre le vertige, j'ai demandé à Manès l'autorisation de faire mon lit dans le grenier à fruits. (À quatre mètres de hauteur.) Marta était d'accord. Monter, ça va, l'échelle est verticale et tu regardes vers le haut. Pour redescendre c'est autre chose ! Au début, j'étreignais l'échelle comme un perdu. Il m'est arrivé de rester cinq bonnes minutes sur un barreau du milieu ! Robert, qui m'attendait en bas, me criait de ne pas regarder sous moi et de respirer à fond. Garde les yeux à hauteur des barreaux ! Ou alors, lâche tout, tu arriveras plus vite !

14 ans, 9 mois, 19 jours   *Vendredi 29 juillet 1938*

Le saut dans le grain, chez Peluchat, c'est autre chose ! Jusqu'à la semaine dernière, je n'ai pas osé, toujours à cause du vertige. Marianne se moquait de moi : Tijo le fait bien, lui ! À cinq ans ! Robert : Tu l'aimes pas la plage ? Robert appelle ça aller à la plage à cause du blé qui est « blond comme le sable à moins que ce soit le contraire ». On se déshabille avant de grimper à l'échelle pour ne pas rapporter de grain dans nos vêtements. Sauter dans le blé est interdit, le grain dans les vêtements est une preuve accablante. Si Manès ou Peluchat trouvent un seul grain sur nous, ils nous tannent le cul (*dixit* Robert). Le faîtage est à sept mètres, la poutre maîtresse à cinq et le grain monte jusqu'à deux. On grimpe par l'échelle, on court le long de la poutre et on saute. Un saut de trois mètres dans le vide ! Sans crier surtout ! S'ils nous entendent et qu'ils nous chopent à sauter *à poil* dans leur blé, alors là, ils nous tannent les *deux* culs ! (Toujours Robert.) Jusqu'à la semaine dernière impossible de courir sur la poutre, même de m'y tenir debout. Là où Tijo gambade avant de plonger je ne pouvais avancer qu'à quatre pattes et sauter en fermant les yeux. La première fois, c'est Marianne qui m'a poussé. La frayeur m'a fait crier. Nous sommes restés cachés dans le blé sans bouger pendant au moins cinq minutes, Robert immobilisant et bâillonnant Tijo qui voulait resauter tout de suite. Mais personne n'a entendu mon cri. J'ai dû sauter seul les trois fois suivantes, c'était le gage. Sans crier ! Et sur la poutre, tiens-toi debout ! Et garde les yeux ouverts en sautant. Un saut de trois mètres, la remontée des boyaux dans la gorge, le trou crissant que fait ton corps dans le grain, la chaleur du blé fraîchement battu sur ta peau nue, cette caresse tellement vivante... Merveilleux ! À présent, je le fais couramment. Souvent seul avec Tijo. Pourtant, je sens que j'ai toujours le vertige : on peut *maîtriser* le vertige, il n'est jamais *vaincu*.

14 ans, 9 mois, 21 jours   *Dimanche 31 juillet 1938*

J'ai le vertige mais je m'en fiche. Nous pouvons donc empêcher nos sensations de paralyser notre corps. Elles s'apprivoisent comme des animaux sauvages. Le souvenir de la peur ajoute même au plaisir ! Ça vaut aussi pour ma peur de l'eau. Je plonge maintenant dans la conque comme si j'avais dompté un chat sauvage. Sauter dans le grain, pêcher les truites à la caresse, nourrir Mastouf sans peur d'être mordu, ramener le cadet du pré, ce sont des peurs vaincues. *Tes Ponts d'Arcole*, aurait dit papa.

14 ans, 9 mois, 25 jours   *Jeudi 4 août 1938*

La peur ne te garantit de rien elle t'expose à tout ! Ce qui n'empêche pas d'être prudent. Papa disait : La prudence est l'intelligence du courage.

14 ans, 10 mois   *Mercredi 10 août 1938*

Deux truites, la troisième m'a glissé. L'année dernière je ne pouvais même pas tenir une truite vivante dans la main. Ça me dégoûtait. Je la lâchais aussitôt comme si toute cette vie m'électrocutait. Cela dit, Robert en fait six ou sept quand j'en fais une ou deux. Le jour où Tijo s'y mettra, il dépeuplera la rivière !

14 ans, 10 mois, 10 jours   *Samedi 20 août 1938*

Deux *conceptions* de la douleur.
À la traite de ce matin une vache renverse le seau. Robert s'agenouille pour évacuer le lait dans la rigole, se relève le seau à la main *et une planche clouée à son genou*. Il s'est agenouillé sur le clou ! Il arrache la planche sans plus de façon et se remet au travail. Quand je lui dis qu'il faut désinfecter tout de suite, bof, ça attendra la fin de la traite. Je lui demande s'il a mal : un peu. À quatre heures, je me coupe le gras du pouce en tranchant le pain du goûter. Le sang gicle, le cœur me vient aussitôt à la bouche, la tête me tourne, je me laisse glisser le long du mur et m'assieds par terre pour ne pas m'évanouir. Entre Robert et moi, c'est toute la différence. Si on demandait à maman d'où vient cette différence, elle répondrait : « Ces gens-là n'ont aucune imagination, voilà tout ! » Elle l'a souvent dit de Violette. (Quand Violette a perdu sa fille, par exemple, et qu'elle ne pleurait pas.) Mon évanouissement serait donc dû à mon sublime degré de

civilisation ! Tu parles ! Robert, qui a mon âge, vit en amitié avec son corps, c'est tout. Son corps et son esprit ont été élevés *ensemble*, ils sont bons camarades. Ils n'ont pas besoin de refaire connaissance à chaque surprise. Si le corps de Robert saigne, ça ne le surprend pas. Si le mien saigne, la surprise me fait m'évanouir. Robert sait bien, lui, qu'il est rempli de sang ! Il saigne parce qu'il vit dans un corps. Comme saigne le cochon qu'on saigne ! Moi, *chaque fois qu'il m'arrive quelque chose de nouveau, j'apprends que j'ai un corps* !

14 ans, 10 mois, 13 jours   *Mardi 23 août 1938*

Remplacé l'échelle du grenier à fruits par une corde. Surtout pour empêcher Tijo de monter. Pour l'instant je ne grimpe que la moitié sans les pieds.

14 ans, 10 mois, 14 jours   *Mercredi 24 août 1938*

Tijo est le contraire de ce que j'étais enfant. Absolument physique. Rien du gros petit bouddha que sont en général les enfants de son âge. C'est une espèce d'araignée tout en nerfs, en muscles et en tendons. Très immobile et tout à coup très véloce. Jamais un geste lent. Il est si rapide qu'on ne peut prévenir aucune des catastrophes que son énergie déclenche. Je ne lui donne pas trois semaines pour grimper à la corde qui mène à mon grenier. La semaine dernière il s'est mis en tête de suivre un blaireau dans son terrier. Manès l'a délivré en creusant à la pelle, comme pour les chiens. Blaireau très mécontent, *mais ne l'a pas griffé* ! Ni mordu. Si Tijo avait été un chien, le blaireau l'aurait éventré ! (Les animaux sauvages ont-ils le sens de l'enfance ?) Tijo tout sale mais tout rire. Chaque jour, une prouesse physique de ce genre. Pourtant, le soir, il me réclame une histoire comme un enfant sage. Il écoute, raide dans son lit, les yeux grands ouverts sous sa tignasse noire (hier c'était *Le Petit Poucet*), il est tout entier dans son visage, inquiet, impatient, scandalisé, compatissant, il éclate de rire et, tout à coup, il dort.

14 ans, 10 mois, 18 jours   *Dimanche 28 août 1938*

Mal calculé mon coup à la conque. Plongé trop droit, donné le coup de rein trop tard. Résultat la paume de mes mains et les genoux écorchés. Pas senti grand-chose sous l'eau, mais dehors une douleur de chien ! (« Cuisante » est vraiment le mot juste.) Quand Violette m'a dit qu'elle allait nettoyer ça avec le calva de Manès, je n'ai pas pu m'empêcher de lui demander si ça allait faire mal. Bien sûr, qu'est-ce que tu crois, la gnôle de Manès ce n'est pas de la bibine ! Donne ta jambe. J'ai tendu la jambe en me cramponnant à la chaise. Tu es prêt ? (Tijo surveillait l'opération avec beaucoup d'intérêt.) J'ai serré les dents et les paupières, j'ai fait signe que oui, Violette a frotté la plaie, et je n'ai absolument rien senti ! *Parce qu'elle s'est mise à hurler à ma place.* Un véritable hurlement de douleur comme si on la dépiautait vive ! Ça m'a d'abord sidéré, et puis ça nous a fait rire, Tijo et moi. Ensuite, j'ai senti sur mon genou la fraîcheur de l'alcool qui s'évapore. Il emportait une partie de la douleur. J'ai dit à Violette que ça ne marcherait pas pour le second genou puisque maintenant je connaissais le truc. Tu paries ? Donne l'autre jambe. Cette fois-ci elle a poussé un *autre* cri. Un cri d'oiseau incroyablement aigu qui m'a vrillé les tympans. Même résultat. Rien senti non plus. Ça mon petit gaillard, ça s'appelle L'*anesthésie auditive*. Elle n'a pas crié en nettoyant mes mains et son silence m'a encore plus surpris que ses hurlements. C'était fini avant que je ressente quoi que ce soit.

Donc, si nous arrivons à distraire l'esprit de la douleur, le blessé ne la ressent pas. Violette me dit qu'elle a trouvé le truc en soignant Manès quand il était petit. Manès était douillet ? Elle a souri : Même Manès a été un petit garçon.

14 ans, 10 mois, 20 jours   *Mardi 30 août 1938*

Trouvé Tijo dans mon lit en allant me coucher. Il a donc grimpé cette corde ! Je n'ai pas eu le cœur de le renvoyer. Comment faire, d'ailleurs ? Il faudrait le ligoter et le descendre *avec* la corde ! Il a un sommeil de chiot. Il galope et glapit en courant. Et en même temps un sommeil d'enfant. Une bombe ne le réveillerait pas. Moi, j'ai toujours eu le sommeil léger. Même si je suis épuisé, l'esprit reste en sentinelle. Et cette pince qui m'arrache si souvent le cœur de la poitrine au moment du réveil ! Tu es comme ta mère, dit Françoise, tu fais de l'angoisse. C'est vrai. Mais beaucoup moins ici qu'à la maison.

14 ans, 10 mois, 23 jours   *Vendredi 2 septembre 1938*

Violette me surprend, nu, dans le petit bassin sous la conque. Je me lavais après la cueillette des mûres. Mes mains et mes bras étaient rouges comme ceux d'un assassin. Elle me regarde : Je vois que le cresson a poussé autour de ta fontaine ! (Personne ne parle jamais de nos poils. Violette, si.) Ça niche aussi sous tes bras ? J'ai levé mes bras en l'air pour qu'elle constate par elle-même. Elle ne connaissait plus mon corps. Il y a presque trois ans qu'elle ne me débarbouille plus. Les gens qui vous connaissent le mieux ne savent plus rien de votre intimité quand vous grandissez. Tout devient secret. Et puis, on meurt et tout réapparaît. C'est Violette qui a fait la dernière toilette de papa.

14 ans, 10 mois, 25 jours   *Dimanche 4 septembre 1938*

Manès m'a conseillé de faire de la boxe. Tu es souple, tu vas vite, tu as de bons muscles, quand tu auras grandi tu auras une bonne allonge, il faut faire de la boxe. Lui-même a été champion militaire pendant son service. Le plus intéressant dans ce sport, c'est l'esquive. Manès a dessiné sur le sol de la grange des traces de pieds qui se font vis-à-vis. Nous entrons chacun dans les nôtres et il faut que j'essaie de le toucher avec mes poings. Vas-y, frappe-moi, essaye de me toucher. C'est le jeu. Je suis dans mes traces, lui dans les siennes, à portée de mes poings, et il faut que je le touche. Impossible de l'atteindre. Au début, j'y allais doucement, mais il n'arrêtait pas de répéter, plus vite ! plus fort ! plus vite ! tape plus fort !

Essaie de me toucher ! Encore ! Encore ! C'est tout à fait impossible. Il esquive tous les coups. Soit il se recule et mon poing arrive à bout de course sans le toucher (ce qui fait mal au coude), soit il se baisse et je passe par-dessus (ce qui me déséquilibre), soit il pivote sur ses hanches et je tape à côté (ce qui m'oblige à sortir de mes traces). Parfois, il esquive juste en tournant le visage d'un côté ou de l'autre. Encore raté. Frôlé mais raté. Et tout cela en gardant les mains croisées derrière le dos et les pieds dans les traces. Mes poings ne rencontrent que du vide. Si je fais semblant de taper d'un côté pour taper de l'autre, il esquive en riant : Petit malin, va ! C'est incroyablement fatigant de boxer contre un fantôme ! Tu t'essouffles, tes épaules, tes coudes, tes tendons te font mal, tu t'énerves et tu t'épuises. C'est le moment que choisit l'adversaire pour contre-attaquer. En deux ou trois tapes de chat, Manès m'effleure le foie, le men-ton et le nez. Il est d'une souplesse et d'une rapidité inimaginables. Pourtant Violette dit qu'il a bien doublé de volume depuis 1923, date de son service et de ma naissance.

14 ans, 10 mois, 27 jours　　　　　*Mardi 6 septembre 1938*

À qui puis-je raconter qu'un enfant de cinq ans grimpe une corde de quatre mètres ? Personne ne me croira. C'est pourtant ce que fait maintenant Tijo tous les soirs. Au demeurant, il est très sage. Il dort tout de suite après son histoire. Au réveil, il tape avec moi dans le sac de son que Manès a accroché à ma poutre. Manès y a dessiné son propre visage au charbon de bois : Efface-moi. C'est

la consigne. Il faut que le dessin soit effacé par l'entraînement. Très ressemblant, cet autoportrait ! Sa tignasse,
ses sourcils, sa moustache suffisent : c'est bien Manès.

14 ans, 10 mois, 28 jours   *Mercredi 7 septembre 1938*

Violette est morte, Violette est morte, Violette est
morte, Violette est morte, Violette est morte, Violette
est morte, Violette est morte, Violette est morte, Violette est morte, Violette est morte, Violette est morte,
Violette est morte, Violette est morte, Violette est
morte, Violette est morte, Violette est morte, Violette
est morte, Violette est morte, Violette est morte, Violette est morte, Violette est morte, Violette est morte,
Violette est morte, Violette est morte, Violette est
morte, Violette est morte, Violette est morte, Violette
est morte, Violette est morte, Violette est morte, Violette est morte, Violette est morte, Violette est morte,
Violette est morte, Violette est morte, Violette est
morte, Violette est morte, Violette est morte, Violette
est morte, Violette est morte, Violette est morte, Violette est morte, Violette est morte, Violette est morte,
Violette est morte, Violette est morte, Violette est
morte, Violette est morte, Violette est morte, Violette
est morte, Violette est morte, Violette est morte, Violette est morte, Violette est morte, Violette est morte,
Violette est morte, Violette est morte, Violette est
morte, Violette est morte, Violette est morte, Violette
est morte, Violette est morte, Violette est morte, Violette est morte, Violette est morte, Violette est morte,
Violette est morte, Violette est morte, Violette est

morte, Violette est morte, Violette est morte, Violette
est morte, Violette est morte, Violette est morte, Violette est morte, Violette est morte, Violette est morte,
Violette est morte, Violette est morte, Violette est
morte, Violette est morte, Violette est morte, Violette
est morte, Violette est morte, Violette est morte, Violette est morte, Violette est morte, Violette est morte,
Violette est morte, Violette est morte, Violette est
morte, Violette est morte, Violette est morte, Violette
est morte, Violette est morte, Violette est morte, Violette est morte, Violette est morte. Violette est morte,
Violette est morte, Violette est morte, Violette est
morte, Violette est morte, Violette est morte, Violette
est morte, Violette est morte, Violette est morte, Violette est morte, Violette est morte, Violette est morte,
Violette est morte, Violette est morte, Violette est
morte, Violette est morte, Violette est morte, Violette
est morte, Violette est morte, Violette est morte, Violette est morte, Violette est morte, Violette est morte,
Violette est morte, Violette est morte, Violette est
morte, Violette est morte, Violette est morte, Violette
est morte, Violette est morte, Violette est morte, Violette est morte, Violette est morte, Violette est morte,
Violette est morte, Violette est morte, Violette est
morte, Violette est morte, Violette est morte, Violette
est morte, Violette est morte, Violette est morte, Violette est morte, Violette est morte, Violette est morte,
Violette est morte, Violette est morte, Violette est
morte, Violette est morte. C'est fini.

*

NOTE À LISON

Ma chère Lison,

   Là encore tu peux sauter le cahier suivant. Tu n'y trouveras que cette phrase, indéfiniment répétée. Violette était morte en effet. Et pour le garçon que j'étais, elle n'aurait pas dû mourir. Elle était sous ma protection, vois-tu. Toute la force que j'avais puisée dans sa vieille force avait fait de moi son protecteur naturel. Rien ne pouvait lui arriver tant que je vivais auprès d'elle. Elle est morte, pourtant. Elle est morte et j'étais là. Il n'y avait que moi. J'ai été le seul témoin de sa mort. Un après-midi que j'avais attrapé cinq truites en remontant le cours de la rivière tandis qu'elle m'attendait, assise sur son pliant de toile rouge (elle m'avait appris à pêcher les truites à la caresse, plaque-les bien contre la pierre et n'aie pas peur des serpents, les petites bêtes ne mangent pas les grosses), cinq truites que j'avais jetées vives dans son panier cet après-midi-là (c'était elle qui les tuait, d'un coup sec sur une pierre), elle est morte. À la sixième truite. Je l'ai trouvée, tombée de son pliant, suffoquant, cherchant l'air comme le poisson que je venais de lâcher en courant vers elle, et j'ai crié son nom, et j'ai frappé son dos, croyant qu'elle avait avalé quelque chose de travers, et j'ai dégrafé son corsage, et j'ai plongé ma chemise dans la rivière pour lui faire une compresse fraîche, et pendant tout ce temps elle courait après son souffle, happait l'air qui l'étouffait, l'air qui devait la sauver et qui maintenant l'étouffait, ses yeux stupéfaits par cette trahison de la vie, ses mains agrippées à mes bras comme ceux d'une noyée à la dernière branche, et ne pouvant me parler, pas même me dire qu'elle mourait, rien que ces doigts glacés, ces cris avalés, cette affreuse déchirure de la trachée, cette mort rauque et bleuissante, car elle mourait, nous le savions elle et moi. Violette je ne veux pas que tu meures ! C'était ce que je criais, pas au secours, pas à l'aide, Violette je ne veux pas que tu meures ! répété jusqu'à cette seconde où je ne me suis plus vu dans ses yeux, où ses yeux si proches n'ont plus rien regardé, cette seconde où elle a soudain pesé, dans mes bras, son poids de femme morte. Alors nous n'avons plus bougé. Son corps s'est vidé de tout l'air qui l'avait étouffé et j'ai laissé passer le jour. Quand Robert et Marianne nous ont trouvés, la truite vivait encore.

Une fois ramené par maman à la maison, je me suis enfermé dans ma chambre et me suis mis à remplir un cahier de cette seule phrase : « Violette est morte » répétée indéfiniment. C'était le cahier que tu as sous les yeux, le huitième de mon journal, et ce cahier une fois rempli j'en noircirais d'autres, tel était mon projet, tous les cahiers suivants, de cette phrase unique, Violette est morte, cahier après cahier, façon d'écrire sans respirer jusqu'à extinction de mes propres forces. À en juger par l'application de ma calligraphie c'était une résolution calme, Violette est morte, mon écriture d'aujourd'hui déjà, tout à fait maîtrisée, boucles, pleins et déliés, un rigoureux hurlement IIIᵉ République, de sages pages d'écriture au service d'une douleur atroce. J'ai hurlé Violette est morte jusqu'à ce que l'épuisement me fasse tomber le stylo de la main. Ce n'était pas la fatigue d'écrire, c'était d'avoir le ventre vide. Car j'avais entamé une grève de la faim. Maman n'était pas venue à l'enterrement de Violette, maman parlait de Violette morte comme elle le faisait de Violette vivante, maman, pensais-je, salissait la mémoire de Violette – je ne salis personne je dis ce que je pense ! – et j'avais entamé une grève de la faim pour ne plus vivre avec maman. J'ignorais alors que ma mère ne pensait pas, qu'elle faisait partie de la cohorte innombrable de ceux qui, « en leur âme et conscience », appellent « opinion », « conviction », « certitude, » et même « sentiment » et même « pensée », les sensations vagues et pourtant tyranni-

ques qui arment leurs jugements. Violette était sournoise, Violette était vulgaire, Violette ne tenait pas sa place, Violette probablement volait, Violette était négligée, alcoolique, intempérante, Violette sentait, Violette devait finir comme ça, et moi je ne voulais plus vivre avec maman. La pension ou la mort, tel fut mon slogan. Et la grève de la faim mon moyen de pression.

*

14 ans, 11 mois, 3 jours   *Mardi 13 septembre 1938*

La grève de la faim, toi ? On en reparlera demain ! Elle se trompe. Je tiens le coup. Ce n'est pas si terrible, d'ailleurs. Je ne triche pas. Je ne mange pas en cachette. Quand j'ai trop faim, je bois un verre d'eau, comme on en a le droit avant la communion. À chaque repas, elle me ressert la même assiette, comme elle fait avec Dodo quand il n'aime pas ce qu'elle lui sert. Si tu crois que nous allons gâcher la nourriture ! Elle ne comprend vraiment rien. C'est intéressant, quelqu'un qui croit tout savoir et qui comprend si peu les gens. Mais je ne veux pas m'intéresser à elle. Je ne dirai plus jamais maman.

14 ans, 11 mois, 4 jours   *Mercredi 14 septembre 1938*

Je suis allé aux cabinets pour la dernière fois. Maintenant, je suis vraiment vide. Mon estomac (ou mes intestins ?) gargouille, parce que mon appareil digestif travaille inutilement. Quand on a vraiment faim, on dort en chien de fusil. On se referme sur son estomac. Comme si on le comprimait pour oublier ce vide. Dans la journée, on ne pense qu'à manger. La salive devient sucrée. On pourrait manger n'importe quoi, je crois. Dodo veut que je l'emmène avec moi en pension. Il dit qu'il ne restera pas seul ici.

14 ans, 11 mois, 5 jours   *Jeudi 15 septembre 1938*

Hier soir, j'ai mâché mon drap. Ce n'était pas tricher, c'était juste pour avoir quelque chose dans la bouche. Je crois que je le mâchais encore en m'endormant. Dodo en a profité pour me menacer. Il m'a fait jurer de l'emmener. Il m'a dit, si tu ne m'emmènes pas avec toi, je t'apporte tout ce qu'il y a de meilleur à manger et je le mange devant toi. Nous avons ri.

14 ans, 11 mois, 6 jours   *Vendredi 16 septembre 1938*

Ce matin, elle a voulu m'embrasser. J'ai sauté de mon lit. Je ne veux pas qu'elle me touche. Mais la tête m'a tourné et je suis tombé. Elle a voulu me relever, j'ai roulé sous le lit pour qu'elle ne m'attrape pas. Elle a dit que ce n'est pas en pension qu'elle allait me mettre mais chez les fous. Elle a ajouté d'ailleurs c'est de la comédie, tu manges en cachette, je t'ai vu ! Elle le répète tout le temps, pour se rassurer. C'est Dodo qui me l'a dit.

14 ans, 11 mois, 7 jours   *Samedi 17 septembre 1938*

La nourriture c'est de l'énergie. Je n'ai plus d'énergie. Enfin, je n'en ai plus pour mon corps. Pour ma volonté, ça va, rien n'a changé. Je ne remangerai et je ne reparlerai que quand elle aura dit oui à la pension. N'importe quelle pension, je m'en fiche.

Il ne faut pas que je reste couché. Il ne faut pas que je dorme. Il faut que je sorte. Il faut que je marche. Moins on mange plus on se sent lourd et plus les distances paraissent longues. Dans la rue, pour avancer je vais de réverbère en réverbère. Quand j'en atteins un, je m'arrête pour respirer, je regarde le suivant et je repars. Il faut que je fasse au moins dix réverbères par promenade. Dix à l'aller, dix au retour. C'est peut-être comme ça que je marcherai quand je serai vieux. En comptant les réverbères.

14 ans, 11 mois, 8 jours　　　　　*Dimanche 18 septembre 1938*

Elle a engagé une nouvelle cuisinière : Rolande. Comme elle ne vient plus dans ma chambre elle envoie Rolande me porter mon déjeuner. Elle lui fait faire mes plats préférés. Ce matin des pâtes aux tomates et au basilic (la sauce des bocaux de Violette !). Ce soir gratin dauphinois et lait caillé au raisiné. Je n'ai touché à rien. Je me suis juste penché au-dessus des assiettes pour respirer à fond, avec une serviette sur la tête, comme pour une inhalation. Le parfum de la tomate et du basilic te remplit vraiment. Il se répand dans tout le vide que la faim a creusé en toi. Le parfum de la muscade aussi. Tu n'es pas nourri mais tu es rempli. Rolande remporte les assiettes pleines. Elle doit se dire qu'elle est tombée dans une maison de fous. Dodo dit que je suis vraiment fortiche.

Les tomates au basilic, j'avais aidé Violette à les préparer en août. Il ne faut pas garder les bocaux trop longtemps, mon petit gaillard, un mois et demi, deux mois, pas plus, sinon le basilic brouille l'huile et lui donne mauvais goût. (C'est vrai qu'il n'y avait plus beaucoup d'air dans sa voix.) J'ai pleuré.

14 ans, 11 mois, 9 jours   *Lundi 19 septembre 1938*

Pour les tractions ça devient difficile. Je n'ai plus de force dans les bras. Je ne dépasse pas les dix. Avant ma grève, je ne les comptais plus. Je veux bien maigrir, ça m'est égal, mais je ne veux pas perdre mes muscles. Seulement, je n'ai pas beaucoup de graisse à perdre. Malgré mon tricot de peau, ma chemise de velours, mon gros chandail et la couverture de papa, j'ai froid. C'est la faim qui fait ça. Ta graisse fond et tu as froid. Violette n'aurait pas aimé me voir tellement pleurer. Arrête de te vider mon petit gaillard, tu vas maigrir pour de bon ! Il y a longtemps, pour me consoler après la mort de papa, elle m'avait emmené à la foire et j'avais gagné douze kilos de sucre au tir à l'arc. Le forain qui tenait le stand était furieux. C'est un tireur d'élite, ce môme, il va nous ruiner, ça suffit comme ça ! Je n'avais que dix ans et demi ! On s'était fait raccompagner en voiture et on avait donné un paquet de sucre au chauffeur. Violette, Violette, Violette... J'ai répété Violette, Violette, Violette, Violette, sans m'arrêter, en me vidant de toutes mes larmes, Violette, Violette, Violette, Violette, jusqu'à ce que son nom ne veuille plus rien dire.

14 ans, 11 mois, 10 jours   *Mardi 20 septembre 1938*

Ce matin j'ai jeté le petit déjeuner par la fenêtre. La tentation était trop forte. Rolande ne m'a rien apporté d'autre, ni à midi ni ce soir. J'ai pensé à papa en regardant mes côtes dans la glace de l'armoire. Papa aussi devait compter les réverbères. À la fin, il ne sortait plus du tout. Je ne vois plus très bien son visage mais je sens encore sa main sur ma tête. Elle était très grande au bout de son bras si maigre. Et très lourde. Il faisait un effort terrible pour la soulever. Le plus souvent il la posait sur la mienne et c'est moi qui la portais jusqu'à ma tête. Mais il fallait que je la tienne pour qu'elle ne retombe pas. Ou alors, je posais ma tête sur ses genoux, c'était plus facile pour lui. Il n'avait jamais faim. Il restait à table très longtemps, même après les repas, quand on avait tout débarrassé. Il n'avait pas la force de se lever, je crois. Et pas envie de parler. Un jour, une mouche s'est posée sur son nez. Il n'a rien fait pour la chasser. Autour de la table, tout le monde regardait cette mouche. Il a dit : Je crois qu'elle me prend déjà pour mon cadavre.

14 ans, 11 mois, 11 jours   *Mercredi 21 septembre 1938*

Quand on ne mange pas, on n'a pas envie de parler. Même si je le voulais, je parlerais difficilement. Ça ne me coûte pas de me taire. Ça me repose. Dodo, je lui fais des petits signes du bout des doigts, ça lui suffit, il comprend. Se taire longtemps, c'est comme si on se nettoyait à fond. Et puis, je n'ai plus de salive. Ma bouche est sèche, maintenant. Je reste beaucoup sur mon lit.

14 ans, 11 mois, 13 jours   *Vendredi 23 septembre 1938*

Je suis tombé dans l'escalier en allant aux toilettes. Elle n'était pas là. Mon bras est bleu, ma cuisse et ma poitrine aussi. J'ai mal partout, surtout quand je respire. Je ne peux prendre qu'un tout petit peu d'air à la fois. Respirer me déchire les poumons comme un emballage. Rolande m'a porté dans mon lit. Les bleus lui ont fait peur. La bosse derrière mon crâne, surtout. C'est pas Dieu possible ! Elle ne cessait de répéter ça : C'est pas Dieu possible ! Elle a fait venir le docteur. Je n'ai rien de cassé mais je me suis peut-être fêlé une côte. Quand le docteur est sorti de ma chambre, il y a eu des cris. Il criait que c'était « inadmissible ». Rolande répondait que ce n'était pas sa faute, tout de même. Elle répétait « Enfin, tout de même ! ». Où est votre patronne ? Est-ce que je sais, moi ? Je me suis endormi. C'est l'oncle Georges qui m'a réveillé. Il n'est pas retourné à Paris après les vacances. Il reste jusqu'à la fin septembre chez Joseph et Jeannette. Il chasse le papillon avec Étienne. À lui, je lui ai parlé. Je lui ai dit pour la pension. Il a trouvé que c'était une bonne idée. Tu te feras plein de camarades. Rolande est venue l'avertir que Madame était rentrée. Ils se sont enfermés dans le salon mais ils se disputaient si fort que j'ai entendu des mots, des phrases entières, même. La voix de l'oncle Georges : Complètement folle ! Sa voix à elle : C'est *mon* fils ! La voix de l'oncle Georges : C'est le fils de Jacques ! Sa voix à elle : Jacques n'était pas un père ! Sa voix à lui, très en colère : C'est mon neveu et comptez sur moi pour être un oncle ! Sa voix à elle, de plus en plus aiguë : Me donner des leçons d'éducation, vous, à moi ? Sous mon toit ! Sous mon propre toit ! La porte du salon a claqué, puis la porte de sa chambre. Il y a eu un long silence et je me suis rendormi. C'est encore l'oncle Georges qui m'a réveillé. Il m'a dit, la pension j'en fais mon affaire, tu iras dans celle d'Étienne. Et maintenant qu'est-ce que tu veux manger ? Qu'est-ce qui te ferait le plus plaisir ? J'ai répondu un bol de lait froid avec une tartine de raisiné. En m'apportant mon plateau, il m'a dit de ne plus jamais recommencer : On ne joue pas comme ça avec sa santé. Ton corps n'est pas un jouet ! Avale ça et habille-toi, je t'emmène chez Joseph et Jeannette.

3

15-19 ANS

(1939-1943)

*Dorénavant, quand un adulte me recommandera
de me prendre en main, je pourrai le lui promettre
sans risque de mensonge.*

15 ans, 8 mois, 4 jours   *Mercredi 14 juin 1939*

Je crois que nous avons fait une fameuse connerie au dortoir. Par ma faute. Une expérience. Je voulais vérifier le rôle joué par nos cinq sens dans la phase du réveil, c'était scientifique. Lorsque nous nous réveillons c'est toujours sur le signal d'un de nos sens. L'ouïe, par exemple : une porte qui claque me réveille. La vue : j'ouvre les yeux à la seconde où Monsieur Damas allume la lumière du dortoir. Le toucher : maman me réveillait toujours en me secouant ; c'était d'ailleurs inutile, dès qu'elle m'effleurait je me réveillais en sursaut. L'odorat : Étienne prétend que chez l'oncle Georges la seule odeur du chocolat et du pain grillé suffit à le tirer du sommeil. Il nous restait à tester le goût. La stimulation du goût peut-elle réveiller quelqu'un ? C'est ainsi que notre expérience a commencé. Étienne m'a mis un peu de sel dans la bouche et ça m'a réveillé. Le lendemain j'ai glissé du poivre finement moulu entre ses lèvres, même résultat. Je me suis alors demandé ce qui se passerait si on excitait *les cinq sens en même temps* : l'ouïe, le toucher, la vue, l'odorat et le goût. Quel genre de réveil cela donnerait-il ? Étienne a baptisé notre expérience le réveil total. Il voulait absolument être le premier à « tenter l'expédition ». Comme je le voulais moi aussi, nous avons tiré à pile ou face et j'ai gagné. Il s'agissait donc de me réveiller en menant à bien cinq actions simultanées : m'appeler, me secouer, m'éblouir, me mettre du sel dans la bouche et me faire respirer quelque chose d'assez fort. Pour l'odeur, Étienne est descendu à l'économat faucher un peu de cet ammoniaque avec lequel ils nettoient le carrelage des toilettes. Nous avons fait l'expérience ce matin, un quart d'heure avant le réveil réglementaire. Les cinq sens, donc, en même temps. Malemain m'a secoué, Rouard m'a introduit une cuillerée de vinaigre dans la bouche, Pommier m'a ébloui avec une lampe électrique, Zafran m'a flanqué un tampon d'ammoniaque sous le nez pendant qu'Étienne criait mon nom à mon oreille. Il paraît que j'ai poussé un cri terrible et que je suis resté paralysé, les yeux écarquillés, tendu comme un arc, sans pouvoir dire un mot. Étienne a essayé de me calmer pendant que les autres sautaient dans leur lit. Quand Monsieur Damas est arrivé j'étais toujours dans le même état. Mon malaise a duré plus d'une demi-heure. On a appelé un docteur. Le docteur a déclaré que j'étais en « état de catalepsie » et m'a fait transporter à l'infirmerie. Il a émis l'hypothèse que j'étais peut-être épileptique et a recommandé de me surveiller. Après le départ du docteur, Monsieur Damas en a référé à Monsieur Vlache qui a convoqué Étienne pour lui demander ce qui s'était *réellement* passé. Étienne a juré ses grands dieux qu'il ne savait pas, qu'il m'avait entendu crier comme au sortir d'un cauchemar et qu'il avait vainement essayé de me faire revenir à moi. Vlache l'a congédié sans avoir l'air de le croire. Quant à moi, je ne me souviens de rien. Très surpris de me réveiller à l'infirmerie, et passablement sonné. L'impression d'être passé sous un rouleau compresseur.

Par conséquent, si on stimule les cinq sens d'un dormeur en même temps, on peut le tuer.

16 ans   *Mardi 10 octobre 1939*

Cheveux gras. Pellicules (très visibles si je porte une veste sombre). Deux boutons rouges sur la figure (un sur le front et un sur la joue droite). Trois points noirs sur le nez. Tétons gonflés, surtout celui de droite, et douloureux quand j'appuie dessus. Douleur aiguë, comme traversé par une aiguille. Qu'en est-il chez les filles ? Pris dix kilos et grandi de douze centimètres en un an. (Et gagné de l'allonge à la boxe, Manès avait raison.) Mes genoux me font mal, même la nuit. Douleurs de croissance. Violette disait que le jour où cela cesserait je commencerais à rapetisser. Mon image dans la grande glace des douches. *Je ne m'y reconnais pas !* Ou, plus exactement, j'ai l'impression que j'y grandis sans moi. C'est pour le coup que mon corps devient un objet de curiosité. Quelle surprise, demain ? On ne sait jamais par où le corps va nous surprendre.

16 ans, 4 mois, 27 jours   *Vendredi 8 mars 1940*

Étienne affirme que frère Delaroué se caresse pendant qu'il nous surveille à l'étude. Ce que nous faisons sous nos draps il le ferait sous son bureau. Cela ne me paraît ni normal ni anormal ; juste *déplacé* quoique sans doute assez fréquent. L'idée de me branler en public ne me viendrait pas mais on peut concevoir qu'un coefficient de danger ajoute à l'intensité du plaisir. Étienne dit que frère Delaroué sort quelque chose de son cartable, une photo peut-être, pas une revue en tout cas, c'est beaucoup plus petit que *Paris-Plaisirs*, qu'il regarde la chose en question et qu'il se caresse en douce. C'est peut-être vrai, mais impossible à vérifier puisque frère Delaroué pose toujours son énorme cartable sur son bureau, ce qui dresse une muraille entre lui et nous. Étienne insiste : Mais si, je te jure, de la main droite, regarde ! C'est donc qu'il est droitier. Il est presque impossible de se branler sérieusement de la main gauche quand on est droitier. Parole de spécialiste.

16 ans, 5 mois   *Dimanche 10 mars 1940*

Rouard m'a mis K-O debout dans le coin du ring. Comme je n'avais pas baissé ma garde et que les cordes me soutenaient, il ne s'est pas tout de suite rendu compte de mon état et a continué de cogner jusqu'à ce que je m'effondre pour de bon. C'est mon premier K-O. (Le dernier, j'espère.) Expérience intéressante. D'abord, j'ai eu le temps d'admirer l'esquive de Rouard : fléchissement des genoux, du buste et du cou ; il s'est glissé sous ma garde et s'est redressé comme un ressort. J'étais encore en déséquilibre, en train d'admirer sa rapidité et de constater que j'étais foutu quand son poing m'a cueilli sous le menton. J'ai entendu une sorte de « floc », comme si mon cerveau était devenu liquide. Pendant qu'il cognait je continuais d'entendre ce qui se disait autour de nous mais je ne le comprenais plus. Il m'a *débranché*, ai-je pensé. Car dans cette demi-inconscience je pensais assez clairement, je raisonnais même, dans un temps devenu immobile, je me disais : C'est un beau contre, très violent ! Forcément, dans un contre le choc est produit par l'élan et le poids de nos *deux* corps ! Et puis aussi : Ça t'apprendra à te croire le plus rapide. Et puis encore : Quand on prétend être le plus rapide, il *faut* être le plus rapide. J'ai su, en tombant, que je m'évanouissais. Le coma lui-même n'a duré que sept ou huit secondes.

16 ans, 5 mois, 1 jour   *Lundi 11 mars 1940*

Effets secondaires du K-O. Pression intérieure sur mes yeux, ce matin. Comme si on cherchait à les pousser hors de leurs orbites. C'est passé dans la journée.

16 ans, 6 mois, 6 jours   *Mardi 16 avril 1940*

À la cantine, ce soir, œufs durs sur bouse d'épinards. Malemain nous fait observer que la pelouse a été tondue dans la journée. Ce qui est vrai. Il prétend que c'est chaque fois le cas. J'ai beau ne pas y croire – qu'ils nous font brouter leur herbe –, l'observation de Malemain influence ma perception gustative au point de donner à cette purée d'épinards bouillis un goût absolument vert. Le goût de cette odeur verte qui flotte dans l'air au-dessus des pelouses fraîchement tondues. Une quintessence végétale. C'est, j'en suis certain, le goût qu'auront pour moi les épinards jusqu'à la fin de mes jours. Un goût Malemain.

16 ans, 6 mois, 9 jours   *Vendredi 19 avril 1940*

Frère Delaroué se caresse bel et bien pendant l'étude. Il avait en tout cas, dans son cartable, le matériel nécessaire : dames nues sur cartes postales. Il ne l'a plus. Pendant que je l'attirais dans la buanderie pour lui faire constater une fuite d'eau (par moi provoquée), Étienne les lui a fauchées. C'est un vol dont le pauvre ne peut évidemment pas se plaindre, ce qui lui fait la mine égarée, mélange de fureur, de honte et de suspicion. Étienne et moi avons décidé d'utiliser les dames à notre profit. Il y en a cent vingt-cinq ! Comme nous nous attendons à une inspection des dortoirs sous un prétexte quelconque, nous les avons cachées à la chapelle où personne ne viendra les chercher. Nous en choisissons une de temps en temps, unique objet de notre amour. Chacun la sienne. Et nous l'aimons. Jusqu'à la suivante.

Les filles en font-elles autant avec l'image des hommes ? Les corps du Christ ou de saint Sébastien artistement dénudés dans le supplice suscitent-ils leurs extases ?

16 ans, 6 mois, 15 jours   *Jeudi 25 avril 1940*

La question des seins. (Ceux des femmes.) Je ne pense pas qu'il y ait objet d'adoration plus ravissant, plus émouvant et plus complexe que les seins des femmes. Maman me disait souvent : Tu m'as fait un abcès au sein. Elle parlait de l'époque où elle me nourrissait elle-même. Ce fut une période très brève de sa vie mais elle m'en parlait comme si, des années plus tard, elle en subissait encore les conséquences. Je me suis d'abord demandé – j'étais vraiment petit – ce qu'était un abcès. Le dictionnaire m'ayant renseigné (*amas de pus dans un tissu ou un organe*), j'ai cherché à me représenter un abcès au sein. Quoique n'y parvenant pas – imaginer un téton purulent était au-dessus de mes forces – j'en ai éprouvé une sincère désolation. Je n'étais pas triste pour maman mais pour les seins des femmes en général. Cette si touchante partie de leur corps devait être bien fragile pour que la bouche édentée d'un bébé pût transformer un mamelon en abcès purulent ! Pourtant, quand Marianne m'a montré les siens et qu'elle m'a permis de les toucher, ils ne m'ont pas paru fragiles. Ils étaient petits et durs au contraire ; les aréoles très larges, d'un rose pâle, leur faisaient une calotte d'évêque. Le mamelon brillait comme un bouton de nacre. Il est vrai que Marianne n'avait que quatorze ans, alors. Ses seins devaient être en train de se former. Si j'en juge par les cartes postales de notre divin harem, les seins changent beaucoup avec l'âge. Ils grossissent et s'assouplissent. Proportionnellement l'aréole semble rétrécir, le mamelon se dresse et paraît moins brillant, plus charnu. Étienne m'a prêté sa loupe de papillonniste pour aller y voir de près. Ils s'assouplissent aussi et prennent toutes les formes. Mais leur peau, elle, paraît toujours aussi fine, surtout la peau du dessous, celle qui rattache le sein au thorax. Je trouve incroyable qu'une aussi belle partie du corps féminin puisse être *fonctionnelle*. Que ces merveilles servent à gaver des nourrissons qui tirent dessus goulûment et bavent tout autour relève du sacrilège ! Bref, j'adore les seins des femmes. En tout cas, ceux de nos cent vingt-cinq amies, c'est-à-dire *tous* les seins de *toutes* les femmes, quels que soient leur taille, leur forme, leur poids, leur densité, leur carnation. Il me semble que le creux de mes mains est fait pour accueillir les seins des femmes, que ma peau y est assez douce pour la douceur de leur peau. Il ne se passera plus beaucoup de temps sans que je le vérifie pour de bon !

16 ans, 6 mois, 17 jours   *Samedi 27 avril 1940*

Montaigne, livre III, chapitre 5 :

« *Qu'a faict l'action genitale aux hommes, si naturelle, si necessaire et si juste, pour n'en oser parler sans vergongne et pour l'exclurre des propos serieux et reglez ? Nous prononçons hardiment : tuer, desrober, trahir ; et cela, nous n'oserions qu'entre les dents ? Est-ce à dire que moins nous en exhalons en parole, d'autant nous avons loy d'en grossir la pensée ?* »

16 ans, 6 mois, 18 jours   *Dimanche 28 avril 1940*

Ce qu'il y a d'extraordinaire, quand je me fais jouir, c'est cet instant que j'appelle le passage de l'équilibriste : la seconde où, juste avant de jouir, je n'ai pas encore joui. Le sperme est là, prêt à jaillir, mais je le retiens de toutes mes forces. L'anneau de mon gland est si rouge, mon gland lui-même tellement gonflé, tellement prêt à éclater que je lâche mon sexe. Je retiens mon sperme de toutes mes forces en regardant mon sexe vibrer. Je serre si fort mes poings, mes paupières et mes mâchoires que mon corps vibre autant que lui. C'est ce moment que j'appelle le passage de l'équilibriste. Mes yeux chavirent derrière mes paupières, je respire à tout petits coups, je chasse toutes les images excitantes – les seins, les fesses, les cuisses, la peau soyeuse de nos amies – et le sperme s'arrête dans cette colonne en fusion, là, juste au bord du cratère. C'est vrai qu'on peut penser à un volcan au bord de l'éruption. Il ne faut pas laisser cette lave redescendre. Dès que quelque chose nous surprend, que Monsieur Damas ouvre la porte du dortoir, par exemple, ça redescend vraiment. Mais il ne faut pas. Je suis presque sûr que faire faire demi-tour à notre sperme est très mauvais pour la santé. Dès que je le sens redescendre, mon pouce et mon index s'enroulent autour de mon anneau et je joue à le maintenir juste au bord, tout bouillonnant (de la lave, oui, ou de la sève tellement la queue ressemble à une branche tendue et noueuse dans ces moments-là !) Il faut être très prudent, très précis, c'est une question de millimètre, peut-être moins. Ma queue tout entière est tellement sensible que mon gland pourrait exploser juste si on lui soufflait dessus ou si le drap l'effleurait. Je peux encore retenir l'éruption une fois, deux fois, et c'est chaque fois un vrai délice. Mais le délice absolu c'est cet instant où, finalement, je perds pour de bon, où le sperme submerge tout et coule tout brûlant sur le dos de ma main. Ah ! La merveilleuse défaite ! Ça aussi c'est difficile à décrire, tout ce dedans qui passe au-dehors et en même temps tout ce plaisir qui t'engloutit… Cette éruption qui est un engloutissement ! C'est la chute de l'équilibriste dans le cratère en fusion ! Ah ! cet éblouissement dans ces ténèbres ! Étienne dit que c'est une « apothéose ».

16 ans, 6 mois, 20 jours   *Mardi 30 avril 1940*

L'opprobre jeté sur cette apothéose de la sensation est tout dans la laideur des mots qu'on emploie pour en parler. « Se branler » fait malade des nerfs, « se tripoter » est idiot, « se caresser » fait chienchien à sa mémère, « se masturber » est dégoûtant (il y a quelque chose de spongieux dans ce verbe, même en latin), « se toucher » ne veut rien dire. « Vous êtes-vous touché ? » demande le confesseur. Bien sûr ! Comment faire ma toilette autrement ? Nous en avons longuement débattu avec Étienne et les copains. Je crois avoir trouvé l'expression juste : *se prendre en main.* Dorénavant, quand un adulte me recommandera de me prendre en main, je pourrai le lui promettre sans risquer le mensonge.

16 ans, 6 mois, 24 jours   *Samedi 4 mai 1940*

Un jeu de l'oie ! Magnifique idée ! C'est la décision que nous avons prise à propos de nos cent vingt-cinq amies. Utiliser les plus jolies d'entre elles pour l'illustration d'un jeu de l'oie érotique. Très exactement, Le *jeu de l'oie du dépucelage.* Ce sera son nom. Après un parcours de soixante-trois cases, celui qui gagnera aura droit au dépucelage. *Vous avez gagné. Glissez-vous au bord d'elle.* Un jeu payant. L'argent des amendes ira dans un pot commun. Nous constituerons un club de huit joueurs pour que le pot grossisse suffisamment vite. Malemain, Zafran et Rouard en feront partie, l'idée les enthousiasme. La finale aura lieu après l'oral du bachot, juste avant les grandes vacances. Le vainqueur empochera la totalité du pot avec obligation de l'utiliser à seule fin de dépucelage. Rapport écrit à la clef. Ainsi soit-il. L'image leitmotiv du jeu sera le visage de Mona Lisa, son sourire énigmatique se prêtant à toutes les interprétations.

JEU DE L'OIE DU DÉPUCELAGE

Règle du jeu

Le jeu se joue avec deux dés.
Pour commencer, il faut que vos bourses soient pleines et que vous tiriez un coup double.

Si vous arrivez en :

2 *Attendez d'avoir grandi. Passez 3 tours.*

4 *En examinant votre linge, votre mère est choquée par des taches suspectes. Elle vous emmène chez le docteur, qui vous pose un appareil contre les pollutions nocturnes. Allez en 3 et passez 2 tours.*

6 *Monsieur Damas vous a surpris en flagrant délit de plaisir solitaire. Il vous fait donner des douches froides. Allez en 5 et passez 2 tours.*

8 *Vous avez commis en pensée le péché de luxure. Allez vous confesser en 7 et passez 1 tour.*

10 *Vos rêveries vous ont troublé. Allez discrètement faire votre lessive en 9.*

12 *En tombant par hasard sur votre linge sale, votre oncle Georges vous félicite : vous êtes devenu un homme. Lancez les dés deux fois et avancez du nombre de cases indiqué par le total.*

Si vous arrivez ensuite en :

15 *(Ici l'image représente le sourire énigmatique de Mona Lisa.) Elle vous a souri ! Rejouez.*

19 *Pour plaire aux filles, il faut être fort. Vous vous musclez au gymnase. Payez 3 et passez 2 tours.*

21 *(Mona Lisa.) Elle vous a souri mais c'était un sourire ironique. Allez ressasser vos sombres pensées case 17.*

23 *Pour plaire aux filles, il faut être bon nageur. Vous prenez des leçons. Payez 4 et passez 1 tour.*

27 *(Mona Lisa.) Vous essayez de l'embrasser, elle vous gifle. Allez ruminer votre déception case 13.*

29 *Pour plaire aux filles, il faut savoir danser. Vous prenez des leçons. Payez 5 et passez 1 tour.*

33 *(Mona Lisa.) Elle vous trouve sale. Allez vous laver case 11.*

39 *(Mona Lisa.) Elle vous trouve horriblement mal coiffé. Allez chez le coiffeur case 31 et payez 1.*

41 *L'amour rend aveugle. Passez 1 tour en attendant de retrouver votre lucidité.*

43 *Vous avez la langue chargée, l'haleine fétide. Purgez-vous et passez 1 tour.*

45 *(Mona Lisa.) Elle vous trouve mal habillé. Allez vous faire faire un costume case 37 et payez 10.*

47 *Vous avez une poussée d'acné. Soignez-vous et passez 1 tour.*

51 *(Mona Lisa.) Elle vous trouve complètement inculte. Retournez faire votre instruction case 1.*

53 *Vous perdez un temps précieux à vous faire beau. Passez 1 tour.*

57 *(Mona Lisa.) Ne dites à personne ce qu'elle vous a fait. Elle est ravie et vous aussi. Rejouez.*

59 *L'amour donne des ailes. Rejouez.*

61 *Monsieur Damas vous surprend à jouer à ce jeu. Tout le monde retourne à la case départ.*

63 *Vous avez gagné, glissez-vous au bord d'elle ! De plus, vous remportez tout l'argent mis au pot !*

Pour gagner, il faut arriver juste sur la case 63. Si les dés vous emmènent plus loin, repartez en arrière en comptant autant de cases qu'il y a de points en trop.

Quelquefois, dans le dortoir, quand l'angoisse me réveille au milieu de la nuit (souvent parce que je rêve à papa ou à Violette), je me calme peu à peu en me laissant gagner par la sensation que tous ces dormeurs et moi ne faisons qu'un seul corps. Un grand corps endormi dans la même respiration, qui rêve, geint, sue, se gratte, gigote, renifle, tousse, pète, ronfle, pollue, cauchemarde, se réveille en sursaut, se rendort aussitôt. Ce n'est pas un sentiment de camaraderie qui m'anime dans ces moments-là mais l'impression que, d'un point de vue organique, notre dortoir (nous sommes soixante-deux) ne constitue qu'un même corps. Si l'un de nous mourait, le grand corps commun continuerait à vivre.

*

NOTE À LISON

Par parenthèse, Lison, j'écrivais cela le surlendemain de l'offensive allemande du 10 mai. Seconde Guerre mondiale. L'espèce humaine avait remis le couvert. Ce jour-là, je m'étais juré, en mémoire de papa, de ne pas participer à la fête. Comme tu le verras, les circonstances en ont décidé autrement.

*

16 ans, 8 mois, 13 jours   *Dimanche 23 juin 1940*

Nous croisons des gens voûtés, le regard vide, le geste lent. Certains sont tout à fait égarés. Au sens propre. Des réfugiés dépenaillés, pouilleux, mal rasés, qui errent dans les rues d'une ville qu'ils ne connaissent pas. J'ai du mal à concevoir que, le mois dernier encore, ils menaient, à Paris, une vie normale. Des corps à la dérive…

Le lendemain

Reporté *sine die* la finale du jeu de l'oie, Rouard a perdu son frère à Dunkerque. Il l'aimait beaucoup. Nos pucelages attendront des temps meilleurs.

16 ans, 9 mois, 14 jours   *Mercredi 24 juillet 1940*

Mérac. Je me suis râpé la poitrine, la plante des pieds, l'intérieur des bras et des cuisses contre l'écorce d'un hêtre. Écorché vif en somme. Littéralement dépiauté. À cause de Tijo. Il s'était mis en tête de dénicher un petit corbeau mais les parents de l'oiseau se sont montrés hostiles à ce projet d'adoption. Comme Tijo refusait de lâcher sa proie ils l'ont attaqué pour de bon. Il tenait l'oiselet contre sa poitrine et tentait de chasser les parents de l'autre main. Le tout à six bons mètres de haut, à califourchon sur une branche ! Au pied de l'arbre, Marta lui hurlait de lâcher l'oiseau, et Manès est parti chercher son fusil pour descendre les corbeaux. Chacun défendait sa progéniture, en somme. Ne doutant pas que Manès tirerait, j'ai grimpé quatre à quatre jusqu'à Tijo. J'ai grimpé les trois premiers mètres comme un singe ou comme un employé de l'électricité, embrassant le tronc sans branches de mes mains et de la plante de mes pieds.

Comme je revenais des écrevisses j'étais pieds nus, en maillot de bain. Aucun problème pour monter. J'avais l'impression d'étreindre un corps vivant. À la descente, le poids de Tijo me tirant en arrière, je me suis collé au tronc. Mais comme Tijo m'étranglait de son bras gauche (il ne voulait pas lâcher son nouveau copain) j'ai un peu desserré mon embrassement de l'arbre pour accélérer le mouvement. C'est dans cette phase de l'opération que le frottement contre l'écorce m'a dépiauté. Surtout quand j'ai voulu ralentir parce que nous arrivions en bas un peu vite. Quand nous avons touché le sol j'étais en sang, et le petit corbeau mort, bien sûr, étouffé par l'affection de Tijo. Marta hurlait : Il nous aura tout fait, celui-là ! Sept ans à peine et il nous aura tout fait ! Bien entendu, j'ai eu droit à une friction de gnôle pour nettoyer les éraflures. Sans anesthésie auditive, cette fois. Marta n'est pas Violette. Pendant que j'enfonçais mes ongles dans mes paumes, Manès projetait de flanquer une rouste à son dernier-né, maintenant occupé à enterrer sa victime. Mais il y a renoncé, un rien de fierté dans la voix : De toute façon, il n'a peur de rien, ce merdeux ! Résultat, je dors à poil, draps et couvertures rejetés, jambes écartées, brûlant vif dans la toile de mes nerfs. Ce sera désormais ma représentation de l'enfer : une combustion sans flamme, perpétuelle, les yeux ouverts sur une nuit sans fin. Le supplice de Marsyas.

16 ans, 9 mois, 23 jours   *Vendredi 2 août 1940*

Cette joie, tout de même, grimper aux arbres ! Surtout les chênes ou les fayards. C'est tout le corps qui s'éploie.

Les pieds, les mains vous arrachent à votre condition. Comme on saisit vite la prise ! Comme le geste est juste ! Ce n'est pas tant qu'on s'élève, ce n'est pas de l'alpinisme (il me semble que la montagne me flanquerait le vertige), c'est la libre traversée du feuillage ! Où sommes-nous ? Ni au sol ni au ciel, nous sommes au cœur de l'explosion. Je voudrais vivre dans les arbres.

16 ans, 11 mois, 6 jours *Lundi 16 septembre 1940*

Quand ma tête s'alourdit d'être penchée sur les livres, je vais boxer dans le sac. Manès y a remplacé sa caricature par celle de Laval. Vas-y ! Efface-le ! (Mèche épaisse, paupières tombantes, lippe boudeuse, cigarette en coin, plutôt ressemblant !) Comme le chanvre me râpe les jointures je me bande les mains avec une paire de chaussettes.

16 ans, 11 mois, 10 jours *Vendredi 20 septembre 1940*

Mérac. Tennis, dans la grange. J'ai tracé une ligne à hauteur de filet contre le mur du fond. Le chaulage et le sol étant irréguliers, les rebonds sont imprévisibles ; il n'y a pas mieux pour les réflexes. Si j'ajoute les sauts dans le grain avec Tijo et les autres, les courses après les chèvres rétives et les travaux de la ferme avec Robert qui est absolument increvable, mes séjours ici équivalent à un entraînement de commando.

17 ans, 1 mois, 14 jours   *Dimanche 24 novembre 1940*

Manès s'est tranché le mollet avec une faux qui traînait sous de la paille. L'hygiène selon Manès et Marta : la gnôle pour nettoyer la plaie, comme d'habitude, mais, pour la bander, une toile d'araignée absolument noire de crottin que Manès est allé décrocher à l'écurie. Ça pompe, dit-il avec son laconisme habituel. Pas question de lui parler de tétanos, bien sûr. On a toujours fait comme ça et on n'en est pas mort. J'imagine que la soie d'araignée doit avoir une vertu astringente, voire cicatrisante. Mais le crottin ? Le fait est que jusqu'à présent ces emplâtres n'ont tué personne dans la famille.

17 ans, 2 mois, 17 jours   *Vendredi 27 décembre 1940*

De passage à Mérac, l'oncle Georges me demande si j'aimerais devenir médecin. (C'est la voie que ton cousin Étienne a décidé de suivre.) Pas moi. Les désordres du corps, merci bien ! J'ai commencé par là, il me semble ! Quant à soigner les gens... Il faut d'abord perdre beaucoup de temps à les guérir des histoires qu'ils se racontent à propos d'un corps qu'ils n'envisagent que sous l'angle moral. Je n'aurais pas la patience d'expliquer à la tante Noémie que la question n'est pas de savoir si elle « mérite » ou non son emphysème. Et qu'est-ce donc, qui t'intéresse, dans la vie ? me demande mon bon oncle. L'observation de mon propre corps parce qu'il m'est intimement étranger. (Ce que je ne lui dis pas, bien sûr.) Si poussées soient-elles, des études de médecine n'ôteraient rien à ce sentiment d'étrangeté. Herboriser, en somme, comme le faisait Rousseau dans ses promenades. Herboriser jusqu'à mon dernier jour, et pour moi seul si je veux espérer que cela *serve* un jour à quelqu'un. Quant au métier, c'est autre chose. De toute façon il n'aura pas sa place dans ce journal.

17 ans, 5 mois, 8 jours   *Mardi 18 mars 1941*

Nous nous sommes copieusement engueulés, hier soir, Étienne et moi, à propos de Voltaire et Rousseau, lui dans le rôle du ricaneur, moi en défenseur de Jean-Jacques. Ce que je retiendrai de cette dispute, ce ne sont pas nos arguments (à vrai dire nous n'avons guère les moyens d'argumenter), c'est le réflexe d'Étienne, qui a saisi la longue règle du tableau pour en enfoncer un bout dans mon estomac et l'autre dans le sien. Chaque fois que l'un de nous deux, poussé par la force de sa conviction, marchait vers l'autre, la règle s'enfonçait dans nos deux abdomens. Douloureux ! Si nous reculions, la règle tombait. Fin de la discussion. Voilà ce qu'on appelle tenir des propos mesurés. Système à breveter.

17 ans, 5 mois, 11 jours   *Vendredi 21 mars 1941*

Cette montée du désir qui me prend parfois aux moments les plus inattendus. Dans l'échauffement de certaines lectures, par exemple. Engorgement des corps caverneux par la stimulation des neurones ! Je lis et je bande. Et je ne parle pas d'un Apollinaire ou d'un Pierre Louÿs qui nous font gentiment ces cadeaux-là, mais de Rousseau, par exemple, qui aurait été bien surpris de me voir bander à la lecture de son *Contrat social* ! Et hop, un petit orgasme qui n'engage que l'esprit.

18 ans, 9 mois et 5 jours   *Mercredi 15 juillet 1942*

Rien écrit pendant la préparation du bachot et cette année d'hypokhâgne. Ablation du corps. Boxé, tapé dans la balle et nagé pour me détendre. Quelques coups de main à Manès aux champs. Trois vêlages, six agnelages. Toujours incapable de tuer le cochon. Mais pas de le manger. Le pauvre bougre venait chercher des caresses pendant que je bossais. Cette confiance obtuse des bêtes en l'espèce humaine...

18 ans, 9 mois, 25 jours   *Mardi 4 août 1942*

Tennis : collé une tannée aux trois frères de G. Aucun des trois n'a remporté plus de deux jeux sur les six sets des trois parties. La séance a commencé par une tentative d'humiliation. Me reprenant sur la question de la particule, l'aîné m'a fait observer qu'on ne dit pas les *de* G. lorsqu'on parle d'une famille d'aristocrates, mais les « G » tout court ; la bonne éducation exige l'élision de la particule. Tout le monde sait cela, enfin ! Très bien. L'autre chose, c'est que je n'avais ni short ni espadrilles et qu'il n'était pas « convenable » que je jouasse dans mon « accoutrement » fût-ce sur un court privé (le leur, en l'occurrence) contre des adversaires tirés à quatre épingles. Ils m'ont donc prêté l'uniforme requis : short, chemisette, chaussettes, espadrilles blanc de blanc. J'ai ficelé mon short (intentionnellement trop large ?) avec un bout de cordelette à linge trouvé dans les « communs » et je leur ai flanqué trois raclées sans appel. Les surgeons du duc de Montmorency exécutés par le dernier sous-sol de la roture ! Ça m'a coûté l'affection éventuelle de la sœur qui ne me laissait pas indifférent. Tant pis, j'ai vengé Violette, qui – les trois frères l'ignoraient – avait travaillé pour la famille dans sa jeunesse et qu'on avait chassée pour avoir dépucelé un cousin germain de trente-deux ans d'âge ! (Ça ne s'invente pas.)

Exaltante sensation, durant ces parties, de n'avoir que mon corps pour m'opposer à leur arrogance. Pas même un corps éduqué puisque personne ne m'a appris à jouer au tennis. La grange de Manès et l'observation des joueurs ont été mes seuls professeurs. Taper dans une balle de tennis sans avoir pris de cours c'est sentir son corps s'adapter aux circonstances sans l'aide du *bon mouvement*. Je fais trop de gestes, la plupart sont faux, esthétiquement horribles et gaspilleurs d'énergie (arythmie, saut de carpe, corps désuni, membres éparpillés, pitreries acrobatiques) mais le fait que ces mouvements ne doivent rien au « savoir jouer » me procure une intense sensation de liberté physique, de renouveau permanent : jamais le même mouvement ! Je jouis de toutes les surprises que l'œil fait à mes jambes et à ma raquette. Aucun de mes coups n'est préparé, aucun ne ressemble au précédent, aucun ne correspond à la gestuelle académique où s'économisent mes distingués adversaires. Du coup, je leur suis complètement imprévisible, mes balles les déconcertent, ce n'est jamais le projectile qu'ils attendent. Ils protestent, l'œil au ciel, à la fois exaspérés et condescendants, particulièrement devant certaines balles atrocement molles, comme si je ne me battais pas selon les règles de la guerre. Ma rapidité, ma souplesse, mon habileté, mes réflexes m'épatent (ah, la certitude du coup juste à la microseconde où la balle est frappée !) et, par-dessus tout, je suis infatigable, je renvoie tout. Ce libre usage de mon corps m'enchante. Mes clowneries démoralisent mes adversaires, et de voir se décomposer leur aisance me met en joie. Ce n'est pas ma victoire qui me comble, c'est la tête de leur défaite. À Valmy nous manquions déjà de manières. (Et je n'ai toujours pas de culotte.) Mon serment : Vivre, dans tous les domaines, comme je joue au tennis !

19 ans, 15 jours   *Dimanche 25 octobre 1942*

La scène se passe dans un bistrot. Vous êtes avec une fille, une étudiante comme vous. Vous vous faites les yeux doux. Soudain elle se jette à l'eau : Fais voir ta main. D'autorité, elle vous la prend et considère la paume avec une extrême attention, comme si tout ce qu'elle avait besoin de savoir sur votre compte dépendait de vos lignes de vie, de cœur, de tête, de chance, que sais-je encore ? Nombreuses, à ce jour, sont celles qui ont étudié les lignes de ma main. Et pas une dont les conclusions aient rejoint celles d'une autre. Toutes voyantes, mais elles ne voient pas la même chose. Cet engouement pour la superstition est-il un signe de ces temps abominables ? Tout est perdu fors les astres ? Critère de sélection définitif : choisir la fille qui se jettera dans ma main les yeux fermés.

19 ans, 1 mois, 2 jours   *Jeudi 12 novembre 1942*

Vu les boches défiler au pas. Version abominable du corps unique.

19 ans, 2 mois, 17 jours   *Dimanche 27 décembre 1942*

Mon incapacité à danser. Françoise, Marianne et d'autres ont essayé de m'y entraîner, et hier soir encore, chez Hervé, une splendide Violaine, sœur de notre hôte. Laissez-vous guider. Rien à faire. Très vite, je perds le rythme et mon corps n'est plus qu'un poids dans les bras de ma partenaire. Quelques sautillements grotesques pour rattraper la cadence achèvent de me décourager. La danse est un des rares domaines où mon corps et mon esprit demeurent inaccordables. Plus exactement la moitié inférieure de mon corps : mes mains peuvent battre la mesure tant qu'on voudra, mes pieds refusent de suivre. Un chef d'orchestre paraplégique, voilà ce que je suis. Quant à la tête, dès que les choses se compliquent, elle me tourne. Or, la danse est giratoire par nature, un art virevoltant, on ne danse pas sans tourner sur soi-même ! Vertige, état nauséeux, blêmissement, qu'avez-vous, vous ne vous sentez pas bien ? Parfaitement bien, chère Violaine, mais venez donc, causons un peu, et me voilà tentant d'expliquer la chose à la belle Violaine qui professe que, voyons, *tout le monde* sait danser ! Tout le monde sauf moi, apparemment. C'est parce que vous ne *voulez* pas ! Tiens donc ! Et pourquoi me priverais-je de cet atout, ma belle, quand je vois les bénéfices qu'en tirent mes camarades ? Vous ne vous laissez pas aller, vous êtes trop cérébral, vous n'êtes pas assez *sauvage*. Pas assez sauvage ? Qu'on m'apporte un pieu, nom de Dieu, un plumard, tout de suite ! Au lieu de quoi je m'entends expliquer à Violaine que le phénomène est à moi-même incompréhensible vu qu'en d'autres circonstances, qui requièrent bras et jambes, la boxe par exemple, ou le tennis, mes quatre membres sont parfaitement accordés et que dans mon adolescence mes condisciples se disputaient pour faire partie de mon équipe au ballon prisonnier où je me montrais tout à fait imbattable, et je m'entends dire à cette fille splendide qu'à quinze ans j'étais un as du ballon prisonnier et ferme-la me dis-je pendant que je développe les mérites du ballon prisonnier, un jeu à ce point complet, exigeant de telles qualités physiques, une si parfaite synchronie entre bras, tête et jambes qu'il deviendra un jour, n'en doutez pas chère Violaine, un sport collectif auprès duquel le football passera pour une distraction de pingouin, mais qu'est-ce qui te prend, qu'est-ce qui te prend bougre d'abruti ? Non content d'avoir joué les sacs de ciment dans les bras de cette splendeur que tu veux allonger sous toi voilà que tu la bassines avec le ballon prisonnier, « jeu ô combien stratégique et tactique chère Violaine », mais ferme-la tête de con, ce jeu était un jeu de massacre où deux bandes de boutonneux meurtriers passaient leur temps à s'allumer en s'envoyant des ballons en pleine gueule, c'est pour le coup qu'elle aurait eu son comptant de sauvagerie la belle Violaine, et s'il est vrai que tu y excellais ce n'est pas le genre d'atout qui mettra cette fille dans ton lit, laquelle fille d'ailleurs prend le large en décla-

rant que tes exploits lui donnent soif et qu'elle va se servir un *drink*.

19 ans, 2 mois, 19 jours   *Mardi 29 décembre 1942*

Pourtant, elle est venue. Le soir même. Et ce fut pire
que la danse. J'étais dans ma chambre, chez Hervé, tard
dans la nuit, maison finalement endormie, assis à cette
espèce de petite table échiquier, occupé à écrire le récit
pathétique de la danse, quand la porte s'est ouverte,
dans mon dos, si doucement que je l'ai juste entendue se
refermer, ce qui m'a fait me retourner, et je l'ai vue,
dans sa chemise de nuit, un organdi blanc ou un tissu de
ce genre, qui laissait une épaule nue à la façon des tuni-
ques grecques, une fine bretelle nouée sur l'autre
épaule, un petit nœud dont les boucles semblaient des
ailes de papillon, elle n'a pas dit un mot, elle ne souriait
pas, elle posait sur moi un regard lourd, j'étais tout à fait
incapable de parler moi-même, les épaules rondes, les
bras longs, pâles et fuselés, les mains pendant le long des
cuisses, les pieds nus, le souffle court, les seins hauts et
pleins, la chemise de nuit suspendue à leurs pointes,
tombant droit, ce qui crée un vide entre la nudité et le
tissu, mes yeux ont cherché le dessin de ses hanches, son
ventre, ses cuisses, la forme générale de son corps, mais
la petite lampe à côté de moi n'était pas source de transparence, il aurait fallu qu'elle fût derrière elle pour dessiner sa silhouette, je n'ai d'abord pensé qu'à cela, la
mauvaise position de la lampe qui rendait mate cette
promesse de transparence, c'eût été différent si la lampe
avait été placée derrière elle, nous étions tous les deux

immobiles, je ne m'étais même pas levé, je n'ai pas fait le moindre geste vers elle, qui restait debout, la porte refermée dans son dos, et moi assis, tourné aux trois quarts, une main restée sur la table, qui referme le cahier en tâtonnant, l'encre va sécher sur la plume de mon stylo me suis-je dit, j'ai pensé à cela oui, que je ne pouvais tout de même pas refermer ce stylo tout en cherchant à deviner la silhouette de Violaine sous le tissu opaque, dont la blancheur m'éblouissait à présent, alors, j'ai vu son bras gauche remonter le long de sa poitrine, ses doigts se déplier en arrivant au niveau de son épaule, son pouce et son index saisir l'extrémité de la petite bretelle, qu'elle a tirée doucement, défaisant ainsi le nœud, et la chemise est tombée à ses pieds, de tout le poids du tissu, dévoilant son corps nu, et je ne pense pas que je verrai jamais plus joli corps de femme, livré soudain dans la lumière dorée de cette lampe, mon Dieu quelle beauté, quelle beauté me suis-je répété, si la lumière s'était éteinte pour toujours je serais mort avec le souvenir de cette beauté, je crois bien avoir failli crier, sans pourtant me lever, absolument paralysé par la surprise et le ravissement, quelle beauté, quelle perfection, et je crois avoir éprouvé un sentiment de gratitude, personne jamais ne m'avait fait pareil cadeau, j'ai pensé cela aussi, mais sans bouger d'un pouce, c'est elle qui a bougé, elle est allée s'allonger sur le lit, elle ne m'a pas fait signe de venir, elle ne m'a pas tendu les bras, elle n'a pas parlé, elle n'a pas souri, elle attendait que je vienne, ce que j'ai fait, finalement, venir à elle, et je me suis tenu debout à son chevet, je ne pouvais pas la quitter des yeux, il faut que tu te déshabilles me suis-je dit, c'est ton tour, ce que j'ai fait, maladroitement, discrètement, sans aucune générosité, en lui tournant le dos, en m'asseyant sur le bord du lit, en me cachant plus qu'en me livrant, et quand ce fut fait je me suis glissé à côté d'elle, et rien ne s'est passé, je ne l'ai ni caressée ni embrassée parce que en moi quelque chose était mort, ou ne voulait pas naître ce qui revient absolument au même, parce que mon cœur envoyait mon sang partout sauf là où il était attendu, mon sang incendier mes joues, gicler sur les parois de mon crâne, cogner affolé à mes tempes, mais pas une goutte entre mes jambes, rien entre mes jambes, je ne me disais même pas tu ne bandes pas, je ne sentais rien entre mes jambes, je ne songeais qu'à cela, cette inexistence entre mes jambes, il faut dire qu'elle ne m'a pas aidé, pas un mot elle non plus, pas un mouvement, jusqu'à ce qu'elle se lève, soudainement, et que j'entende la porte se refermer derrière elle.

19 ans, 2 mois, 21 jours   *Jeudi 31 décembre 1942*

Le fiasco Violaine a sonné l'heure du bilan. De passage à la maison, nu devant mon armoire à glace, je fais le compte de ce que j'ai maîtrisé depuis mon enfance quant à la construction systématique de mon corps. Aucun doute, mon orgie de pompes, d'abdominaux, d'exercices physiques en tout genre a fait de moi un garçon qui ressemble à quelque chose. En l'occurrence à l'écorché du Larousse que revoilà coincé dans la rainure de la glace. Comparaison faite, tous mes muscles sont à leur place, parfaitement visibles, grands pectoraux, biceps, deltoïdes, abdominaux, radiaux, jambiers et, si je me retourne, fléchisseurs, jumeaux, fessiers, grands dorsaux, brachiaux, trapèzes, rien ne manque à l'appel, l'écorché est mon portrait craché, une vraie réussite, de quoi passer sa vie devant la glace. Moi qui ne ressemblais « vraiment à rien » voilà que je ressemble au dictionnaire ! J'ajoute que je n'ai plus peur. De rien. Pas même d'avoir peur. Plus aucune peur qui ne soit maîtrisable par l'exercice de cette même volonté qui a sculpté ce corps. Essayez de me voler ma vie, pour voir, essayez de me ligoter à un arbre ! Oui, oui, mon gars, mais ce chef-d'œuvre d'équilibre physique et mental est resté lettre morte quand tu l'as allongé à côté de la belle Violaine. Mon pauvre gars, tu ne ressembles *vraiment* à rien. Retourne à ta gymnastique et à tes chères études, travaille ton corps et ton concours, tu es tout juste bon à « t'entretenir » et à « devenir quelqu'un ». Mon Dieu, ce sentiment d'*inexistence* que laisse à l'homme la flaccidité de son sexe ! Combien de fois l'ai-je pris en main pourtant ! Combien de fois mon désir l'a-t-il sculpté ? D'ailleurs, oui, combien de fois, à propos ? Cent fois ? Mille fois ? Branche veineuse que la seule puissance de l'évocation suffisait à gorger de sang ! Quelle quantité de sperme tiré des profondeurs par ces formidables éruptions de puceau ? Ça doit se calculer, ça aussi. Des litres ? Des litres répandus à jouer l'homme devant les cartes postales chipées au pauvre frère Delaroué. Et finalement, ce corps mort dans le lit de Violaine. Pas même fichu de danser. Grotesque dans les préliminaires, inexistant dans l'action. Paralysé par quoi, bonhomme, si ce n'est par cette peur que tu te vantes d'avoir vaincue ? Voilà ce que je me disais, plus ou moins confusément, nu devant ma glace, ce matin, face à l'écorché du Larousse. Et la prochaine fois ? Que se passera-t-il, la prochaine fois ? Dans quel *état d'esprit* ton corps osera-t-il désormais approcher le corps d'une femme ? Voilà ce que je me disais ce matin, voilà ce que j'écris maintenant, l'écorché toujours sous les yeux. Quand soudain ce détail : *il n'y a rien non plus entre les jambes de l'écorché !* Aucune représentation de la verge ni des testicules ! Les deux muscles nommés les plus proches sont le psoas et le pectiné qui n'ont rien à voir avec la chose. L'écorché n'a rien entre les jambes ! La verge n'est pas un muscle, soit. Un organe ? Un membre ? Le cinquième membre ? De quelle nature, ce membre ? Spongieuse. Une éponge à sang. Eh bien, rien non plus à cet endroit-là dans l'écorché qui représente la circulation sanguine ! Le corps entier irrigué jusqu'aux aines, mais rien sur la vascularisation qui pulse la vie dans le membre qui la déclenche. Rien entre les jambes. Apparemment, la verge est bannie de la famille Larousse. Partie honteuse. Niche de l'Esprit saint. Débrouille-toi avec ça. Monsieur Larousse est un eunuque.

19 ans, 2 mois, 22 jours   *Vendredi 1ᵉʳ janvier 1943*

Un détail que j'ai oublié de noter. Maman, ouvrant la porte de ma chambre et me surprenant nu devant l'armoire : Qu'est-ce qui se passe, tu te trouves beau ?

19 ans, 2 mois, 24 jours   *Dimanche 3 janvier 1943*

Sexe masculin : pénis, verge, membre, bite, queue, pine, nœud, polard, zob, braquemart, biroute, dard, vit, zizi, etc. Testicules : bourses, couilles, roustons, joyeuses, parties, roubignoles, roupettes, valseuses, glaouis, rouleaux, noix, etc. Une débauche lexicale pour nommer cet appareil génital que le physiologiste répugne à représenter.

19 ans, 3 mois, 4 jours   *Jeudi 14 janvier 1943*

Épilogue inattendu de l'affaire Violaine. Cela commence par une engueulade dans la rue avec Étienne qui juge « inqualifiable » mon attitude envers la sœur de son ami Hervé. Attirer cette fille dans ta piaule et ne pas la toucher, te rends-tu compte de l'humiliation ? Et puis de quoi ai-je l'air vis-à-vis d'Hervé ? C'est moi qui t'ai fait inviter, tout de même ! Étienne hors de lui et moi prêt à lui foutre mon poing sur la gueule. Par bonheur une de ses phrases m'a retenu. Il est vrai qu'elle n'est pas jolie, jolie, cette fille, mais raison de plus ! Tu aurais pu t'en aviser avant, ce n'est pas la première fois que tu la vois ! Des mois qu'elle parle de toi à son frère ! Et des jours qu'elle pleure à présent ! Tu frises l'assassinat, mon vieux, j'ai eu toutes les peines du monde à calmer Hervé ! Pas jolie ? Violaine ? Non, Violaine se trouve laide, le visage ingrat, trop plat, un visage de carpe selon elle, et le teint trop mat, c'est son frère lui-même qui le dit. Tu ne la trouves pas un peu moche, toi ? Violaine laide, moi, non, je ne trouve pas. Oh que non ! Bon Dieu, cette splendeur persuadée d'avoir été répudiée pour cause de laideur ! Par ma faute ! Blessée aux larmes ! Violaine seule face à un miroir de souffrance ! Tout comme moi ! Honte, panique, ignorance et solitude dans les deux camps, alors ?

Ce soir dans un louable souci de briser la glace entre nous, Étienne souligne l'humour paradoxal de la situation : un frère furieux que sa sœur n'ait pas été déshonorée ! Ce que c'est que la modernité, tout de même ! Du coup je lui ai tout raconté. Il a conclu, pratique : Fiasco de puceau ? Fais comme tout le monde, va au bordel, c'est une excellente école pour ça ! Tu y es allé, toi ? Non. Et Rouard ? Non plus. Et Malemain ? Il dit qu'il n'a pas voulu parce que la pute était maréchaliste.

Nous en sommes restés là.

*

NOTE À LISON

Ma chère Lison

Une note contextuelle cette fois. « Pendant ce temps », comme disaient les bandes dessinées de ton enfance, Marseille connaissait les attentats du Vieux Port ; le 3 janvier exactement. Une bombe dans un bordel réservé aux troupes allemandes, une autre dans la salle à manger de l'hôtel Splendide. Nombreuses victimes. Ensuite, une série de rafles où disparut mon ami Zafran, puis le dynamitage du Panier par les Allemands : mille cinq cents immeubles détruits et le tympan de mon oreille gauche endommagé pour un certain temps. Fin janvier on créait la Milice et en février commençait la pêche aux STO. À ceux que ces aggravations déprimaient, Étienne expliquait qu'il y voyait au contraire un tournant décisif de la guerre. Le boche s'énervait, c'était le début de la fin nazie. Il avait raison.

*

19 ans, 6 mois, 9 jours   *Lundi 19 avril 1943*

Bagarre générale au réfectoire provoquée par la dispari-tion de Zafran. Malemain qui plaidait sa cause est tombé dans une embuscade. J'ai frappé sec et méchant pour le sortir de là. Énergie décuplée par l'humiliation sexuelle, j'imagine. Mesdames et messieurs prenez garde au puceau déficient, c'est une graine d'assassin. Un domaine au moins où mon corps répond à l'appel. Aidé par ma par-faite connaissance de l'écorché je me suis offert la joie féroce de taper où ça fait mal. Ivresse du combat sans peur ! Rouard et ses quatre-vingt-huit kilos ne se sont pas mal débrouillés non plus. Renvoi probable. Préparation du concours en candidat libre. Si j'y suis autorisé...

19 ans, 6 mois, 13 jours   *Vendredi 23 avril 1943*

Retrouvé Étienne dans le train qui me ramène à la mai-son, motif de renvoi en poche. Étienne, le plus sérieu-sement du monde, comme s'il venait de lire cette information dans le manuel de médecine qu'il tient ouvert sur ses genoux, demande aux trois autres passagers de notre compartiment – deux hommes, une femme – s'ils savaient que les nerfs et les artères dont dépend notre appareil génital portent les noms de *nerf honteux* et *artère honteuse*. On sort la tête du journal, on quitte le paysage des yeux, on s'interroge du regard, et non, on convient avec un sourire gêné qu'on ne le savait pas. Étienne, dont le ton se fait cassant, affirme que par ces temps de révolution nationale la chose est proprement scandaleuse. Il regarde la couverture du manuel, lit à voix haute le nom de l'auteur et décrète que considérer les organes de la reproduction comme des objets de honte quand le Maréchal nous exhorte tous les dimanches à repeupler la France est une attitude délibérément antipatriotique ! Et vous, monsieur, qui ne semblez pas vous intéresser à la question, me demande-t-il comme si nous ne nous connaissions pas, qu'en pensez-vous ? Je mime la surprise avant de proposer timidement, en interrogeant du regard les trois autres passagers, que les nerfs et artères susnommés soient rebaptisés *Nerf du Redressement National* et *Artère de la Famille Nombreuse*. Personne ne flaire le canular, on prend un air réfléchi et, le plus sérieusement du monde, on acquiesce. La dame avance même d'autres propositions.

Sale époque.

19 ans, 6 mois, 16 jours   Lundi de Pâques, 26 avril 1943

Fermantin et deux types sont passés à la maison pour me recruter. Fermantin ignore mon renvoi du bahut, il me croit en vacances. Maman l'accueille joyeusement et l'envoie dans ma chambre. Dans son uniforme et sous son béret de milicien il a une allure très commedia dell'arte. En pas drôle. J'étais en train de réviser le concours et, dans un de ces « accès de posture » qui me font sourire chez les autres, j'ai déclaré à mon vieux camarade que je n'entrerai jamais dans la milice, que je considérais même cette proposition comme une insulte. Il s'est retourné vers ses d'eux comparses (je ne les connaissais pas, l'un d'eux était aussi en uniforme) et il a dit : Une insulte ? Mais non, c'est ça, une insulte ! Et il m'a craché au visage. Fermantin crache sur tout un chacun depuis sa petite enfance. Je suis un des rares sur lesquels il n'avait pas encore glavioté ; en conséquence, si le crachat m'a surpris il ne m'a pas étonné. Ceci compensant cela j'ai pu garder mon calme. Je n'ai pas bronché, pas même cherché à esquiver. J'ai entendu le « ptttuit », j'ai vu venir le crachat, je l'ai senti s'écraser sur mon front, puis couler entre l'arête de mon nez et ma pommette gauche, assez semblable, ma foi, à une éclaboussure d'eau tiède. Je ne me suis pas essuyé. Je me suis concentré sur la sensation – assez banale – au détriment du symbole, réputé infamant. Si j'avais bronché, ils m'auraient massacré. La salive ne s'écoule pas aussi vite que l'eau sur la peau. Elle est mousseuse, elle chemine par à-coups. Elle sèche sans vraiment s'évaporer. L'un des deux autres types, celui qui portait l'uniforme (Fermantin et lui étaient armés), a dit que de toute façon chez eux on ne recrutait que des hommes. Je n'ai pas relevé. J'ai senti les restes du crachat trembler sur la commissure gauche de mes lèvres. Une seconde, j'ai pensé que je pourrais le récupérer d'un coup de langue et le renvoyer à l'expéditeur mais je me suis abstenu, j'avais assez sacrifié à la posture. On se reverra, a dit Fermantin sans me quitter des yeux. Théâtral, il a répété, en quittant ma chambre à reculons, le doigt tendu vers moi : On se reverra petite fiotte. J'écris cette page avant de me remettre au travail. Demain, je file à Mérac.

4

21-36 ANS

(1945-1960)

Ponctuation amoureuse de Mona :
Confiez-moi cette virgule que
j'en fasse un point d'exclamation.

NOTE À LISON

Ma chère Lison,

*Tu constateras un trou de deux ans après cette agression.
C'est que Fermantin et ses petits camarades sont venus me chercher à Mérac figure-toi, pour me faire un mauvais sort. Par
bonheur, Tijo qui les avait repérés (il avait alors neuf ans mais
déjà toute la vivacité d'esprit que tu lui as connue) m'a prévenu
à temps et j'ai pu filer. Après quoi, bien sûr, pas d'autre solution que de prendre le maquis. C'est Manès qui m'y a introduit.
J'ignorais que Robert et lui faisaient partie de la Résistance.
Manès feignait d'en dire beaucoup de mal, et Manès était du
genre que l'on croit sur parole. Comme il ne disait pas de bien
de l'occupant pour autant, il gardait sa réputation de sauvage
solitaire qu'il ne fallait pas emmerder. L'adhésion de Manès au
Parti aura été une des grandes surprises de ma vie. Il a
d'ailleurs été communiste jusqu'au bout, malgré le mur de Ber-
lin, malgré la Hongrie, malgré le Goulag, malgré la déstalinisa-
tion, malgré tout. Manès n'était pas l'homme aux trente-six
idées.*

Si je ne vous ai jamais parlé de cette période de ma jeunesse, c'est qu'après tout je n'ai été qu'un résistant de circonstance. Sans la petite bande de Fermantin je serais sans doute resté à taper dans mon sac de sable et à piocher dans mes bouquins jusqu'à la fin des hostilités. Exceller dans les études, collectionner les diplômes, conquérir une situation c'était le tribut que je devais payer à la mémoire de mon père. Certainement pas entrer en guerre ! Il m'aurait maudit ! « Ce qui me navre le plus chez l'espèce humaine, disait-il, ce n'est pas qu'elle passe son temps à s'entre-tuer, c'est qu'elle y survive. » Il aura fallu l'impact d'un crachat pour me jeter dans la tourmente. Mon engagement tient aux lois de la balistique, rien de plus.

Bref, du printemps 43 au printemps 45 (engagement dans l'armée de Lattre), j'ai dû laisser tomber mes études et cesser de tenir ce journal. La longue trace que laisse derrière nous notre écriture ne fait pas bon ménage avec la clandestinité. Trop de camarades sont tombés à cause de l'écriture ! Pas de journaux intimes, pas de lettres, pas de notes, pas de carnets d'adresses, pas de traces. Surtout pendant les missions de liaison qui m'ont été confiées les dix derniers mois ! De tout ce temps, je me suis désintéressé de mon corps. En tant qu'objet d'observation, s'entend. D'autres priorités avaient pris le relais. Rester vivant, par exemple, veiller à l'exécution des tâches et des missions et me maintenir dans un état de vigilance extrême pendant les interminables semaines où il ne se passait rien. La vie du soldat clandestin est une vie de crocodile. Rester immobile dans son trou jusqu'à la seconde où on en jaillit pour frapper, puis disparaître aussi vite et attendre à nouveau. Entre les frappes ne pas baisser la garde, tenir ses nerfs, multiplier les exercices, rester à l'écoute de tous les possibles. Les menaces extérieures musellent les petites surprises du corps.

Je ne sais pas si quelqu'un s'est jamais penché sur la question de la santé dans les guerres clandestines mais c'est un sujet à creuser. J'ai vu très peu de malades parmi mes camarades. Nous avons tout imposé à nos corps : la faim, la soif, l'inconfort, l'insomnie, l'épuisement, la peur, la solitude, le confinement, l'ennui, les blessures, ils ne regimbaient pas. Nous ne tombions pas malades. Une dysenterie occasionnelle, un refroidissement vite réchauffé par les nécessités du service, rien de sérieux. Nous dormions le ventre creux, nous marchions la cheville foulée, nous n'étions pas beaux à voir, mais nous ne tombions pas malades. J'ignore si mon observation vaut pour l'ensemble des maquis, c'est en tout cas ce que j'ai constaté dans mon réseau. Il n'en allait pas de même pour les garçons qui s'étaient laissé prendre par le STO. Ceux-là tombaient comme des mouches. Les accidents du travail, les dépressions nerveuses, les épidémies, les infections en tout genre, les automutilations de ceux qui voulaient s'enfuir décimaient les ateliers ; cette main-d'œuvre gratuite payait de sa santé un travail qui n'en voulait qu'à son corps. Nous, c'était l'esprit qui était mobilisé. Quelque nom qu'on lui donnât, l'esprit de révolte, le patriotisme, la haine de l'occupant, le désir de vengeance, le goût de la bagarre, l'idéal politique, la fraternité, la perspective de la libération, quoi que ce fût, cela nous gardait en bonne santé. Notre esprit mettait notre corps au service d'un grand corps de combat. Cela n'empêchait évidemment pas les rivalités, chaque tendance politique préparait la paix à sa façon, se faisait son idée de la France libérée mais, dans le combat contre l'envahisseur, la Résistance, pour diverse qu'elle fût, m'a toujours semblé ne faire qu'un seul corps. La paix revenue, le grand corps a rendu chacun de nous à son tas de cellules personnelles et donc à ses contradictions.

Pendant les dernières semaines de la guerre j'ai fait la connaissance de Fanche que tu as tant aimée. Sans être médecin elle exerçait un art inné de la chirurgie dans une briqueterie abandonnée où s'entassaient nos blessés. Comme tu le sais, c'est grâce à elle que je n'ai pas perdu mon bras. Mais ce que tu ignores, c'est que je lui avais appris la technique de l'anesthésie auditive selon Violette et qu'elle l'appliquait avec succès. Elle gueulait si fort en changeant nos pansements que la douleur refluait au fond de nos cervelles. Ce que tu ignores aussi, c'est que malgré sa tête carrée, ses yeux fendus, son accent gallo et son caractère trempé, Fanche n'était pas plus bretonne que toi ou moi. C'était une petite Conchita, fille d'Espagnols réfugiés en Bretagne, rebaptisée Françoise par gratitude pour notre République. Fanche, c'est le diminutif masculin que lui avaient donné ses petits copains bretons pour célébrer ses aptitudes de garçon manqué.

*

21 ans, 9 mois, 4 jours   *Samedi 14 juillet 1945*

Au nom du Gouvernement provisoire de la République française et en vertu des pouvoirs qui me sont conférés…
Sur quoi ai-je pleuré pendant la cérémonie ? Je n'avais pas pleuré depuis la mort de Violette. Sauf de douleur, ces derniers temps, à cause de mon coude écrabouillé. Bref, j'ai pleuré sans me retenir pendant toute la cérémonie, pleuré continûment, sans l'aide de sanglots, comme on se vide, sans un geste pour m'essuyer. Je me vidais encore quand Il nous a décorés, Fanche et moi. Loin de s'en offusquer, Il m'a gratifié d'un viril : Maintenant vous avez le droit ! Bien que je fusse collant comme un papier gommé, Il m'a donné une franche accolade. Lui non plus ne s'est pas essuyé. Ce que c'est que

l'héroïsme, tout de même ! Après deux ans d'interruption, ce sont ces larmes que je veux noter d'abord ici. Ce matin, j'ai effectivement versé *toutes les larmes de mon corps*. Il serait plus juste de dire que mon corps a versé toutes les larmes accumulées par mon esprit pendant cette invraisemblable tuerie. La quantité de soi que les larmes éliminent ! En pleurant, on se vide infiniment plus qu'en pissant, on se nettoie infiniment mieux qu'en plongeant dans le lac le plus pur, on dépose le fardeau de l'esprit sur le quai de l'arrivée. Une fois l'âme liquéfiée on peut célébrer les retrouvailles avec le corps. Le mien dormira bien, cette nuit. J'ai pleuré de soulagement, je crois. C'est fini. Ça l'était à vrai dire depuis quelques mois mais il m'aura fallu cette cérémonie pour clore l'épisode. Fini. C'est cela, qu'Il a décoré : la fin de ma *résistance*. Honneur aux larmes !

21 ans, 11 mois, 7 jours　　　　*Lundi 17 septembre 1945*

Je me suis remis à la préparation du concours. J'ai immédiatement retrouvé toutes les sensations physiques du travail intellectuel. Le vibrant silence des livres, le duvet de leurs pages sous la pulpe du doigt, le crissement de la plume sur les fibres du papier, le parfum âcre de la colle, les reflets de l'encre, le poids du corps immobile, les fourmis au bout des pieds restés trop longtemps croisés et qui me font sauter tout à coup sur mes jambes pour cogner sur mon sac, dansant et frappant, balançant directs du droit et du gauche, crochets, uppercuts, séries, reprises (je ne peux plus déplier complètement mon gauche, bien sûr, mais il peut toujours frapper en crochets et en uppercuts), la tête bourdonnant des vers récités au rythme de la boxe, les méninges ressassant les phrases offertes par les siècles pendant que dansent mes jambes, que mes poings cognent, que ma sueur coule, la fraîcheur de l'eau puisée dans la lessiveuse, asperge-toi, sèche-toi, remets ta chemise, au travail, au travail, et l'immobilité à nouveau, cette sensation de planer au-dessus des lignes ! Le faucon pèlerin fait le point sur le grand champ de la page imprimée, cachez-vous chères idées, mes proies et ma pâture, non seulement je m'en vais vous manger, mais vous digérer, chair à venir de ma tête ! Bigre, où vais-je ? Arrêtons là pour ce soir, mes paupières pèsent leur poids de sable et ma plume déconne. Dormons. *Couchons-nous sur la terre et dormons.*

21 ans, 11 mois, 10 jours　　　　　*Jeudi 20 septembre 1945*

Me suis accordé une récréation pour relire une bonne partie de ce journal. (C'est Tijo qui m'a rendu mes cahiers l'autre jour. Il les avait cachés – « sans rien lire, je te le jure ! ».) J'y ai retrouvé Dodo avec surprise et grande émotion. Dodo, que je m'étais inventé quand je vivais chez maman pour me tenir *physiquement* compagnie, Dodo mon petit frère fictif, à qui j'apprenais à pisser, Dodo à qui j'apprenais à manger ce qu'il n'aimait pas, Dodo à qui j'apprenais l'endurance, Dodo à qui j'enseignais les vérités du sexe – branle-moi mon petit Dodo j'ai une montée de sève ! Dodo que je dressais en silence contre l'orgueilleuse, mensongère et pontifiante imbécillité maternelle. Je ne puis pas dire que Dodo était moi, non, mais il était un exercice d'incarnation convaincant. Je me sentais si peu exister – si peu existant – entre ce père mourant et les mensonges que cette mère appelait « la vie », la vie *n'est pas* ceci, la vie *n'est pas* cela... Tout imaginaire qu'il fût, le petit corps fébrile de Dodo (je l'entendais respirer dans son sommeil à côté de moi quand la peur lui faisait quitter son lit pour le mien) était autrement réel et concret que « la vie » selon sainte Mère. En écrivant cela il m'apparaît que pendant ces dernières années la voix du Maréchal fut à mon oreille l'exacte duplication de la voix maternelle. Ce que ce chevrotement laissait entendre de la vie en parlant de la Patrie relevait du même immobile, séculaire, peureux, hypocrite et risible mensonge. Au fond de moi, c'est Dodo qui est entré en résistance. Et c'est Dodo qu'on a décoré. Du moins suis-je assuré qu'il ne s'en vantera pas.

22 ans, 3 mois, 1 jour   *Vendredi 11 janvier 1946*

Le goût retrouvé du café après toutes ces années de chicorée ! Le café noir, fort, amer. Cette morsure *dans* la bouche, qui appelle, aussitôt la gorgée avalée, un petit clappement de langue satisfait. Cette brûlure derrière le sternum qui fouette et réveille, qui accélère les battements du cœur et branche les neurones. Souvent infect, au demeurant. Il me semble qu'il était bien meilleur avant-guerre. Mais pourquoi le café serait-il moins bon aujourd'hui ? Nostalgie d'un avant ?

22 ans, 5 mois, 17 jours   *Mercredi 27 mars 1946*

La question des cauchemars. J'en ai fait assez peu pendant ces deux dernières années. La paix revenue ils reprennent l'offensive. Je ne les tiens pas pour une production de l'esprit mais pour les déjections cérébrales de mon organisme. Pris la résolution de les apprivoiser en les notant. Un calepin au pied de mon lit et dès le réveil le cauchemar est noté. Cette habitude a deux effets sur les rêves. Elle les structure comme des récits et elle leur ôte toute capacité de me faire peur. Ils ne sont plus objets de frayeur mais de curiosité, comme s'ils savaient que je les attends pour les coucher sur le papier et qu'ils prenaient cela pour un honneur littéraire, les imbéciles ! Tout sinistres qu'ils demeurent, ils ont perdu leur qualité de cauchemars. Cette nuit même, au plus terrifiant de l'un d'eux, j'ai clairement pensé : Ne pas oublier de noter cela en me réveillant. Cela : en l'occurrence le bras arraché du gendarme de Rosans écrivant sur le ciel.

22 ans, 6 mois, 28 jours   *Mercredi 8 mai 1946*

Premier anniversaire de la Victoire. On dirait que tous les maux dont ces mois de combat m'ont préservé se déclenchent d'un coup pour le célébrer : coryza, coliques, insomnies, cauchemars, angoisses, montées de fièvre, troubles de la mémoire (égaré ma montre et mon portefeuille, perdu l'adresse de Fanche, mes cours sur Suétone, tous mes t.p., etc.). Bref, mon corps se déchaîne. On dirait qu'il renoue d'un seul coup avec celui de l'enfant fébrile que j'étais. (Ce n'est rien, disait Violette, tu as tes nerfs.) Le fait est que ce matin au réveil j'avais les nerfs à vif, le nez pris, les intestins liquides, la gorge serrée et une température à 38,2°. Attraper un rhume sous trois épaisseurs de couvertures et la chiasse après un excellent pot-au-feu, mon corps regimberait-il devant le confort retrouvé ? Pour ce qui est de l'angoisse, deux heures de travail ont suffi à en dissoudre la boule qui obstruait ma gorge ; la traduction du bon vieux Pline m'a calmé. En revanche, la dysenterie me laisse sur les genoux et je peux à peine taper dans mon sac. Vive la guerre, condition de la bonne santé ? En tout cas, pendant ces deux années où je suis entré dans la danse macabre, le monde a eu ses nerfs à ma place.

23 ans   *Jeudi 10 octobre 1946*

Passé chez Fanche en arrivant à Paris. Demain, mon entretien au ministère. Fanche me demande si j'ai quelque part où dormir. Un hôtel, dans le quatorzième. Moi vivante, mon pétard, pas d'hôtel, surtout le jour de ton anniversaire. (Tiens, elle se souvient de ce détail !) Elle me conduit chez une demi-douzaine de musiciens qui occupent un vaste appartement de la réquisition, boulevard Rochechouart. Ça boit, ça rit beaucoup, ça se rationne peu, ça ne se raisonne pas davantage. On y va, quoi. C'est bien. À un moment donné ils fichent tous le camp en cave. Fanche connaît un abri dont on a fait une boîte épatante, rue Oberkampf : Allez viens ! J'hésite. Je suis fatigué. J'ai encore le train dans le corps. Pas question de compromettre mon entretien de demain. Si je le rate, je n'ai plus qu'à retourner à la niche. Non merci, je dors. Fanche me montre une chambre, un lit, c'est là. Tu veux prendre un bain ? Un bain ? Dans une vraie baignoire ? C'est possible ? J'y recompose un corps pulvérisé par dix-sept heures de chemin de fer. Après le bain, je m'endors aussitôt, nu et chaud. Pour me réveiller au milieu de la nuit. Quelqu'un s'est glissé sous mes draps. Un corps tout aussi nu et chaud que le mien, tout à fait dodu, on ne peut plus féminin, trois mots seulement, chut, ne bouge pas, laisse-moi faire, avant de m'engloutir, mon sexe se déployant aussitôt dans sa bouche, prenant chair louable, authentique et durable, pendant que deux mains caressent mon ventre, glissent jusqu'à ma poitrine, dessinent mes épaules, redescendent le long de mes bras et de mes hanches, me détourent comme des mains de potier, saisissent mes fesses qui s'y logent en confiance, doucement pétries, pendant qu'œuvrent des lèvres charnues et tendres, une langue moelleuse, oh ! continue, je t'en prie, continue, mais je sens le flot monter bien sûr et mon ventre se creuse, retiens-toi bonhomme, retiens-toi, ne tue pas cette éternité, et comment retient-on un volcan en éruption, par où le retient-on, il ne suffit pas de serrer poings et paupières, de me manger les lèvres, de me cabrer sous une cavalière que je ne veux surtout pas désarçonner, tout est inutile, ça monte, balbutiements, arrête, doucement, attends, arrête, arrête, mes mains repoussant ses épaules, attends, attends, mais si rondes les épaules, si pleines que mes doigts s'y attardent les traîtres, doigts de chat pétrisseur à présent, et je sais que je ne tiendrai plus, je le sais, et le garçon bien élevé se dit subitement, pas dans sa bouche, *ça ne se fait sans doute pas*, c'est même une certitude, pas dans sa bouche, mais elle repousse mes mains et me garde là, pendant que je jouis du plus profond de moi-même, me garde dans sa bouche et boit longuement, patiemment, résolument, complètement, le sperme de mon dépucelage.

Cela fait, elle glisse jusqu'à mon oreille où je l'entends murmurer : Fanche nous a dit que c'était ton anniversaire, j'ai pensé que je serais un cadeau acceptable.

23 ans, 3 jours   *Dimanche 13 octobre 1946*

Mon cadeau d'anniversaire s'appelle Suzanne, elle nous vient du Québec, spécialiste ès explosifs, démineuse pour tout dire, ce qui est aussi *un labeur de patience et de précision.* Grâce à elle mon entretien s'est bien passé. Je regorgeais d'énergie vitale. Il y a nuit blanche et nuit blanche. Car, comme l'a tranquillement expliqué Suzanne à la table commune du petit déjeuner, nous avons passé toute la nuit « en amour », pas question de se satisfaire d'une simple « mise en bouche », après le mien ce fut « son tour de jouissance », puis le mien encore, puis le nôtre, explosion synchrone cette fois, et encore un ou deux « tours d'manège » parce que « ce tchum-là, c't' à peine croyable la quantité d'amour qu'il avait en réserve ! » J'écris entre guillemets ces phrases québécoises, et je rêve aux accents qui traversent les siècles et les océans. Pendant que la tablée riait, le soupçon m'est venu que Louise Labé versifiait peut-être avec l'accent de Suzanne, ou Corneille, que Fanche cite à propos : *Car le désir s'accroît quand l'effet se recule.*

23 ans, 4 jours   *Lundi 14 octobre 1946*

J'aime la chair des accents !

Il y a quelque chose de physique, presque d'animal, en tout cas de primitivement sexué, dans la confrontation entre le vieux chef de bureau et le jeune impétrant. C'est du moins la sensation que me laisse l'entretien que je viens de passer. Deux mâles s'observent. Le vieux dominant et le jeune qui grimpe. Aucune aménité dans ce reniflage des savoirs et des intentions. Jusqu'où sais-tu, jusqu'où iras-tu ? demande le groin du chef. Quel piège me tends-tu ? demande le museau du candidat. Deux générations s'affrontent, la mourante et la remplaçante. Ce n'est jamais gentil. En dépit des apparences, la culture ou les diplômes y ont peu de part. Duel de couilles. Es-tu digne de perpétuer la caste ? Voilà ce qui intéresse le chef. Mérites-tu de vivre encore ? Voilà ce que demande le candidat. Grognements, grognements, dans un fumet de sperme rance et de foutre neuf.

Tout à l'heure, après l'amour, allongé à plat ventre, en nage, vidé, apaisé, déjà somnolent, j'ai senti, tombant sur mon dos, mes cuisses, mon cou, mes épaules, à des intervalles irréguliers, des gouttes fraîches. Un lent et délicieux goutte-à-goutte, d'autant plus exquis que je ne savais ni où ni quand tomberait la prochaine, et que chacune me faisait découvrir un point précis de mon corps, resté jusqu'alors, me semblait-il, intouché. J'ai fini par me retourner : agenouillée au-dessus de moi, un verre d'eau à la main, Suzanne m'aspergeait, du bout des doigts, concentrée comme au-dessus d'une mine. Sa peau, constellée de taches de rousseur et de grains de beauté, est un ciel étoilé. Au stylo bille, j'y ai reconstitué la carte céleste du mois, Grande Ourse, Petite Ourse, etc. À ton tour, m'a dit Suzanne, voyons un peu *ton ciel et tes cieux*. Mais rien sur ma peau, ni de face ni de dos, pas un grain de beauté, rien. Page blanche. Ce qui me navre, et qu'elle traduit à sa façon : Tu es tout neuf.

23 ans, 3 mois, 11 jours   *Mardi 21 janvier 1947*

Suzanne partie, retournée en son Québec. Les guerres finissent pour tout le monde. Avons fêté cet arrachement avec dignité :
Une griffure sur la joue droite.
Une trace de morsure sur le lobe de l'oreille gauche.
Un suçon sur le cou, à droite, là où bat l'artère.
Un autre suçon à gauche, sous le menton.
Une trace de morsure de la lèvre supérieure, tuméfiée, bleuâtre.
Quatre griffures parallèles espacées chacune d'environ un centimètre, allant de la pointe supérieure du sternum au mamelon gauche.
Estafilades similaires dans le haut du dos.
Un suçon sur le mamelon droit.
Une morsure assez profonde dans le gras du pouce.
Les couilles douloureusement essorées.
Et, signature ultime, l'empreinte d'un baiser au creux de mon aine gauche : « Quand le rouge à lèvres aura disparu, il faudra recommencer à vivre ».

Fanche, une fois de plus, soigne mes blessures. En m'apprenant par exemple que Suzanne ne s'est pas seulement glissée dans mon lit pour cause d'anniversaire. Non ? Non mon pétard, c'est sur ordre qu'elle est allée faire sauter ton pucelage. Sans blague ? Sans blague ! Tu nous perturbais. Un agent de liaison chaste, c'est extrêmement rare. Tant de dangers, tant de tensions, la plupart d'entre vous se retrouvaient au lit une fois leur mission accomplie. Les agents de liaison conjuraient la guerre en s'aimant à pleins tuyaux. Besoin d'énergie vitale et de bras protecteurs, garçons et filles ! Toi non. Ça se savait. D'où soupçons : Curé ? Puceau ? Impuissant ? Viande froide ? Échaudé de l'amour ? C'étaient les questions qu'on se posait à ton propos. Suzanne est allée chercher la réponse sur le terrain. Dernière prouesse de la Résistance, mon pétard !

*

NOTE À LISON

Fanche m'appelait « mon pétard » depuis cet après-midi de mars 45, après la bataille de Colmar, où un éclat de mine avait manqué m'arracher la moitié du bras gauche sur une route d'Alsace. Je conduisais le coude à la portière d'une traction, insouciant, comme si la guerre était déjà finie. Ainsi Fanche appelait-elle ses blessés. Par le nom de l'arme qui les avait meurtris. « Mon pétard » à cause de cette mine, « ma rafale » pour Roland qui était sorti d'une embuscade ses tripes dans les mains, « ma baignoire » pour Edmond rescapé d'un interrogatoire exhaustif. Mon pétard : elle ne m'a plus jamais appelé autrement.

*

23 ans, 3 mois, 28 jours   *Vendredi 7 février 1947*

Après chaque rhume, je me réveille le nez bouché.
Sec, mais bouché. Surtout la narine gauche, obstruée
par une excroissance de la muqueuse que je sens très
bien du bout de mon index si je l'y enfonce assez profondément. Je dors la bouche ouverte et me réveille le
gosier sec, comme une charogne évaporée. Serais-je allergi-
que à l'air de Paris ?

23 ans, 4 mois, 9 jours   *Mercredi 19 février 1947*

Est-ce le départ de Suzanne, est-ce le tir de barrage
que Chapelin fait à toutes mes propositions, est-ce ce
crétin de Parmentier qui m'exaspère avec son obsession
des quotas, toujours est-il que je me retrouve avec des
aigreurs d'estomac. Enfant déjà j'avais des maux de
vieux. De ces maux qui vous accompagnent toute une vie
et finissent par définir un tempérament. Serais-je *aigre*, et
dans quelques années *un aigri* ?

23 ans, 5 mois, 21 jours   *Lundi 31 mars 1947*

Mangé du bout des lèvres. Mal dormi. Rien ne passe et
rien ne sort. Douleurs quasi permanentes au niveau de
l'œsophage. J'ai laissé traîner et maintenant je m'inquiète.
Étienne me conseille un examen. C'est bon surtout con-

tre l'inquiétude, précise-t-il. Le gastro-entérologue auquel il me recommande peut me recevoir dans deux semaines à l'hôpital Cochin. Les pastilles Rennie me soulagent encore un peu. Aucune nouvelle de Suzanne.

23 ans, 5 mois, 30 jours   *Mercredi 9 avril 1947*

Encore cinq jours d'attente. Que de temps perdu, bon Dieu ! Et toujours rien de Suzanne. Qu'attends-tu de cette fille ? me demande Fanche, elle t'a ouvert les portes de la vie, mon pétard, tu n'as plus qu'à entrer ! J'attends que l'appétit me revienne. Entre autres l'appétit sexuel. Et l'appétit de vivre. Or, ce sont mes terreurs d'enfance qui me reviennent. Sous forme d'hypocondrie ! car ce que j'éprouve, inutile de me le cacher plus longtemps, c'est la peur irraisonnée du cancer. Hypocondrie : dérèglement de la conscience entraînant une perception hypertrophique des manifestations du corps. Forme de délire de persécution dans laquelle nous sommes à la fois le persécuteur et le persécuté. Mon esprit et mon corps *se* jouent des tours. Sensation nouvelle au demeurant, donc intéressante. Suis-je hypocondriaque par nature ou victime d'une crise passagère ? Le cancer de l'estomac : être bouffé de l'intérieur par l'organe même de la digestion ! Terreur mythologique.

23 ans, 6 mois, 2 jours   *Samedi 12 avril 1947*

Je ne me digère plus.

La consultation a duré sept minutes. J'en suis sorti terrorisé. Je n'ai pas retenu le quart de ce que le gastro-entérologue m'a dit. Je serais incapable de décrire son bureau. Étrange sidération de la pensée. Vous avez de la chance, un patient s'est décommandé, je peux vous prendre dans trois jours. Est-ce la vérité ou m'a-t-il servi ce boniment pour ne pas me dire qu'il y avait urgence ? Au lieu de l'écouter, je scrutais son visage. Sec, précis, il m'annonçait que dans trois jours il introduirait un tuyau dans mon estomac pour voir ce qui s'y passe. Il n'y avait rigoureusement rien d'autre à lire sur cette tête de spécialiste que cette information-là, mais mon hypocondrie prêtait à chacun de ses traits d'inavouables arrière-pensées. Tu deviens cinglé mon pauvre garçon, tu réagis comme si ce toubib était un infiltré de la SS !

Incapable de lire. Incapable de me concentrer sur quoi que ce soit. Il n'y a que le travail qui parvienne encore à me distraire un peu. Quoique ce matin Josette et Marion m'aient trouvé l'une absent, l'autre soucieux. Les pastilles Rennie ne me soulagent plus du tout. Ébranlement généralisé de mes nerfs. Certitude que les jeux sont faits, que je goûte pour la dernière fois en tant que non-malade à ce vin, à ces olives, à cette purée – qui d'ailleurs ne passent pas – et que je ne verrai plus fleurir les marronniers du Luco. Depuis quand t'intéresses-tu aux marronniers, imbécile ? Tu les as toujours trouvés scolaires ! C'est vrai, mais la certitude de la mort prochaine vous ferait tomber amoureux d'une blatte. Peur de la maladie plus effrayante que la maladie elle-même. Vivement le diagnostic que je me redresse ! Car face à l'inévitable cancer, je saurai me tenir ! Je m'imagine même quelques postures héroïques. En attendant, mains moites, tremblements très fins du bout des doigts, bouffées de panique qui transforment ma constipation en chiasse, comme lorsque j'avais douze ans. *Je n'aurai plus peur, je n'aurai plus peur, je n'aurai plus jamais peur...* Tu parles ! Se pourrait-il que je n'aie rien appris ? Se pourrait-il que ce journal, entrepris pour exorciser ce genre de panique, n'ait servi à rien ? Faudra-t-il que je cohabite jusqu'au bout avec ce mioche invertébré qui chiait dans son froc à la moindre pétoche ? Arrête de pleurnicher, arrête un peu, tu veux ! Regarde-toi de l'extérieur, bougre d'idiot, tu sors vivant d'une tuerie planétaire et une merveille de femme t'a enfin ouvert le chemin des dames !

23 ans, 6 mois, 7 jours   *Jeudi 17 avril 1947*

Subi la *gastroscopie* dans un état de totale abdication. J'avais rendu mes armes à la Faculté. Confiance aveugle, sans illusion quant au résultat. Fatalisme paisible. Tout le temps que le gastro-entérologue, flanqué de son externe, introduisait ce tube dans mon gosier, puis me l'enfonçait dans l'œsophage pour finalement explorer mon estomac jusqu'au pylore, j'ai combattu mon horreur du vomissement en pensant à cet avaleur de sabres que j'avais vu, enfant, un jour où papa m'avait emmené au cirque. Les toubibs papotaient en m'explorant. Ils vérifiaient ma tuyauterie en parlant de leurs prochaines vacances. C'était très bien ainsi. Que la vie continue quand elle cesse ! Bonne nouvelle : l'examen n'a montré qu'une banale irritation de l'œsophage. Mauvaise nouvelle : on veut me revoir avec les résultats d'une prise de sang. Traitement : pansements gastriques et régime. Suppression des viandes en sauce. (Ce toubib ne me semble guère concerné par le rationnement !)

23 ans, 6 mois, 18 jours   *Lundi 28 avril 1947*

Mes examens sont strictement *normaux.* Je n'ai rien ! Ce qui m'inspire des sentiments mêlés : exultation tempérée par la honte d'avoir eu si peur. Le soulagement l'emportant sur toute autre considération, je suis allé au restaurant avec Estelle. J'ai commandé une andouillette, des pommes de terre sautées et une bouteille de Brouilly. Jusqu'à présent, pas d'aigreurs. Belle promenade avec Estelle au Jardin des Plantes. Mon corps retrouvé. Oh, oui, Montaigne *la belle lumière de la santé* !

23 ans, 6 mois, 28 jours   *Jeudi 8 mai 1947*

Un passant me demande la direction du Trocadéro. Au lieu de la lui donner, je lui réponds spontanément, avec l'accent de Suzanne, que chuis pô d'tsi, moa, chuis dju Québec, l'Trocdéro ch'connè pô. Quand Suzanne imitait l'accent français, *mon* accent, elle m'offrait la physiologie de notre langue. Son visage rétrécissait, ses sourcils se haussaient, elle redressait la tête, baissait à demi les paupières, avançait une bouche hautaine et boudeuse : Vous autres, maudits Français, toujours à parler avec votre bouche en cul-de-poule, comme si vous chiiez des œufs en or sur nos pauvres têtes !

23 ans, 6 mois, 29 jours *Vendredi 9 mai 1947*

L'accent, disait Suzanne, c'est la langue telle qu'on la mange ! Toi, le français tu le chipotes, moi je m'en goinfre.

*

NOTE À LISON

Des mois d'interruption après l'épisode hypocondriaque. Les plaisirs de la vie retrouvée, l'excitation de la carrière naissante et des joutes politiques l'ont emporté sur ce journal. Après le tour qu'il venait de me jouer, mon corps s'est effacé. Et puis, la vie battait son plein dans l'immédiat après-guerre.

*

24 ans, 5 mois, 19 jours *Lundi 29 mars 1948*

Après l'amour, Brigitte me demande si je tiens un journal. Je réponds non. Elle, si. Je lui demande si elle y parlera de notre nuit. Peut-être, dit-elle, avec cette fausse pudeur des filles qui, une fois avoué l'essentiel, croient sauver leur secret en chipotant sur les détails. Bien sûr que tu en parleras, ai-je pensé, et c'est justement la raison pour laquelle je ne tiens pas, moi, de journal intime. Ce qui me reste de notre nuit c'est d'abord une sensation persistante de tension douloureuse du frein de mon prépuce, proche de la déchirure. C'est tout ce que je dois noter ici. Le reste, plus agréable, ne regarde aucun journal.

24 ans, 5 mois, 22 jours   *Jeudi 1er avril 1948*

« Rouler sa chaussette » est tout de même plus joli que « décalotter ». Encore qu'il faille se méfier du joli en matière de physiologie. Et puis « décalotter » vous a un petit air de voiture décapotable qui ne me déplaît pas. Sans compter la calotte des curés. Je décalotte, et hop ! un curé de moins.

24 ans, 6 mois, 6 jours   *Vendredi 16 avril 1948*

Consulté un certain docteur Bêk, recommandé par l'oncle Georges, pour ces ballons-sondes qui obstruent mes narines pendant des semaines après chaque rhume (surtout la narine gauche). Ce sont des polypes et il n'y a rien à faire. Affection dont je souffrirai toute ma vie ? Dans l'état actuel de la médecine, cela ne fait aucun doute, jeune homme. Vraiment rien à faire ? Essayez de ne pas attraper de rhume en automne et au printemps. Le moyen ? Évitez les lieux publics : métro, cinémas, théâtres, églises, musées, gares, ascenseurs… Liste qu'il débite comme on dicte une ordonnance et qu'il conclut par cette recommandation : Et gardez-vous des contacts buccaux. (Éviter le genre humain, en somme.) Et opérer, non ? Je vous le déconseille, les polypes ne sont pas des amygdales, ils repoussent systématiquement. Le vieux docteur Bêk me libère tout de même avec une bonne nouvelle : le polype nasal se révèle rarement cancéreux, contrairement à ceux qu'on trouvera peut-être un jour dans votre vessie ou vos intestins.

24 ans, 6 mois, 14 jours   *Samedi 24 avril 1948*

Mon curé a perdu sa calotte : le frein du prépuce a fini par céder et mon sexe déchiré nous a couverts de sang, Brigitte et moi. Après s'être inspectée, Brigitte a décrété que c'était « le monde à l'envers ».

24 ans, 6 mois, 21 jours   *Samedi 1er mai 1948*

Abstinence, donc. De toute façon, Brigitte a la peau un peu grenue. Je ne crois pas que je pourrais passer toutes mes nuits contre des fesses grenues. Ma vie avec elle peut-être, mes nuits contre ses fesses, non.

25 ans   *Dimanche 10 octobre 1948*

Orgasmes du fond du corps, orgasmes du bout de la queue. Désormais, avec Brigitte, il m'arrive de jouir parce qu'il le faut bien. Un orgasme polé, petit plaisir réduit à la région qui le produit, une concession du gland au mot d'ordre suivant : puisqu'il faut baiser, baisons, et puisqu'il faut conclure, jouissons. Orgasme de principe, sans que l'esprit y engage la totalité du corps. Bien fait pour toi, murmure en moi une voix édifiante : Pour se vider, il faut d'abord se remplir, mon garçon. Aime, remplis-toi d'HAMOUR, HAIME donc de tout ton CHŒUR et tu jouiras tout ton saoul ! Injonction contredite hier soir par une demoiselle tarifée de la rue de Mogador que je me suis offerte pour mon anniversaire. Elle était si peu avare de son temps, si convaincante en son art et si peu rétive de son corps, que le mien, tête comprise, a littéralement explosé, comme au temps de Suzanne.

25 ans, 2 jours   *Mardi 12 octobre 1948*

Les anniversaires me rappellent cette première partie de ma vie où maman me demandait ce que je croyais « avoir mérité » comme cadeau. Je l'entends encore : D'après toi, qu'as-tu mérité pour ton anniversaire ? Avec cette intention éducative qui insistait sur chaque syllabe et ces gros yeux qui sortaient de sa tête pour signifier que rien ne lui échappait. Une femme si peu attentive aux autres, pourtant. Et moins encore attentionnée. Je faisais exprès de tousser en soufflant les bougies. Comme papa. Ce qui m'aurait vraiment fait plaisir pour mon anniversaire : une bonne tuberculose !

25 ans, 3 mois, 6 jours   *Dimanche 16 janvier 1949*

Passé un temps qui m'a paru considérable à débusquer ce que je croyais être un fil de poireau coincé entre mon incisive supérieure droite et la canine sa voisine. Avec mon ongle d'abord, le coin d'une carte de visite ensuite, et finalement une allumette taillée. Mais pas de fil de poireau. Il s'agissait d'un message erroné que m'envoyait ma gencive, elle-même abusée par le souvenir d'une gêne antérieure. Ce n'est pas la première fois qu'elle me fait le coup. Ma gencive se fait des illusions !

25 ans, 3 mois, 12 jours   *Samedi 22 janvier 1949*

Inutile de me le cacher plus longtemps, je ne désire pas Simone. Et réciproquement. Nos corps ne s'accordent pas. Tôt ou tard cette incompatibilité physique aura raison de notre complicité. Nous sommes d'ores et déjà dans la compensation. Cette parfaite entente que nous affichons et qui fait de nous un couple si « public » nous cache notre fiasco sexuel. Il ne faut pas qu'un enfant souffre un jour de ce malentendu.

25 ans, 3 mois, 14 jours   *Lundi 24 janvier 1949*

Au lit j'essaye d'appliquer avec Simone la méthode que j'avais apprise à Dodo pour manger ce qu'il n'aimait pas. Transposition hélas impossible. Mon petit frère fictif devait penser intensément à ce qu'il avait dans la bouche et ne penser qu'à ça, identifier chaque élément constitutif de sa bouchée, ne pas en faire une de ces représentations chimériques que les enfants tirent de la consistance des aliments plus que de leur goût. Le gâteau de riz, ce n'est pas du vomi, les épinards, ce n'est pas du caca, etc.

Eh bien, au lit où presque tout est affaire de consistance, cette méthode ne marche pas. Plus je sais ce que j'étreins moins je peux m'en accommoder : cette peau sèche, cette clavicule aiguë, cet humérus immédiatement sensible derrière le biceps, ce sein trop musclé, ce ventre dur, cette toison râpeuse, ces fesses nouées, trop petites pour mes mains, bref, ce corps de sportive me fait immanquablement rêver à son contraire. Pire, il *faut* que je convoque les chimères pour le consommer. Sinon, flaccidité, excuses douteuses, nuit morne, mauvaise humeur du matin.

25 ans, 3 mois, 22 jours   *Mardi 1ᵉʳ février 1949*

Et puis, je n'aime pas son odeur. Je l'aime mais je ne peux pas la sentir. En amour, il n'y a pas d'autre tragédie.

25 ans, 3 mois, 25 jours   *Vendredi 4 février 1949*

Montaigne : *La plus parfaite odeur d'une femme, c'est de n'avoir aucune odeur.* Voire. Où es-tu Violette ? Ton odeur était mon manteau. Mais ce n'est pas de toi que parlait Montaigne. Où es-tu Suzanne ? Ton parfum était mon drapeau. Ce n'est pas de toi qu'il parlait non plus.

25 ans, 4 mois   *Jeudi 10 février 1949*

Simone et moi avons « tout ce qu'il faut pour nous entendre », seulement nos corps ne se *disent* rien. Nous

nous accordons mais nous ne faisons pas corps. À vrai dire, c'est moins son corps qui m'a d'abord attiré que ses manières d'être : son regard, sa démarche, le grain de sa voix, la grâce un peu brusque de ses gestes, sa longue élégance, ce sourire charnu dans ce visage dubitatif, tout cela (que j'ai pris pour son corps) s'accordant parfaitement avec ce qu'elle disait, pensait, lisait, taisait, promettait un accord total. Et voilà que je me retrouve au lit avec une championne de tennis tout en muscles, en tendons, en réflexes, en contrôle et en retenue. Qu'en serait-il si la boxe et les exercices physiques ne m'avaient pas tellement musclé moi-même ? Abdominaux contre abdominaux, nous nous rejetons. Et si j'optais dorénavant pour une molle obésité ? Laisser mon corps enfler jusqu'à ce qu'il absorbe onctueusement le sien tout en le pénétrant. Elle se donnerait en se prélassant dans mes replis. Pauline R., à qui Fanche demandait pourquoi elle n'aimait que les très gros hommes, avait répondu, l'œil et la voix chavirés : Ah ! c'est comme faire l'amour avec un nuage !

25 ans, 4 mois, 7 jours   *Jeudi 17 février 1949*

Ce matin notre lit est à peine défait.

25 ans, 5 mois, 20 jours   *Mercredi 30 mars 1949*

La carie ou la tentation de la douleur. Réveillé à l'équerre par une carie dentaire. Après m'avoir fait sauter en l'air, cette saloperie m'a paru *intéressante*. La carie électrocute. C'est la douleur la plus proche de la décharge électrique. Comme toute électrocution, elle crée la surprise. La langue rêvasse dans la bouche sans y songer, et tout à coup, deux ou trois mille volts ! C'est extrêmement douloureux mais instantané. Un éclair isolé dans un ciel d'orage. Cette douleur ne diffuse pas, elle est strictement limitée à son périmètre de malfaisance et s'estompe presque aussitôt. Au point qu'après avoir créé la surprise elle suscite le doute. Alors commence le jeu dangereux de la vérification. Notre langue y va voir, très circonspecte, avec des prudences de démineur, testant la gencive, les parois de la dent suspectée, avant de se hasarder sur la crête ébréchée et de glisser dans le gouffre, avec une circonspection de limace, antennes tâtonnantes. Précaution ou pas, on reprend une décharge à sauter au plafond et on se le tient pour dit. Seulement, il est difficile de garder longtemps présente à l'esprit la conscience d'une douleur à ce point passagère. On y retourne. Nouvelle décharge ! Le mollusque se recroqueville illico. C'est taquin, une carie.

25 ans, 5 mois, 24 jours　　　　　*Dimanche 3 avril 1949*

Caroline est une carie. Les fulgurances de sa méchanceté se font instantanément oublier. Au point que, le coup reçu, on doute qu'elle l'ait donné. Une fille si douce ! Une voix si tendre ! La peau si pâle ! Les yeux si bleus ! Le cheveu si botticellien ! Alors, on y retourne. On vérifie. Et on revient tout pleurnichant. Elle m'a fait ci, elle m'a fait ça. Ce ne sont pas les victimes qui manquent. Caroline est une de ces caries produites par notre insatiable besoin d'être aimé. Démasquée, elle fait la dent malade : J'ai été une enfant si malheureuse. Elle se pose comme carie innocente : Ce n'est pas ma faute, la méchanceté des hommes m'a faite comme je suis. Et ses victimes, innombrables, jouent les dentistes. Je saurai te guérir, moi, moi je saurai ! Cette carie a du charme. On se bouscule. Fais confiance à mes onguents, à mon amour, à ma roulette, je sais que tu n'es pas comme ça, au fond ! Et notre langue cède à la fascination du gouffre. Je prédis à cette fille une brillante carrière politique.

25 ans, 5 mois, 25 jours　　　　　　*Lundi 4 avril 1949*

Voilà qu'avec ces considérations sur la camarade Caroline je donne dans le journal intime. Question : quand mon corps produit de la métaphore éclairante sur la nature de mes semblables, ai-je le droit de m'offrir une extension vers ce qui pourrait passer pour un journal intime ? Réponse : non. Raison majeure à cette interdiction ? Caroline tient certainement un journal intime où elle accommode le réel à la sauce de ses désirs. Et puis tant d'autres métaphores conviendraient au tempérament de cette fille : la tique, par exemple, qui se nourrit sournoisement de votre sang et qu'on débusque toujours trop tard. Ou le staphylocoque doré, profondément endormi entre deux réveils ravageurs. Non, non, pas d'extension vers le journal intime !

25 ans, 6 mois, 3 jours　　　　　　*Mercredi 13 avril 1949*

Pour la première fois de ma vie, je suis allé consulter un dentiste (recommandé par l'oncle Georges). Résultat, une chique à ne plus pouvoir me montrer au bureau. J'ai troqué une électrocution intermittente contre une douleur tout à fait durable, un brasero dont le combustible serait mon maxillaire supérieur gauche, porté au plus haut degré d'incandescence. Si vous avez mal, prenez ça. J'ai pris ça et j'ai toujours mal. La douleur a commencé par la piqûre anesthésiante elle-même. Je me suis retrouvé avec une aiguille plantée perpendiculairement au cratère de ma molaire et, tout le temps que mon bourreau actionnait la seringue pour injecter sa drogue, mon corps a joué les planches à repasser. Ça ne va pas être drôle mais c'est rapide. Ce ne fut ni drôle ni rapide. Une fois le liquide injecté, il a entrepris de me perforer la mâchoire avec une fraise qui résonnait dans mon crâne comme dans une mine où piocherait un bagne. Tout ce ramdam pour extraire de minuscules filaments gris des profondeurs du monde. Regardez, c'est votre nerf. Bon je vous fais un pansement et on s'occupe de votre couronne quand vous aurez cicatrisé.

Il m'a aussi conseillé de me brosser les dents un peu plus sérieusement. Pas moins de deux minutes matin et soir. De haut en bas et de droite à gauche. Comme les soldats américains du SHAPE.

25 ans, 6 mois, 9 jours   *Mardi 19 avril 1949*

Négociations serrées avec M&L, et tout à coup violente odeur de merde. Si inattendue et si brutale que j'en sursaute. Apparemment, mes interlocuteurs ne sentent rien. Une odeur qui se pose là, pourtant ! C'est acide, c'est étouffant, ça vous prend effectivement « à la gorge », et c'est on ne peut plus excrémentiel. Comme si j'étais tombé dans une fosse septique. Cette horreur me poursuit toute la journée, par bouffées, sans que mon entourage en soit affecté. Au bureau, dans le métro, à la maison, une porte s'ouvre et se referme sur d'immondes latrines dont le souffle me suffoque. Illusion olfactive, tel est mon diagnostic. Je ne suis pas tombé dans une fosse septique, je *suis* cette fosse saturée d'une puanteur que, par bonheur, je n'exporte pas. Une illusion d'odeur dans une fosse étanche, c'est toujours ça. J'en ai parlé à Étienne pour en avoir le cœur net. Il m'a demandé si j'étais allé récemment chez le dentiste. Oui, chez celui de ton père, la semaine dernière. Une molaire du haut ? À gauche, oui. Ne cherche pas, il t'a perforé un sinus et te voilà directement branché sur tes fosses nasales. Tu en as pour quelques jours, le temps que ça cicatrise. Fosses nasales ? Ouvertes sur quoi, ces fosses ? Notre âme sentirait la merde ? Tu en doutais ? Étienne m'en dit plus long sur cette puanteur *sui generis*. Ce n'est pas que notre âme soit pestilentielle, c'est que nos sinus, souvent infectés, produisent cette odeur de pus, autrement dit de pourriture organique, dont jouit pleinement notre appareil olfactif pour peu que dérape la roulette d'un dentiste. Incident fréquent et sans gravité. Cette connexion directe avec l'intérieur de notre tête agit comme une loupe sur les odeurs de pourriture intime. (À l'extérieur la puanteur s'atténue en se diffusant.) Quant au parfum, il est bien réel, ce n'est pas une illusion : un concentré de cellules en putréfaction.

25 ans, 6 mois, 15 jours   *Lundi 25 avril 1949*

Six jours passés à sentir la merde sans que personne ne s'en aperçoive. Y compris en soutenant ma thèse. Le jury n'y a vu que du feu. Félicitations unanimes. Moi baignant dans ma fosse. Une sorte de lady Macbeth.

25 ans, 7 mois, 4 jours   *Samedi 14 mai 1949*

Gestes rapides du tailleur qui prend mes mesures avec son mètre ruban. Longueur des bras, des jambes, taille, encolure, largeur d'épaules. Attouchements précis et neutres dans la région de l'entrejambe. (Je me demande fugitivement si je *sens*.) Mais le tailleur ne s'intéresse pas à ce corps-là. De fait, il ne me touche pas. Rien d'un médecin auscultant. Ses doigts planteurs d'aiguilles évaluent un volume, dessinent une apparence. C'est l'homme social qui sort de chez lui, l'homme vêtu de sa fonction. Mon corps se sent étrangement nu dans ce costume neuf.

25 ans, 7 mois, 5 jours   *Dimanche 15 mai 1949*

Cette question du tailleur que je n'ai pas comprise. Portez-vous à droite ou à gauche ? Il a fallu qu'il m'explique. Cela fait, il a fallu que j'y réfléchisse. Plutôt à gauche, je crois. Oui, plutôt à gauche. Mon sexe a tendance à rouler à gauche. Je n'y avais jamais songé.

Des mois que je n'ai pas écrit ici, comme toujours quand il m'arrive quelque chose d'important. En l'occurrence un coup de foudre. L'urgence n'était pas de le noter mais de le vivre. La suffocation amoureuse ! Pas facile à décrire si on ne veut pas se noyer dans la soupe aux sentiments. Par bonheur, l'amour regarde foutrement le corps ! Il y a trois mois de cela, donc, soirée chez Fanche. L'appartement est plein. On sonne, je suis le plus près de la porte, j'ouvre. Elle dit juste : « Je suis Mona », et j'en reste debout, à lui barrer le passage, éperdu d'un amour immédiat, inconditionnel et définitif. C'est fou le crédit que le désir fait à la beauté ! Cette Mona, à coup sûr la plus désirable apparition qui soit, la voilà aussitôt promue la plus intelligente, la plus gentille, la plus raffinée, la plus aimable, la mieux accompagnante de toutes ! Une perfection superlative. Mon cœur a fondu comme un plomb. Eût-elle été la plus idiote, la plus méchante, la plus convenue, la plus rapace et tacticienne et mensongère et garce et foutue bourgeoise ou gueuse temporaire, et m'eût-on confié son dossier pour examen préalable, ce sont mes yeux que mon cœur aurait crus ! Ma vie n'attendait qu'elle ! Ce qui se tient debout devant moi dans l'encadrement de cette porte et qui, tout bien pesé, ne me semble pas pressé d'entrer non plus, c'est la mienne ! La femme majuscule ! Ma femme à moi ! Adjectif et pronom possessifs ! De certitude éternelle ! C'est toute notre culture que le flux des glandes nous fait remonter au cœur à la seconde où nous frappe cette foudre, toutes les chansons d'amour à deux sous et tous les opéras huppés, le premier regard du Montaigu sur la Capulet et celui du Nemours sur la Clèves, et les vierges et les Vénus et les Ève des Cranach et autres Botticelli, toute cette effarante quantité d'amour remontée du ruisseau et des musées, des magazines et des romans, des photos publicitaires et des textes sacrés, Cantique des cantiques des cantiques, toute la somme des désirs accumulés par notre jeunesse, magnifiée par nos ardentes branlettes, tous ces coups adolescents tirés à blanc dans les images et dans les mots, toutes ces visées de notre âme éperdue, c'est tout cela qui nous gonfle le cœur, nous incendie l'esprit ! Ah ! cet éblouissement de l'amour ! Ô l'instantané clairvoyant ! Qui reste comme un crétin debout dans l'encadrement de la porte. Par bonheur mon manteau s'y trouvait accroché. Je l'ai saisi et depuis trois mois Mona et moi ne quittons plus notre lit où nous nous sommes envisagés en gros et en détail, pour l'instant et pour toujours. Nacre, soie, flamme et perle, perfection du con de Mona ! Pour m'en tenir à l'essentiel, car il y a l'appétit de son regard aussi, et le velours infime de sa peau, et la tendre lourdeur de ses seins, et la souple fermeté de ses fesses, et l'idoine arrondi de ses hanches, et la rondeur exacte de ses épaules, tout à ma main, tout à mon exacte mesure, à ma juste température, à ma narine et à mon goût – ah ! la saveur de Mona ! –, il faut un Dieu pour qu'une porte s'ouvre sur votre si parfait complément ! Il faut au moins l'existence d'un Dieu pour l'emboîtement si convaincant de nos sexes ! Progression oblige, nos mains et nos lèvres se sont apprises d'abord, puis nos sexes, que nous avons amadoués, caressés, titillés, branlés, accordés, avant de les autoriser à se visiter-engloutir, à distendre savamment la note du plaisir jusqu'au basculement du contre-ut, et maintenant ils se dévorent et se défoncent pour un oui ou pour un non, vite fait bien fait, sans notre permission, à l'aveugle, dans les escaliers, entre deux portes, au cinéma, dans la cave de cet antiquaire, dans le vestiaire de ce théâtre, sous le bosquet de ce square, au sommet de la tour Eiffel, s'il vous plaît ! Car je dis notre lit, mais c'est Paris notre lit, Paris et ses environs, sur Seine et sur Marne ! Nos sexes nous en usons jusqu'à plus soif, nous les préparons et nettoyons à la langue, comme des fonds de gamelle, comme des dos de cuiller, nous les contemplons en leur gloire comme en leur épuisement, avec une idiote tendresse d'ivrogne qui traduit tout ça en termes d'amour et d'avenir et de descendance, moi je veux bien, la progéniture, pourvu que Mona ne quitte pas ma couche, croître et multiplier, pourquoi non si le plaisir n'en pâtit pas et si l'addition s'appelle le bonheur ? Va pour la marmaille cavaleuse, autant qu'on en veut, un marmot par coup tiré s'il le faut et louer une caserne pour abriter cette armée de l'amour ! Bref, j'en suis là. Je pourrais laisser courir ma plume encore si une urgence absolument nue dans le travers de mon lit ne me soufflait que l'heure n'est pas à la commémoration mais à l'action encore et encore ! Il ne s'agit pas de célébrer le temps passé mais d'honorer celui qui ne passe pas !

26 ans, 7 mois, 9 jours   *Vendredi 19 mai 1950*

Hier après-midi, jeudi de l'Ascension, six fois, Mona et moi. Six et demi, même. Et de plus en plus longues. Cet épuisement radieux, au sens propre. Comme des piles qui finiraient de se vider après avoir donné toute leur lumière.

Mona se lève et tombe très mollement au pied du lit. Elle rit : Je n'ai plus de squelette. D'habitude elle dit qu'elle n'a plus de jambes. Nous avons battu un record.

26 ans, 9 mois, 18 jours   *Vendredi 28 juillet 1950*

À quel point le corps bénéficie de l'énergie amoureuse ! Tout, absolument tout me réussit en ce moment. Ma hiérarchie me trouve inépuisable.

26 ans, 10 mois, 7 jours   *Jeudi 17 août 1950*

En matière de jouissance, le lexique n'a rien trouvé de plus évocateur que le verbe chavirer. C'est vrai qu'on chavire ! Pourtant, si on en croit Littré, au XIXᵉ siècle chavirer stigmatisait l'échec, le faux pas dans la carrière sociale. « Ce jeune homme a chaviré. » Aucune acception du verbe ne concernait alors le plaisir. Il ne désignait que le naufrage des espérances bourgeoises.

26 ans, 11 mois, 13 jours   *Samedi 23 septembre 1950*

Ponctuation amoureuse de Mona : Confiez-moi cette virgule que j'en fasse un point d'exclamation.

27 ans, anniversaire   *Mardi 10 octobre 1950*

Mona et moi avons trouvé notre bon animal. Tout le reste est littérature. Passons sur la grâce de sa démarche, la lumière de son sourire, notre connivence en toutes choses, passons sur tout ce qui regarderait un journal intime pour nous en tenir à ce constat de l'animalité satisfaite : j'ai trouvé ma femelle et depuis que nous partageons la même couche, rentrer chez moi c'est regagner ma tanière.

27 ans, 29 jours   *Mercredi 8 novembre 1950*

On ne vit pas avec le nez bouché. Je dois ronfler. Mona ne m'en dit rien mais je dois ronfler. Or je sais, par longue expérience des dortoirs, qu'on peut étouffer un ronfleur sous son oreiller. Répudié pour ronflement, moi ? Jamais ! J'ai pris rendez-vous chez le docteur Bêk aux aurores pour qu'il extraie ce polype de ma narine gauche. Peu m'importe que le poulpe immonde repousse à brève échéance, ce que je demande à la chirurgie c'est de me permettre de respirer pendant six mois en toute liberté. Êtes-vous sûr ? L'extraction d'un polype n'est pas une partie de plaisir ! Enfin, mon neveu nous aidera. Le neveu en question est un colossal Sénégalais d'une vingtaine d'années, aussi large que haut, qui achève des études de philosophie à la Sorbonne en gagnant de quoi vivre au service de cet « oncle » dont il tient muettement le secrétariat. Vous paierez auprès de mon neveu est la dernière phrase qu'entendent les patients en quittant le docteur Bêk. Le neveu tend la facture, empoche les billets, rend la monnaie et tamponne le récépissé sans un sourire et sans un mot. Il œuvre avec radicalité à la démythification du joyeux nègre Banania. Son aide consiste, en l'occurrence, à immobiliser ma tête, une main

sur mon front l'autre sous mon menton, en la maintenant renversée contre l'appui en moleskine du fauteuil
de chirurgie tandis que l'oncle m'ordonne de m'accro-
cher aux accoudoirs et, « si possible », de ne plus bouger. Sur quoi le voilà qui introduit une longue pince
coudée (dite pince de Politzer) dans ma narine gauche,
lève au ciel les yeux de l'investigation, tâtonne, puis son
regard se fige : Ah ! Je le tiens, le salopard. Respirez un
bon coup ! Et le docteur de tirer sans ménagement sur
le polype, lequel résiste de toutes ses fibres en m'arrachant un cri de surprise aussitôt étouffé par la main
immense du neveu, moins pour m'empêcher de hurler
que pour veiller au moral de la salle d'attente, remplie
dès l'aube par la renommée du docteur. Craquements
des ligaments dans la caisse de résonance de mon crâne.
Ah ! Il ne vient pas la sale bête ! L'affaire devenue strictement personnelle entre le polype et le docteur, le premier s'accrochant de tous ses tentacules aux parois de sa
caverne et l'autre s'acharnant au point que chaque muscle de son avant-bras se tend à se rompre pendant que
j'étouffe dans la main du neveu et c'est tout à fait
comme si le docteur Bêk avait entrepris d'extraire la
totalité de mon cerveau par ma narine gauche et nul ne
sait combien de temps durera cette éternité pendant
laquelle je retiens tout le souffle de ma vie, mes poumons au bord de l'éclatement, mes doigts plantés
jusqu'au métal dans les accoudoirs du fauteuil, mes jambes projetant dans l'espace le V d'une victoire tétanisée,
et mon oreille interne – craquements, déchirements,
hurlements de la chair – résonnant du combat de titan
que se livrent la matière vive de mon crâne et ce furieux
aux yeux exorbités, aux lèvres avalées, qui sue mainte-

nant toute l'eau de sa tête au point que ses lunettes embuées en font peu à peu un aveugle. L'effort ne serait pas plus impressionnant s'il m'arrachait la langue. Ah ! ça y est ! Le voilà ! Je le sens ! Il vient ! Ouiiiii ! Un geyser de sang accompagne l'orgasme de la victoire. Belle bête, non ? s'exclame le docteur en contemplant le morceau de chair qui goutte au bout de sa pince. Puis, au neveu, dans un murmure distrait : Nettoyez-le et méchez-le. C'est de moi qu'il s'agit. De ce qu'il en reste.

Qui vous a mis dans cet état ? me demande Tomassin quand je m'assieds à mon bureau. Ma narine tuméfiée débordant d'un coton sanglant et mon œil à demi fermé par réaction mécanique me font une tête d'interrogatoire musclé. Comme l'autre narine est bouchée par la pression qu'exerce la première sur la paroi de mon nez, je respire bouche ouverte, lèvres sèches, et ne m'exprime qu'en labiales d'ivrogne sévèrement imbibé. Tomassin m'aurait volontiers renvoyé chez moi (moins par compassion que pour son hygiène personnelle) mais nous devons recevoir les Autrichiens et « nous n'avons pas les moyens de mettre ce contrat en péril ». Hélas, comme je me penche pour baiser la main gantée que me tend la baronne von Trattner, la femme du ministre (Gerda de son prénom), mon bouchon saute et le geyser de sang qui éclabousse cette dentelle de Venise compromet sérieusement le contrat. *Verzeihen Sie bitte, Baronin !*

27 ans, 5 mois, 13 jours　　　　　　　*Vendredi 23 mars 1951*

Semaine de Pâques. Voyage de noces. Selon Mona, Venise, qui donne tout à voir, est le paradis des aveugles. Pas besoin d'yeux pour s'y sentir pleinement voyant. Cette capitale du silence est la ville sonore par excellence. Entre le morne piétinement des touristes et le claquement décidé des talons vénitiens, l'envol des pigeons sur les places et le miaulement des mouettes, l'appel singulier des marchés – fleurs, poissons, fruits, brocantes –, la clochette des *vaporetti*, le *staccato* des marteaux piqueurs, l'accent vénitien moins rythmé, plus lagunaire que tous les autres dialectes italiens, tout ici s'adresse à l'oreille. Cannaregio ne résonne pas comme les Zattere, aucune rue, aucune place ne rend le même son. Venise est un orchestre, affirme Mona qui m'oblige à reconnaître nos trajets à leur résonance, les yeux fermés, la main sur son épaule, en me faisant promettre que si l'un de nous deux perd un jour la vue l'autre s'installera ici avec lui. Cerise sur le gâteau, l'acqua alta nous donne l'autorisation de marcher dans les flaques.

27 ans, 5 mois, 14 jours   *Samedi 24 mars 1951*

Hier, Venise par les oreilles, aujourd'hui Venise par le nez, toujours les yeux fermés. Imagine que tu sois aveugle *et* sourd, propose Mona, il faudrait que tu les reconnaisses au nez, ces *sestieri*, pour ne pas te perdre ! Alors, renifle : Le Rialto sent le poisson, les approches de San Marco sentent le cuir de luxe, l'Arsenal sent la corde et le goudron, affirme Mona dont l'odorat remonte jusqu'au XIIe siècle. Comme je plaide pour visiter tout de même un musée ou deux, elle objecte que les musées sont dans les livres, c'est-à-dire dans notre bibliothèque.

151

Venise est la seule ville au monde où l'on peut faire l'amour appuyé chacun contre une maison.

En voyant Étienne s'admirer dans un miroir, je m'avise que je ne me suis jamais vraiment regardé, moi, dans une glace. Jamais un de ces coups d'œil innocemment narcissiques, jamais une de ces saisies coquines qui vous font jouir de votre image. J'ai toujours réduit les miroirs à leurs fonctions. Fonction d'inventaire quand adolescent j'y vérifiais la croissance de mes muscles, fonction vestimentaire quand il faut accorder cravate, veste et chemise, fonction de vigilance quand je me rase le matin. Mais la vision d'ensemble ne me retient pas. Je n'entre pas dans le miroir. (Peur de ne pas en ressortir ?) Étienne, lui, *se* regarde pour de bon ; comme tout un chacun il plonge en son image. Moi non. Les éléments de mon corps me constituent sans me caractériser. Bref, je ne *me* suis jamais vraiment regardé dans une glace. Ce n'est pas vertu, c'est distance plutôt, cette irréductible distance que ce journal cherche à combler. Quelque chose en mon image me demeure étranger. Au point qu'il m'arrive de sursauter quand j'en fais la rencontre inattendue, dans une vitrine de magasin. Qui est-ce ? Rien, du calme, ce n'est que toi. Depuis mon enfance je mets à me reconnaître un temps que je n'ai jamais rattrapé. En matière de reflet je préfère le regard

152

de Mona. Ça va ? Ça va, tu es parfait. Ou celui d'Étienne, avant d'aller à un meeting. Ça va ? Ça va, tu ne feras pas tomber les jupes mais tu emporteras les convictions.

27 ans, 7 mois, 10 jours *Dimanche 20 mai 1951*

Au fond, je serais bien empêché de dire *à quoi je ressemble.*

28 ans, 3 jours *Samedi 13 octobre 1951*

J'ai cru vaincre le vertige dans mon enfance mais je le sens toujours là, tapi dans mes testicules, dès que j'approche du vide. Un petit combat s'impose alors. J'en ai encore fait l'expérience hier, sur les falaises d'Étretat. Pourquoi le vertige se manifeste-t-il d'abord chez moi par la strangulation des testicules ? En est-il de même chez les autres ? En ce qui me concerne, dans ces moments-là, les couilles sont le centre de tout ; un goulet d'étranglement qui diffuse la peur en gerbes puissantes, vers le haut et vers le bas. Comme si elles se substituaient au cœur pour pulser dans mes veines un geyser de sable qui abrase tout le réseau sanguin, bras, torse, jambes. L'explosion de deux bourses de sable. Naguère elle me paralysait.

28 ans, 4 jours *Dimanche 14 octobre 1951*

Demandé à Mona si les ovaires sont eux aussi les senti-nelles du vertige. Réponse : non. En revanche, mes testicules se sont à nouveau étranglés quand je l'ai vue s'approcher du bord de la falaise. J'ai eu le vertige à sa place. Couilles empathiques ?

Pendant ces expériences m'est revenue l'anecdote de ce promeneur tombé d'une falaise. Il fait un faux pas, glisse quelques mètres sur des éboulis et bascule dans le vide. Horrifiés, ses amis continuent de hurler quand lui-même cesse d'avoir peur. Il estime que la terreur l'a quitté à la seconde où il s'est su perdu. Sa vie durant, il s'est souvenu de cette perte de l'espoir comme de l'expérience même de la béatitude. C'est le feuillage d'un arbre qui l'a finalement sauvé. La peur est revenue avec l'espoir qu'on le sorte de là.

28 ans, 1 mois, 3 jours   *Mardi 13 novembre 1951*

Sortie de table à la cantine. Martineau rote discrètement, le poing fermé devant sa bouche. Je constate une fois de plus que le rot de l'autre, qui me donne directement accès à la fermentation de son estomac, m'incommode davantage que ses pets, dont l'odeur me paraît moins intime, plus universelle. En d'autres termes, je me trouve plus *indiscret* en sentant un rot qu'en humant un pet.

28 ans, 2 mois, 17 jours   *Jeudi 27 décembre 1951*

Naissance de Bruno. Un bébé nous est né. Installé à la maison *comme s'il était là depuis toujours* ! J'en reste sans voix. Mon fils m'est un objet de *stupeur familière*.

154

28 ans, 3 mois, 17 jours   *Dimanche 27 janvier 1952*

Devenir père, c'est devenir manchot. Depuis un mois je n'ai plus qu'un bras, l'autre porte Bruno. Manchot du jour au lendemain. On s'y fait.

28 ans, 7 mois, 23 jours   *Lundi 2 juin 1952*

Réveillé la gorge nouée, la respiration brève, le poumon étriqué, les dents serrées et l'humeur sombre sans raison particulière. Ce que maman appelait : « Faire de l'angoisse.» Fiche-moi la paix, je fais de l'angoisse ! Combien de fois l'aurai-je entendu prononcer cette phrase alors que je ne faisais rien d'autre que de mener à ses côtés ma vie d'enfant trop sage ? Elle avait les sourcils froncés, l'œil noir (son œil si bleu !), un visage qui, si je puis dire, se regardait méchamment de l'intérieur, peu soucieux de l'effet qu'il produisait au-dehors. À Dodo je disais : Qu'as-tu encore fait à maman ?

28 ans, 7 mois, 25 jours   *Mercredi 4 juin 1952*

Une des manifestations les plus étranges de mes états d'angoisse, c'est cette manie de me dévorer le dedans de la lèvre inférieure. Cela remonte à ma plus petite enfance. Malgré ma résolution de ne plus le faire je m'y adonne à chaque crise avec une cruauté méticuleuse. Dès les premiers symptômes, l'intérieur de ma lèvre semble anesthésié et mes prémolaires *s'amusent* à y arracher des petits lambeaux d'une peau qui paraît morte. Cela vient sans douleur, comme si je pelais un fruit. Mes incisives jouent quelques secondes avec ces épluchures de moi-même, puis je les avale. Cette autodévoration se poursuit jusqu'à ce que mes dents atteignent une profondeur de ma lèvre où la chair devient sensible à la morsure. Viennent la première douleur et le premier sang. Une limite est atteinte. Il faut arrêter. Mais le désir est grand d'aller titiller cette plaie. Soit en l'approfondissant à petits coups de dents qui accentuent le supplice jusqu'à me faire venir les larmes aux yeux, soit en comprimant la lèvre blessée par un mouvement de succion qui la fait saigner davantage. Le jeu consiste alors à vérifier sur un mouchoir ou sur le dos de ma main la rouge qualité de ce sang-là. Étrange torture que s'inflige depuis l'enfance un type qui n'est pas particulièrement porté aux pratiques masochistes. Je me maudirai pendant tout le temps que durera la cicatrisation, en éprouvant la peur vague d'avoir atteint la limite du supplice au-delà de laquelle cette chair tant sollicitée refusera de cicatriser. Petit rituel hystérique à composante suicidaire pratiqué depuis quand ? Depuis la perte de mes dents de lait ?

29 ans   *Vendredi 10 octobre 1952*

Mon anniversaire. Je m'en souviendrai ! Brandissant Bruno pour le présenter aux invités comme la huitième merveille du monde, je suis tombé avec lui dans l'escalier. Je suis tombé en avant et j'ai roulé jusqu'au bas des marches. Onze exactement. Instinctivement je me suis refermé sur Bruno. Tout en roulant, j'ai maintenu sa tête contre ma poitrine, je l'ai protégé de mes coudes, de mes biceps, de mon dos, j'étais une coque refermée sur mon fils et nous roulions jusqu'au bas des marches dans un grand concert de hurlements. Tous les invités étaient arrivés. J'ai senti le tranchant des marches contre le dos de mes mains, les os de mon bassin, mes rotules, mes chevilles, ma colonne vertébrale, mes épaules, mais je savais, tout en roulant, la poitrine creusée et l'estomac rentré, que Bruno était parfaitement en sécurité contre moi. Je me suis instinctivement métamorphosé en amortisseur humain. Bruno n'aurait pas couru plus de risque enveloppé dans un matelas. Je n'ai pourtant jamais fait de judo, pas appris à tomber. Manifestation spectaculaire de l'instinct paternel ?

29 ans, 2 mois, 22 jours   *Jeudi 1er janvier 1953*

Hier soir réveillon chez R. Distribution de cigares. Débat sur les mérites comparés de Cuba, Manille et je ne sais quels autres pays producteurs de tabac. Mon avis est requis. Mais, à voir ces connaisseurs couper leurs barreaux de chaise avec componction, je n'ai pu m'enlever de l'idée que l'anus, sectionnant l'étron, remplit la fonction d'un coupe-cigare. Et le visage, dans les deux circonstances, arbore la même expression appliquée.

29 ans, 5 mois, 13 jours   *Lundi 23 mars 1953*

Je ne pensais pas qu'un enfant pouvait naître en souriant. C'est pourtant le cas de Lison, née cet après-midi, à cinq heures et dix minutes, ronde, lisse, reposée, avec le sourire d'un petit bouddha massif et chauve, qui pose sur le monde un regard où réside une intention d'apaisement manifeste. Mon premier réflexe devant un nouveau-né – c'était déjà le cas à la naissance de Bruno – n'est pas de jouer au puzzle des ressemblances mais plutôt de chercher sur ce visage tout neuf les signes d'un tempérament. Ma petite Lison, méfie-toi d'un père qui, d'entrée de jeu, t'attribue la faculté de pacifier le monde.

29 ans, 7 mois, 28 jours   *Dimanche 7 juin 1953*

Cette différence entre le câlin de pure tendresse et celui que l'on consent pour en finir avec les pleurs. Dans le premier cas le bébé se sent au centre de l'amour, dans le second il sent l'envie de le jeter par la fenêtre.

30 ans, 1 mois, 4 jours   *Samedi 14 novembre 1953*

D'où vient à Mona cette aisance dans la manipulation des bébés ? J'ai toujours peur, moi, de les casser. D'autant que, Lison dans mes bras, Bruno trépigne pour lui faucher la place. Déficience de la langue française : manchot j'étais en portant Bruno, manchot je demeure en portant Bruno *et* Lison. Qu'on ait perdu un bras ou les deux, on ne dispose que d'un seul mot : manchot. Les unijambistes et les culs-de-jatte sont mieux traités, les borgnes et les aveugles aussi.

Ce rêve inracontable. L'angoisse me réveille à cinq heures du matin. Plus exactement, je sais que l'angoisse m'attend à la sortie du sommeil. Je dors encore mais je sens que je vais être arraché à mon sommeil par le forceps de l'angoisse, le cœur saisi comme une tête d'enfant. Ah, pas cette fois, non ! Je ne le veux pas ! Non ! Par une habile torsion mon cœur s'arrache à cette pince et mon corps échappe à l'angoisse ; il replonge dans le sommeil avec une aisance de marsouin, sommeil qui a changé de nature, ou plutôt de texture, sommeil devenu matière lucide d'un bien-être familier, refuge où l'obtuse angoisse ne pourra pas m'atteindre, un sommeil qui COMPREND TOUT : *Mon corps vient de plonger dans les* Essais *de Montaigne !* Sur quoi, je me réveille et note aussitôt que je me suis réfugié dans la fluide épaisseur des *Essais*, la matière même de ce livre, de cet homme !

*

NOTE À LISON

Interruption de deux ans. Ici encore la tenue du journal a cédé la place à la construction du bonhomme social. Ascension professionnelle, bagarres politiques, débats en tout genre, articles, discours, rencontres, voyages aux quatre coins du monde, conférences, colloques, matière première de ces Mémoires que, trente ans plus tard, Étienne voulait absolument que j'écrive. Mona n'avait pas la même vision des choses : On sauve le monde, on sauve le monde, mais loin des nourrissons ! De fait, Bruno m'a souvent reproché de s'être senti orphelin pendant cette période. De là, sans doute, notre mésentente.

*

En accueillant Tijo à sa sortie de prison, ce matin, je me suis brusquement ressouvenu de sa naissance. Ou, plus exactement, que je l'ai vu naître ! Au sens propre, « en direct », surgir entre les cuisses de Marta, paupières et poings serrés, comme s'il plongeait dans la vie absolument déterminé à en découdre, déjà. J'avais dix ans, et j'avais complètement refoulé cette image. Mais de le voir ce matin expulsé par le portillon de la maison d'arrêt (une fente découpée dans l'immense tôle noire du portail, lui-même enchâssé dans la pierraille rousse du mur d'enceinte) m'a instantanément rappelé son apparition entre les cuisses de Marta, laquelle gueulait avec ampleur, ce qui avait dû me pousser à ouvrir la porte de sa chambre, et Violette, pas plus inquiète que ça des mugissements de sa plantureuse belle-sœur, m'avait chassé, « Mais qu'est-ce que tu fiches là toi, allez, ouste ! », et j'avais claqué la porte pour coller aussitôt mon nez à la fenêtre et voir Violette brandir Tijo tout entier, Violette hilare, en dépit de ses mains ensanglantées, Marta en sueur dans un lit marécageux, Tijo noiraud et cramoisi, gueulant à son tour de tous ses poumons, moi-même soudain arraché de la fenêtre par une force gigantesque et me trouvant face à un Manès livide, fumant de gnôle, et qui me demande, comme si ma vie dépendait de ma réponse : Alors, c'est un gars ou une garce ? C'était un gars. Mais si petit qu'à peine baptisé Joseph (en l'honneur de Staline) il est devenu Tijo. Le portillon de la prison s'est refermé dans son dos, Tijo a jeté un œil à droite et à gauche sur ses perspectives de liberté, avant de m'apercevoir sur le trottoir d'en face, et de largement m'ouvrir les bras en se marrant.

32 ans, 5 mois, 1 jour   *Dimanche 11 mars 1956*

Bruno passe une partie de la matinée langue mollement pendante, comme une langue de chien rêveur. Quand je lui demande la raison de cette exhibition, il répond, le plus sérieusement du monde : Ma langue s'ennuie à l'intérieur, alors de temps en temps je la sors. Le petit garçon se vit encore comme un puzzle éparpillé. Il fait connaissance avec les éléments qui le constituent comme avec des camarades de rencontre. Il sait très bien qu'il s'agit là de sa langue, il n'en doute pas une seconde, mais il peut jouer encore à la croire étrangère, à la sortir comme on sort le chien. Sa langue et lui, mais aussi son bras, ses pieds ou son cerveau – il converse beaucoup avec son cerveau ces temps-ci : Taisez-vous je parle à mon cerveau ! –, tous ces morceaux de lui-même peuvent encore le séduire. Dans quelques mois il ne prononcera plus ce genre de phrases, dans quelques années il ne voudra pas croire qu'il les a prononcées.

32 ans, 6 mois, 9 jours   *Jeudi 19 avril 1956*

Tijo me fait observer que quand j'éternue je dis ATCHOUM, littéralement. Il y voit un souci d'orthodoxie. Toi et tes bonnes manières ! Tu es si bien élevé que si ton cul pouvait parler, il dirait « prout ».

En regardant les enfants se brosser les dents avec soin, je dois m'avouer que je n'applique aucune des consignes que Mona et moi leur imposons : trois brossages quotidiens *sans penser à autre chose*, les dents du haut d'abord – de haut en bas s'il vous plaît ! –, les dents du bas ensuite – de bas en haut s'il vous plaît ! –, devant et derrière, et pour finir long brossage circulaire, méthodique et patient, trois minutes minimum. Chez moi ne survit que le brossage du soir, hâtif et désordonné, histoire de ne pas imposer à Mona un arrière-goût de dîner. En d'autres termes, je n'aime pas me brosser les dents. J'ai beau savoir que le calcaire fait son travail de banquise, que l'âge venant il me fera un jaune sourire déchaussé, qu'un jour ou l'autre il faudra attaquer cette muraille au marteau piqueur, que le bridge et le dentier me guettent, rien n'y fait, la perspective de me laver les dents me rappelle aussitôt d'autres tâches plus urgentes, poubelles à sortir, coup de téléphone à passer, ultime dossier à boucler... Tout se passe comme si la procrastination, que j'ai vaincue très tôt sur tous les fronts, avait dressé son camp retranché dans cette affaire d'hygiène dentaire. À quoi cela tient-il ? À l'ennui. Élevé ici au rang d'une métaphysique. Me brosser les dents c'est l'antichambre de l'éternité. Il n'y a que la messe pour m'ennuyer davantage.

Mona et Lison en vadrouille, j'ai passé toute la journée seul avec Bruno. En dehors d'une heure de sieste comateuse, il n'a cessé de gigoter, de *produire du mouve-ment*, et l'intuition m'est venue qu'aucun adulte au monde, si jeune, si costaud, si entraîné, si infatigable soit-il, aucun adulte à l'apogée de sa puissance nerveuse et musculaire ne saurait produire, dans la même jour-née, la moitié de l'énergie dépensée par ce corps de tout petit garçon.

33 ans, 4 mois, 17 jours   *Mercredi 27 février 1957*

Sorti ce matin sans m'être assez couvert. Le froid a sauté sur mes épaules et m'a pénétré. Par les grosses cha-leurs j'éprouve la sensation inverse. L'hiver nous envahit, l'été nous absorbe.

33 ans, 4 mois, 18 jours   *Jeudi 28 février 1957*

Être à température, voilà toute mon ambition.

33 ans, 5 mois, 13 jours   *Samedi 23 mars 1957*

Réveillé la bouche amère et l'humeur sombre. Je suis décidément incapable de résister à la bouffe, que la com-pagnie soit plaisante ou pénible. Dans le premier cas, je mange par entrain, dans le second par ennui, dans les deux cas je mange et bois trop, sans envie réelle de man-ger ou de boire. Le lendemain la sanction est là : réveil amer, la bouche et l'humeur pleines de fiel. Pour ce qui est d'hier soir je soupçonne une ventrée de saucisson au

pain beurré et trois whiskies à l'apéritif. Beurre et saucisson n'ont pas passé la douane. Ni d'ailleurs la plâtrée de
cassoulet qui a suivi. (Resservi combien ? Deux fois ?
Trois fois ?) L'amertume matutinale dénonce le tout à
ma haute autorité, qui me reproche une fois de plus de
ne pas m'être contrôlé. À l'apéritif, je dévore comme un
moineau mécanique. Les petites assiettes appellent la pioche. Je pioche et je bavarde, je bavarde et je pioche. Un
moineau. Ce rapport entre la nourriture et l'ennui – ou
l'entrain – date de ma plus haute enfance. Du temps où
maman me faisait faire « la jeune fille de la maison »,
autrement dit passer les zakouskis aux invités en m'interdisant de me servir moi-même. La sanction aussi remonte
à loin : C'est de l'huile de foie de morue que j'avais, ce
matin, dans la bouche.

33 ans, 5 mois, 14 jours   *Dimanche 24 mars 1957*

Ce soir, merde lourde et collante. Deux chasses d'eau ne
suffisent pas à décoller les chiures sur la céramique ni à
effacer les traces brunes au fond de la cuvette. D'où
balayette. Et là, révélation : dans mon enfance je ne savais
pas à quoi servait la balayette des cabinets. Je la prenais
pour un ornement, avec sa tête de porc-épic perpétuelle-
ment plongée dans une gamelle immaculée. Elle m'était
familière et littéralement insignifiante. Parfois, je la trans-
formais en jouet, sceptre que je brandissais assis sur le
trône. Cette ignorance tenait à ce que les crottes des petits
enfants ne collent pas ou peu à la cuvette. Elles glissent
d'elles-mêmes et disparaissent dans la cataracte sans laisser
de trace. Restes d'ange. Foin de balayette. Et puis un jour,

la matière prend le dessus. Ça résiste. La matière *fait cal.* On n'y attache pas d'importance – on ne regardait jamais le fond de la cuvette – jusqu'à ce que l'adulte de service vous fasse observer la chose et exige la propreté des lieux.

Quand donc ai-je fait pour la première fois ce geste de brossage qui aujourd'hui s'impose assez souvent à moi ? L'événement n'est pas consigné dans ce journal. Ce fut pourtant un jour important de ma vie. Une perte d'innocence.

Ce genre de lacune me confirme dans ma prévention contre les journaux intimes : ils ne saisissent jamais rien de déterminant.

33 ans, 6 mois, 11 jours　　　　　*Dimanche 21 avril 1957*

Jardin zoologique de Vincennes. Comme nous rêvassons, Lison, Bruno, Mona et moi devant un couple de chimpanzés occupés à s'épouiller (keskifonpapa ?), je songe à cette expression animale de l'intimité propre à presque toutes les femmes que j'ai connues : la chasse aux points noirs. La peau de ma poitrine pincée entre les deux pouces et le comédon lentement expulsé par la jonction des ongles. La mine que Mona prend alors ! Quant à moi, coup d'œil au ver blanc à tête noire échoué sur son ongle, je me soumets à cet accouchement avec le stoïcisme rêveur du camarade chimpanzé.

33 ans, 6 mois, 13 jours　　　　　*Mardi 23 avril 1957*

C'est l'oxydation du sébum au contact de l'air qui fait sa tête noire au comédon. Cet amas graisseux de débris cellulaires reste d'un blanc irréprochable tant qu'il demeure sous la protection du derme. Dès qu'il le perce, il noircit. Le vieillissement n'est rien d'autre que ce phénomène d'oxydation généralisé. Nous rouillons. Mona me dérouille.

33 ans, 6 mois, 21 jours   *Mardi 1er mai 1957*

Repensé à cette poussée graisseuse de l'adolescence en me lavant les cheveux, ce matin. Depuis cette époque, un jour de retard me les fait sentir étrangers à mon crâne, serpillière tombée par hasard sur ma tête. En d'autres termes je me lave les cheveux pour les oublier.

33 ans, 9 mois, 5 jours   *Lundi 15 juillet 1957*

En pissant dans les toilettes de la cantine alors que mon prépuce se remplissait et que j'en éliminais le contenu avant d'ouvrir les vannes pour de bon, je me suis ressouvenu qu'à douze ou treize ans je maîtrisais mal le jet. Défaut de maturité, acte de résistance à maman, appropriation animale du territoire ? Pourquoi l'homme des chiottes publiques pisse-t-il systématiquement à côté de la cible ? Puis, maman ayant cessé de me faire remarquer mes débordements, je me suis mis à pisser dans le mille.

33 ans, 9 mois, 8 jours   *Jeudi 18 juillet 1957*

À propos de l'homme qui pisse, Tijo aime à raconter l'histoire suivante :

HISTOIRE DÉLICATE DE L'HOMME À L'URINOIR

Un homme se trouve debout devant un urinoir, les mains écartées, tétanisées, visiblement incapable de faire le moindre geste. Son voisin, occupé à se reboutonner, s'enquiert obligeamment de ce qui lui arrive. L'homme, très gêné, montrant ses mains pétrifiées, lui demande s'il aurait la gentillesse de bien vouloir lui ouvrir la braguette. L'autre, bon chrétien, s'exécute. Alors, l'homme, de plus en plus gêné, lui demande s'il pousserait l'obligeance jusqu'à sortir son sexe. Ce que l'autre fait, très embarrassé mais il le fait. Et bien sûr, pris dans l'engrenage de la charité, le voilà obligé de tenir la queue du pauvre infirme pour qu'il ne s'asperge pas les pieds. L'autre pisse dru, avec un soulagement qui lui humecte les paupières. Une fois la chose faite, l'homme aux mains tétanisées demande à son bienfaiteur s'il ne pourrait pas la lui... pourriez-vous me la... me l'égoutter, s'il vous plaît ? Et ainsi de suite : me l'égoutter, me la remettre en place, remonter ma braguette... Une fois remballé, l'homme sert chaleureusement les mains de son bienfaiteur, lequel, sidéré de voir fonctionner ces deux mains qu'il croyait paralysées, lui demande ce qui l'empêchait d'opérer par lui-même.

– Moi ? Oh ! rien, rien du tout, mais si vous saviez comme ça me dégoûte !

33 ans, 11 mois, 4 jours　　　　　*Samedi 14 septembre 1957*

Rencontré un certain Roland sur le boulevard Saint-Michel. Impossible de me rappeler son nom. Impossible de donner un nom à ce visage vaguement familier. Impossible de me rappeler les raisons de cette familiarité. Qui est cet homme avec qui, si je l'en crois, nous avons été proches, et dans des circonstances inoubliables ? Fanche, à qui je parle de cette rencontre en décrivant l'homme en question, me dit : Mais c'est Roland ! C'était un de mes blessés, en même temps que toi, juste avant la fin, tu ne t'en souviens pas ? Fanche a beau accumuler les détails – un dynamiteur ! Il s'est tiré d'une embuscade les tripes à l'air –, ce Roland ne se reconstitue pas. Mon amnésie l'a vidé de sa substance. Il n'est plus qu'une forme d'homme flottant en un lieu perdu de ma mémoire. Et, bien sûr, son nom véritable ne m'en dit pas plus que son pseudonyme de maquisard. Cela m'arrive assez souvent et depuis toujours. Quelque chose, en mon cerveau, ne remplit pas sa fonction. La mémoire est l'outil le moins fiable de ma panoplie. (Sauf en ce qui concerne les aphorismes de papa et les maximes qu'il me faisait apprendre, absolument indélébiles.) Au moins, conclut Fanche, si les boches t'avaient torturé, tu n'aurais rien lâché, toi.

34 ans, 1 mois, 25 jours　　　　　　*Jeudi 5 décembre 1957*

Mes semblables, mes frères, tous occupés, comme moi, à se curer le nez au feu rouge, dans leur voiture. Et tous, quand ils se sentent observés, de s'interrompre, comme si on les avait pris en flagrant délit de cochonnerie. Étrange pudeur. C'est une occupation très saine, pourtant – même délassante –, le curage au feu rouge. Le bout de l'ongle explore la narine, déniche la crotte, circonscrit ses contours, la décolle doucement, finit par l'extraire. Le tout est qu'elle ne soit pas gluante, c'est toute une affaire alors de s'en débarrasser. Mais quand elle a la consistance élastique et molle de la pâte à pizza, quel plaisir de la rouler sans fin entre le pouce et l'index !

34 ans, 1 mois, 27 jours   *Samedi 7 décembre 1957*

Et si la crotte de nez n'était qu'un *prétexte* ? Prétexte pour jouer avec cette poupée de cartilage que constitue le bout de notre nez. À quoi pensait-il, cet automobiliste ? À quoi pensais-je moi-même avant de l'observer ? À rien dont je me souvienne. Rêverie latente, en attendant que le feu passe au vert. C'est à ça que nous sert ce cartilage : attendre patiemment que la vie reprenne. Hypothèse confirmée ce soir par le spectacle de Bruno sagement assis dans la baignoire, occupé à tortiller son prépuce autour de son index, avec au visage la même *inexpression* qu'un automobiliste au feu rouge. Notre prépuce, le bout de notre nez, les lobes de nos oreilles ne sont pas à proprement parler des objets transitionnels. Investis d'aucune représentation particulière ils ne jouent pas le rôle symbolique dévolu à la poupée ou au doudou. Ils se contentent d'occuper nos doigts quand notre esprit est ailleurs. Rappel discret de la matière à la pensée qui vagabonde. Cette mèche de cheveux que je tortille en lisant *Crime et châtiment* me murmure que je ne suis pas Raskolnikov.

34 ans, 4 mois, 22 jours   *Mardi 4 mars 1958*

Ce pigeon mort, sur la grille de la bouche d'égout. Je détourne les yeux, comme si je risquais d'« attraper quelque chose » à regarder ça. Pur fantasme de pollution visuelle ! Il y a quelque chose de particulièrement infectieux dans l'image d'un oiseau mort. Une préfiguration de pandémie. Les hérissons, les chats, les chiens écrasés, les charognes de chevaux et même les cadavres d'hommes ne me font pas cet effet. Enfant, les poissons étaient trop vivants dans ma main, ce pigeon dans le caniveau est trop mort.

34 ans, 6 mois, 9 jours   *Samedi 19 avril 1958*

Je veille à la cuisson des œufs coque pendant que Lison dessine en silence, la main refermée sur son bout de crayon. Le dessin achevé, elle me le montre et je m'écrie oh le beau dessin sans quitter des yeux la trotteuse de ma montre. C'est un homme qui crie dans sa tête, précise l'artiste. C'est bien ça : de la tête d'un homme soucieux jaillit une tête hurlante en deux ovales et quelques traits qui disent tout. Il en va des dessins d'enfants comme des œufs à la coque, chefs-d'œuvre chaque fois uniques mais si nombreux en ce monde que ni l'œil ni les papilles ne s'y arrêtent. Qu'on en isole un seul pourtant, cet œuf dominical ou cet homme qui crie dans sa tête, qu'on se concentre absolument sur la saveur de l'œuf et le sens du dessin, l'un et l'autre s'imposent alors comme merveilles fondatrices. Si toutes les poules sauf une venaient à disparaître, les nations se battraient pour posséder le dernier œuf, car rien au monde n'est meilleur qu'un œuf à la coque, et s'il ne restait qu'un seul dessin d'enfant, que ne lirions-nous pas, dans ce dessin unique !

Lison est à l'âge où l'enfant engage son corps entier dans le dessin. C'est tout le bras qui dessine : épaule, coude et poignet. Toute la surface de la page est requise. *L'homme qui crie dans sa tête* se déploie sur une double feuille arrachée à un cahier. La tête hurlante jaillissant de la tête soucieuse (soucieuse ou sceptique ?) occupe la totalité de l'espace disponible. Dessin en expansion. Dans un an, l'apprentissage de l'écriture aura raison de cette ampleur. La ligne dictera sa loi. Épaule et coude soudés, poignet immobile, le geste se trouvera réduit à cette oscillation du pouce et de l'index qu'exigent les minutieux ourlets de l'écriture. Les dessins de Lison pâtiront de cette soumission à qui je dois ma calligraphie de greffier, si parfaitement lisible. Une fois qu'elle saura écrire, Lison se mettra à dessiner de petites choses qui flotteront dans la page, dessins atrophiés comme jadis les pieds des princesses chinoises.

34 ans, 6 mois, 10 jours   *Dimanche 20 avril 1958*

À regarder Lison dessiner, j'ai revécu mon apprentissage de l'écriture. De sa guerre, mon père avait rapporté quantité d'aquarelles où il avait saisi tout ce qui n'était pas affecté par le grand pilonnage. Des villages entiers pendant les premiers mois, puis des maisons isolées, puis des bouts de jardin, des massifs de fleurs, une fleur toute seule, un pétale, une feuille, un brin d'herbe, par une sorte de saisie décroissante de son environnement de soldat qui disait l'absolue dévoration de la guerre. Uniquement des images de paix. Pas un seul champ de bataille, pas un drapeau, pas un cadavre, pas un brodequin, pas un fusil ! Rien que des restes de vie, des miettes colorées, des éclats de bonheur. Il en avait des cahiers et des cahiers. Dès que ma main put se refermer sur un crayon, je m'amusai à détourer ces aquarelles. Loin de s'en offusquer, papa me guida ; sa main sur la mienne il m'aidait à donner à la réalité que ses pinceaux avaient ébauchée le contour le plus exact possible. Du dessin, nous passâmes à l'écriture. Sa main toujours guidant la mienne, un porte-plume en place du crayon, il me faisait ourler des lettres après m'avoir fait détourer des marguerites. C'est ainsi que j'ai appris à écrire : en passant des pétales aux hampes et aux jambages. Trace-les avec soin, ce sont les pétales des mots ! Je n'ai jamais retrouvé ces cahiers d'aquarelles, disparus dans le grand autodafé maternel, mais il m'arrive encore de sentir la main de mon père sur la mienne dans le plaisir enfantin que j'éprouve à bien ourler mes lettres.

35 ans, 1 mois, 18 jours   *Vendredi 28 novembre 1958*

Manès s'est fait tuer par un taureau qui l'a écrasé contre le mur de son étable. Quand Tijo me l'a annoncé, avant même le chagrin j'ai ressenti physiquement le choc, la distorsion des côtes, l'éclatement de la cage thoracique, l'explosion des poumons, la stupeur et, Manès étant Manès jusqu'au bout, un dernier éclat de fureur. Éloge funèbre de Tijo : Ça devait finir comme ça, il tapait les bêtes.

35 ans, 1 mois, 22 jours   *Mardi 2 décembre 1958*

La fameuse madeleine de Proust a frappé un grand coup après l'enterrement de Manès (où Fanche, Robert et moi avons dû jouer une partition officielle parmi le ban et l'arrière-ban du Parti et de la Résistance). Retour à la ferme, comme Robert débouchait des bouteilles, Marianne a posé devant moi une tartine de raisiné et un bol de lait froid, au prétexte que c'était l'« heure du goûter » et qu'il fallait que je me « refasse ». Le bol, la tartine, la compagnie fraternelle de Robert et Tijo, les expressions de Marianne citant Violette (« hein mon petit gaillard ! ») auraient suffi à me rappeler ces moments de mon enfance, mais le véritable voyage s'est fait sur la tartine de raisiné elle-même, cette confiture de raisin framboise imaginée par Violette pour mes « quatre heures ». J'ai trempé la tartine dans le lait froid, moins par envie réelle (je digère assez mal le lait aujourd'hui) que pour jouer au jeu du souvenir avec Marianne. Ce parfum de framboise un peu chanci, ce dégradé de rouge, de mauve et de bleu sur le blanc du lait, la première bouchée fraîche et spongieuse, le croustillant latéral de la croûte, le velouté un rien grumeleux du raisiné entre la langue et le palais – pas tout à fait de la gelée, plus tout à fait de la confiture –, la diffusion du souvenir par l'accord instantané de tous ces éléments m'ont aussitôt ramené à la certitude *d'avoir été cette bouchée* au point de l'être encore ! Je suis allé jusqu'au bout de ma tartine et de mon bol en refusant les verres que Robert me tendait (Arrête ça, bois un coup). Tijo s'est exclamé : C'est pourtant vrai qu'il l'aime, son raisiné ! Tu ne le mangeais pas pour faire plaisir à Violette, alors ? Tu aimais vraiment ça ? Bien sûr, ai-je répondu, pas vous ? Plutôt crever ! Et voilà éclairé d'une lumière nouvelle tout un pan gastronomique de mon enfance. Là où je me croyais privilégié par Manès et Violette (Personne ne touche au raisiné, c'est pour le petit, faut qu'il se refasse !), j'étais en réalité celui grâce à qui on écoulait le stock d'une confiture abhorrée. Et quand il m'arrivait d'en offrir à l'un ou à l'autre, leurs refus terrorisés (non merci, si Manès le savait !) n'étaient que l'expression d'un lâche soulagement. Et tous de m'avouer aujourd'hui qu'ils détestaient le raisiné de Violette, avec son « parfum de vomi » et son « arrière-goût de poussière ». C'est pas difficile, conclut Robert, si les boches nous en avaient filé, on aurait tout avoué !

Mais Violette, ai-je demandé, elle l'aimait, elle, son raisiné ?

Pas certain. Il se trouve que j'étais entré par hasard dans la cuisine le jour où elle avait tenté l'expérience de cette confiture (ouvre le bec et goûte-moi ça !) et j'avais manifesté une telle extase – puis une telle fidélité dans l'extase – qu'elle n'avait jamais osé cesser la production.

35 ans, 1 mois, 23 jours   *Mercredi 3 décembre 1958*

Une histoire du goût ne saurait être dissociable d'un traité de la suggestion.

35 ans, 1 mois, 24 jours   *Jeudi 4 décembre 1958*

Toujours à l'enterrement de Manès, Fanche me dit : Toi, mon pétard, tu te déguiserais en Apache, en Pygmée, en Chinois ou en Martien, je te reconnaîtrais à ton sourire. Et de s'interroger sur ces émanations du corps que sont la silhouette, la démarche, la voix, le sourire, l'écriture, la gestuelle, la mimique, seules traces laissées en nos mémoires par ceux que nous avons vraiment regardés. De son frère, pulvérisé dans son avion de chasse, Fanche dit : Les lèvres, la bouche, oui, peuvent être mises en pièces, mais le sourire, non, impossible. Elle se souvient aussi de sa mère par le biais de sa minuscule écriture, dont elle évoque avec émotion les boucles parfaitement formées des *r*, et des *v*.

De ma mère à moi, il me reste l'image d'un regard qui réclamait des comptes. « As-tu mérité ton existence ? » Deux yeux exophtalmiques et une voix pointue. Elle croyait son regard perçant, il n'était qu'exorbité, sa voix primesautière, elle n'était que pointue. Le souvenir de ces yeux et de cette voix me rappelle moins une personne qu'une attitude : l'autorité obtuse, méchante, qu'elle mettait à « faire le bien » en piquetant sa charité de petits préceptes moraux, nauséabonds comme des pets de l'âme. C'était pourtant une jolie femme, aux boucles blondes, au regard lumineux, au sourire éclatant, toutes les photos l'attestent. À Fanche, je dis : Ne te fie pas à mon sourire, c'est celui de ma mère.

35 ans, 1 mois, 25 jours　　　　　*Vendredi 5 décembre 1958*

On n'a jamais retrouvé le corps de maman. Disparue probablement sous les décombres du tunnel National, le 27 mai 44. Elle était allée en ville relever ses loyers. Les Alliés ont bombardé, cet après-midi-là. Dès le hurlement des sirènes, il y eut un grand mouvement de population vers la gare Saint-Charles toute proche de son immeuble. On suppose qu'elle s'est réfugiée sous le tunnel elle

175

aussi. Hélas, c'était la gare qui était visée, le tunnel s'effondra sous le pilonnage. Beaucoup de morts et de disparus. Ironie du sort, l'immeuble, lui, est le seul du quartier à n'avoir pas été touché. C'est une lettre de l'oncle Georges, deux mois plus tard, qui m'a annoncé la disparition de maman. Et que j'héritais de cet immeuble.

35 ans, 6 mois, 22 jours   *Samedi 2 mai 1959*

Mon regard tombe sur Lison, tout à fait immobile, mais étonnamment animée de l'intérieur. Elle me sourit et, sans bouger davantage, me dit : Mon corps ne danse pas, mais mon cœur, lui, il danse. Oh ! ma Lison ! Le bonheur sans autre raison que le bonheur d'être. Je la connais encore parfois, moi aussi, cette jubilation intérieure qui fait danser mon cœur certains jours où je contrains mon corps à se tenir tranquille. Aux réunions de synthèse par exemple, quand Bertholieu, son pince-nez d'un autre temps à moitié recouvert par ses monstrueux sourcils, nous cause « diffraction » et « lignes de convergence, messieurs ». Danse, mon cœur, danse !

36 ans, 4 mois, 11 jours   *Dimanche 21 février 1960*

Hier, jour de pluie. Bruno joue aux cow-boys et aux Indiens avec les petites figurines que l'oncle Georges lui a offertes pour son anniversaire. Une heure entière d'attaques et de contre-attaques, d'offensives, de replis stratégiques, de calumets de la paix, de trêves rompues, d'encerclements, de percées foudroyantes, de prises à revers qui se terminent par la défaite sanglante des cow-boys, massacrés jusqu'au dernier. Une heure d'agitation extrême dans un corps à peu près immobile. L'adulte que je suis le regarde jouer avec un étonnement d'ethnologue – étais-je ainsi à huit ans ? Quelles sensations éprouverais-je si je me mettais à jouer aujourd'hui aux cow-boys et aux Indiens pendant une heure ou deux ?

Vérification faite cet après-midi. Pendant que Mona emmène les enfants au Jardin d'Acclimatation (non, papa ne vient pas avec nous, il travaille), je m'assieds en tailleur sur le tapis de Bruno. À peine ai-je disposé mes troupes en ordre de bataille que mon corps manifeste, par une crampe, le sentiment de perdre un temps précieux. Trop grand pour jouer aux petits soldats. Trop volumineux pour m'enfermer dans cette boîte à images. Pendant ce temps, au Jardin d'Acclimatation, les enfants sont enchantés par les miroirs déformants. Moi aussi, dira Mona à son retour. Comme si j'étais redevenue petite fille !

36 ans, 7 mois, 3 jours   *Vendredi 13 mai 1960*

Pour annoncer qu'il va pisser, Tijo lâche invariablement la même formule : Bon, je vais me laver les mains au pied d'un arbre. Aujourd'hui, après le déjeuner, une pulsion étrange m'a fait prendre l'expression au pied de la lettre. Je me suis passé les mains sous mon propre jet. À ma connaissance, je ne l'avais jamais fait, même enfant. J'ai été surpris par la chaleur de mon urine. Presque une sensation de brûlure. Nous sommes des alambics en ébullition permanente. Pas plus consistants que

177

des méduses, nous nous propulsons en pissant chaud. Savoir ce qui m'a pris de faire cette expérience, aujourd'hui, à l'âge de trente-six ans, après avoir négocié un contrat de la plus haute importance avec nos fournisseurs allemands, est en soi un sujet de réflexion.

36 ans, 10 mois, 1 jour   *Jeudi 11 août 1960*

À Mérac, que Tijo, Robert et Marianne nous ont vendu (grâce à quoi Robert a pu enfin acheter son garage), la chaudière et la douche ont rendu l'âme. J'offre donc aux enfants les joies du débarbouillage à l'ancienne dans le grand tub en zinc où Violette me récurait il y a trente ans (il attendait la relève des générations dans l'ombre de la buanderie). J'y vais comme elle à l'arrosoir, au savon de Marseille et au gant de toilette, traquant bourrelets, replis, tous les recoins où se calfeutre la crasse, où la sueur irrite la chair en bourbouille. Lison et Bruno trépignent, braillent, protestent que « c'est mouillé », que « c'est froid », que « ça pique », comme moi à leur âge sans doute, mais je continue, sans pitié pour leur souffle court et leurs claquements de dents, car ce n'est pas avec mon supplice d'enfant que je renoue ici mais avec les gestes de Violette, la précision brutale de sa traque, derrière les oreilles, au fond du nombril, entre les orteils, à l'eau froide et sans trop se soucier si ce grand savonnage me piquait les yeux ou m'enflammait les narines, moi protestant d'abord, puis vite ravi de tournoyer entre ces mains efficaces, jouant à m'échapper après le rinçage, à faire claquer la plante mouillée de mes pieds sur le ciment de la buanderie, hurlant d'être poursuivi par un grand drap fantôme, et rattrapé, et bouchonné, et frictionné au camphre, talqué parfois si l'exigeait le sillon rougi de mes fesses, toutes choses que je fais subir aujourd'hui à ma progéniture, qui n'a pas l'air aux anges, elle, il faut bien le reconnaître. Lison dit vite, vite, vite, en aspirant l'air de ses lèvres serrées, (« fit', fit', fit' »...), Bruno en appelle officiellement à la réparation de la chaudière, et je débarbouille, au gant, au savon, chaque fois stupéfait par la densité de ces petits corps, comme si je manipulais de l'énergie à l'état brut, toute l'énergie de deux existences à venir fantastiquement ramassée dans cette chair d'enfant si compacte, sous cette peau si douce. Plus jamais ils ne seront aussi denses, ni les traits de leurs visages aussi nets, ni si blanc le blanc de leurs yeux, ni leurs oreilles si parfaitement dessinées, ni tissé si serré le grain de leur peau. L'homme naît dans l'hyperréalisme pour se distendre peu à peu jusqu'à finir en un pointillisme très approximatif avant de s'éparpiller en poussières d'abstraction.

36 ans, 10 mois, 2 jours   *Vendredi 12 août 1960*

Moi, enfant, je n'avais pas de *consistance*.

36 ans, 11 mois, 7 jours   *Samedi 17 septembre 1960*

Hier au dîner, le vieux général M.L., blessé à Verdun, dit du testicule qu'il y a perdu : C'est tout ce que j'ai laissé sur l'ossuaire de Douaumont. Il a néanmoins engendré une de ces familles nombreuses dont les militaires ont le secret. Sans la guerre, conclut-il arithmétiquement, j'en aurais fait le double. Sa femme ne relève pas.

36 ans, 11 mois, 21 jours   *Samedi 1ᵉʳ octobre 1960*

Au square, Bruno et un garçonnet de son âge sacrifient au rituel immémorial de comparer leurs biceps. Deux petits bras pliés à angle droit, deux poings fermés, deux biceps bandés, deux visages théâtralement crispés par l'effort. Nous passons notre vie à comparer nos corps. Mais une fois sortis de l'enfance, de façon furtive, presque honteuse. À quinze ans, sur la plage, j'évaluais les biceps et les abdominaux des garçons de mon âge. À dix-huit ou vingt ans, ce renflement sous le maillot de bain. À trente, à quarante, ce sont leurs cheveux que les hommes comparent (malheur aux chauves). À cinquante ans, le ventre (ne pas en prendre), à soixante ans, les dents (ne pas en perdre). Et maintenant, dans ces assemblées de vieux crocodiles que sont nos autorités de tutelle, le dos, les pas, la façon d'essuyer sa bouche, de se lever, d'enfiler son manteau, l'âge, en somme, tout simplement l'âge. Untel fait beaucoup plus vieux que moi, ne trouvez-vous pas ?

5

37-49 ANS

(1960-1972)

Hors de question que je m'institue
le spécialiste de mes maladies.

37 ans, anniversaire   *Lundi 10 octobre 1960*

Pendant une réunion particulièrement soporifique concernant les problèmes de distribution, j'ai cédé à la tentation de vérifier que le bâillement est un phénomène contagieux. J'ai feint de bâiller, dans un formidable écartèlement de mon visage, suivi d'un bref « excusez-moi », et mon bâillement s'est propagé, disons aux deux tiers des participants – jusqu'à me revenir, en me faisant bâiller moi-même pour de bon !

37 ans, 3 jours   *Jeudi 13 octobre 1960*

De son côté, Bruno constate que bâiller rend sourd. Quand son instituteur l'ennuie, il bâille, non pour manifester cet ennui mais pour ne plus entendre le maître. Quand ses mâchoires s'ouvrent grand, dit-il, ses oreilles bourdonnent comme si elles étaient traversées par un grand vent. Alors, j'écoute le vent. Il ajoute que les éternuements, eux, le rendent aveugle. Il a observé que ses yeux se ferment à la seconde où ses narines explosent. Il constate qu'il ne peut bâiller et éternuer en même temps. Aveugle et sourd, mais alternativement. Exactement le genre d'observations que j'aurais pu noter à son âge si j'avais joui de mon corps au lieu d'avoir à le conquérir.

37 ans, 4 jours   *Vendredi 14 octobre 1960*

Affiné l'expérience du bâillement au cabinet G.L.R. Cette fois j'ai bâillé, mais en faisant mine de *dissimuler* mon bâillement. J'ai donc bâillé sans ouvrir la bouche, mâchoires crispées, lèvres raidies, et j'ai vu comme hier ce bâillement se propager, tentative de dissimulation comprise. Dans certaines circonstances donc, l'acquis se propage aussi naturellement que le geste réflexe. (Accessoirement, ce crépitement bref dans mes oreilles quand je bâille. Le bruit du papier alu autour des tablettes de chocolat.)

37 ans, 7 jours   *Lundi 17 octobre 1960*

Tijo, à qui je raconte mes expériences sur la propagation du bâillement, me dit qu'en fait de contamination mimétique lui-même s'intéresse depuis quelque temps à ce qu'il appelle la « variation des opinions de connivence ». Deux heures plus tard, il m'en fait la démonstration au restaurant où nous déjeunons avec trois partenaires de chez Z. S'adressant à toute la tablée Tijo déclare : Hier, ma femme (il n'est évidemment pas marié) m'a emmené voir le dernier Bergman, c'est vraiment... Et là, au lieu de conclure, il se tait, donnant à son visage une expression de réprobation qui confine au dégoût (narines pincées, bouche en cul-de-poule, sourcils froncés, visage rétracté, etc.), expression que je vois s'ébaucher aussitôt sur la tête de nos trois convives. Une fois qu'elle y est bien installée, Tijo achève sa phrase en s'exclamant, avec un sourire épanoui : C'est vraiment... *génial*, non ?, manifestation d'enthousiasme qui bouleverse instantanément la géographie des visages, tout à coup ouverts, souriants, éclairés par l'expression d'une totale approbation.

37 ans, 13 jours   *Dimanche 23 octobre 1960*

Ce qui se lit d'abord sur nos visages quand nous sommes en société, c'est le désir de faire partie du groupe, l'irrépressible besoin *d'en être*. On peut certes attribuer cela à l'éducation, au suivisme, à la faiblesse des caractères – c'est la tentation de Tijo –, j'y vois plutôt une réaction archaïque contre l'ontologique solitude, un mouvement réflexe du corps qui s'agrège au corps commun, refuse instinctivement la solitude de l'exil, fût-ce le temps d'une conversation superficielle. Quand je nous observe, tous autant que nous sommes, dans les lieux publics où nous conversons – salons, jardins, brasseries, couloirs, métro, ascenseurs –, c'est cette aptitude à dire oui d'abord qui me frappe dans les mouvements de notre corps. Elle fait de nous une bande d'oiseaux mécaniquement opinant : Oui, oui, font les pigeons qui marchent côte à côte. Contrairement à ce que pense Tijo, cette adhésion de surface n'entame en rien notre quant-à-soi. La pensée critique va suivre, peut-être même est-elle déjà à l'ouvrage, mais, par instinct, nous sacrifions d'abord à la cohésion du groupe avant de nous entre-tuer. C'est en tout cas ce que nous faisons dire à nos corps.

37 ans, 6 mois, 2 jours   *Mercredi 12 avril 1961*

Au-dessus d'un étron irréprochable, tout d'une pièce, parfaitement lisse et moulé, dense sans être collant, odorant sans puanteur, à la section nette et d'un brun uniforme, produit d'une poussée unique et d'un passage soyeux, et qui ne laisse aucune trace sur le papier, ce coup d'œil d'artisan comblé : mon corps a bien travaillé.

38 ans, 7 mois, 22 jours   *Vendredi 1ᵉʳ juin 1962*

Lison en larmes. Son frère l'a injuriée. Lison est particulièrement sensible aux offenses. Les mots, chez elle, trouvent du sens. Renseignement pris, Bruno lui a dit : *Va te chier.* J'ai grondé Bruno et me suis renseigné sur l'origine de cette insulte si radicalement physique. C'est José ! Quel José ? Un copain de l'école. Un petit pied-noir, en fait, fraîchement débarqué d'Algérie avec son drame, sa famille, son accent et son vocabulaire. Je ne donne pas dix ans audit vocabulaire pour renouveler de fond en comble le catalogue de nos injures. « Va te chier » a tout de même une autre dimension que « pauvre con » ou « va te faire enculer ». L'impératif du verbe chier conjugué au sens pronominal réfléchi est une arme meurtrière. L'adversaire réduit à n'être que son propre excrément et à qui on ordonne de se déféquer lui-même, qui dit pire ?

38 ans, 8 mois, 7 jours   *Dimanche 17 juin 1962*

Autre injure ultraphysique du petit José, venu jouer entre-temps à la maison : *La mort de tes os.*

39 ans, 3 mois, 4 jours   *Lundi 14 janvier 1963*

Nuit blanche pour cause d'angoisse. Gorge serrée, poitrine pesante, sourde vibration des nerfs ! Levé tôt. Suis allé au boulot à pied en faisant un immense détour : République, Grands Boulevards, Opéra, Concorde, jardin des Tuileries, Louvre, Pont des Arts... Des pas purement mécaniques d'abord, le poids de mon corps tombant sur chaque pied, d'effort en effort, la créature de Frankenstein en vadrouille, l'œil fixe et le souffle bref, jusqu'à ce que *ça* se dissolve peu à peu, que les mâchoires et les poings se desserrent, que les membres s'assouplissent, que la marche se découple, que les poumons se remplissent, que l'esprit se dégage du corps, que le costume habille le bonhomme social et que le citoyen directeur fasse son entrée légendairement galvanisante au bureau : Bonjour tout le monde, comment va le moral des troupes ?

40 ans, 7 mois, 13 jours   *Samedi 23 mai 1964*

Accompagné les enfants au jardin du Luxembourg, cet après-midi. Vu du coin de l'œil une joueuse de tennis piquer son odeur sous son aisselle. Elle rentrait au vestiaire, sa raquette sous le bras, et hop, ce geste vif de pigeon, pour aller voir ce que ça sent sous son aile. Et moi, dans un de ces miraculeux instants d'empathie qui nous font tous membres de la même espèce, je sais exactement ce qu'elle éprouve : l'agrément d'un parfum familier aussitôt décodé comme odeur à combattre. Jouir de ses sudations, oui, mais sentir, non ! Dix contre un qu'à peine franchie la porte du vestiaire elle va tartiner son aisselle d'un quelconque déodorant, d'un déodorant qui la rendra quelconque.

Nous nous repaissons en secret des miasmes que nous retenons en public. Ce double jeu vaut aussi pour nos pensées et cette duplicité est la grande affaire de notre vie. Rentré chacun chez nous, ma joueuse de tennis et moi jouirons, chacun de notre côté, d'un de ces longs pets que nous ferons remonter jusqu'à nos narines par la vague que nous savons, de vieille science, imprimer à nos draps.

40 ans, 7 mois, 14 jours   *Dimanche 24 mai 1964*

Littéralement dévoré Mona des narines et de la langue, cette nuit. Plongé mon nez dans son aisselle, entre ses seins, ses cuisses et ses fesses, respiré à fond, léché, repu de sa saveur, de son odeur, comme dans notre jeunesse.

41 ans, 2 mois, 10 jours   *Dimanche 20 décembre 1964*

Dans ce restaurant où nous fêtons avec les enfants l'anniversaire de Mona, Bruno nous demande de lui expliquer cette phrase énigmatique lue dans les toilettes : « *Prière de ne pas jeter de serviette hygiénique dans ces lieux.* » Deux questions le tarabustent. 1) Les serviettes ne sont-elles pas hygiéniques par nature ? 2) Qui serait assez cinglé pour jeter une serviette dans les cabinets ? Une ombre de sourire glisse sur les lèvres de Lison. Quoi ? aboie Bruno. Lâchement, je laisse à Mona le soin d'expliquer et la phrase et le sourire.

41 ans, 7 mois, 25 jours   *Vendredi 4 juin 1965*

Les testicules peuvent s'étrangler de peur pour les autres, je l'ai déjà observé à Étretat quand Mona me flanquait le vertige en s'approchant trop près du bord des falaises. Ils m'ont rappelé cette aptitude à l'empathie ce matin, quand j'ai vu un cycliste se faire renverser par un taxi. Il avait grillé un feu rouge, le chauffeur n'a pu l'éviter. Résultat, le choc, un vol plané, une jambe cassée, deux ou trois côtes enfoncées par le rebord du trottoir, le cuir chevelu largement entamé, la joue râpée, et mes couilles qui s'étranglent pendant le vol plané. Il ne pouvait s'agir que d'une peur empathique puisque, après tout, ce n'était pas sur moi que le pauvre garçon tombait. J'en conclus à l'altruisme des couilles, capables de craindre pour la vie d'autrui. Testicules siège de l'âme ?

41 ans, 7 mois, 26 jours   *Samedi 5 juin 1965*

Repensé cette nuit à mon cycliste volant. Pendant que je le tournais sur le côté et que j'épongeais son sang en attendant l'arrivée de l'ambulance, il m'a plusieurs fois demandé si sa montre était cassée.

42 ans, 3 mois, 19 jours   *Samedi 29 janvier 1966*

Dîner chez Chevrier, revenu au siège après deux années passées au Pérou *ad majorem buxidae gloriam*. Il a rapporté de ce pays une collection impressionnante d'ex-voto gravés sur de petites plaques de métal rectangulaires pas plus longues que le pouce : des mains, des cœurs, des yeux, des poumons, des seins, des dos, des bras, des jambes, des intestins, des estomacs, des foies, des reins, des dents, des pieds, des nez, des oreilles, des ventres rebondis de femme enceinte... Des ex-voto sans une prière, juste l'organe à guérir, gravé sur une plaque plus ou moins lourde de métal plus ou moins précieux. Et pas un seul sexe, ni de femme ni d'homme. Les plus nombreux, me dit Chevrier, c'étaient les cœurs, les yeux et les mains. À la question de savoir si j'y crois, je réponds non. Ce qui ne m'empêche pas de choisir une paire d'yeux sans hésiter quand il me propose de me servir.

42 ans, 3 mois, 20 jours   *Dimanche 30 janvier 1966*

Tout bien pesé, me dis-je dans le noir d'une brève insomnie, je préférerais être aveugle que sourd. Ne plus entendre... passer sa vie dans un aquarium à regarder les autres vivre ? Non, mieux vaut ne pas les voir et continuer, dans mon obscurité, à les entendre parler, bouger, se moucher, être. Entendre la respiration de Mona endormie, les craquements de la maison, la pendule de la bibliothèque, écouter le silence lui-même. Là-dessus, je me rendors, et fais le rêve suivant : je suis allongé sur une table d'opération. Parmentier, penché sur moi, porte une blouse blanche de chirurgien, un calot blanc et un masque qui ne m'empêche pas de le voir sourire. Son assistant assujettit à mes yeux un appareil compliqué qui maintient mes paupières écartées. Pendant ce temps, Parmentier allume un bec Bunsen sur lequel il met à chauffer un petit ballon de cuivre. Je comprends que c'est une sorte de rite initiatique, ou plutôt une ordalie : la Direction veut savoir si je suis digne de devenir une *huile* ; Parmentier va donc me verser de l'huile bouillante dans les yeux et *je ne dois à aucun prix perdre la vue*. Heureusement, j'ai à la maison l'ex-voto que m'a offert Chevrier. Je le cherche, aveugle, tâtonnant, fou de terreur, me cognant aux meubles, je le cherche mais n'arrive pas à le trouver. Je me réveille en sursaut et révise aussitôt mon opinion : plutôt sourd qu'aveugle !

42 ans, 4 mois   *Jeudi 10 février 1966*

Ni cons ni phallus sur les murs des églises sud-américaines, donc. Ma laïcité, hautement méprisante, ricane. Pourtant, de phallus il n'y en a pas non plus sur l'écorché du Larousse que je conserve pieusement depuis mon enfance, ni dans ce livre de sciences très laïquement naturelles que nous avions en classe de troisième et qui était censé traiter de physiologie humaine. J'ai oublié le nom de l'auteur (Dehousseaux ? Dehoussières ?) mais pas ma fureur en découvrant que *toutes* les fonctions y étaient abordées – circulation, système nerveux, respiration, digestion, etc. –, toutes sauf la reproduction !

43 ans, anniversaire   *Lundi 10 octobre 1966*

J'ai rêvé cette nuit d'un obélisque qui se dressait si lentement que moi seul pouvais percevoir ce mouvement. À vrai dire, je ne le percevais pas mais j'avais la certitude de cette érection. L'obélisque était couché, son pyramidion pointant l'est, et se redressait millimétriquement, *millénairement.* Moi, je le fixais, fasciné par cette conviction qu'un jour, dussé-je y passer ma vie, je verrais cet obélisque osciller sur sa base, s'immobiliser enfin, et pointer le ciel comme l'aiguille de midi. Ne te réveille pas, surtout ne te réveille pas avant qu'il soit debout ! J'avais pris le parti de dormir jusqu'à ce qu'il fût parfaitement vertical. Son ascension était si lente que cette nuit promettait d'être la plus longue de ma vie, et je jouissais infiniment de cette lenteur, ne quittant pas l'obélisque des yeux, et cette nuit était ma vie même, et ma vie cette patience entièrement vouée à regarder l'obélisque se dresser. De fait, je me suis réveillé à la seconde où, après une hésitation chancelante, l'obélisque s'est enfin tenu debout sur sa base. Et je me suis aussitôt rappelé la phrase prononcée hier soir par Tijo pendant mon dîner d'anniversaire : Quarante-trois ans, c'est l'âge de ta pointure ! Une année stable ! Tu seras bien dans tes pompes.

43 ans, 2 mois, 20 jours   *Vendredi 30 décembre 1966*

Depuis une quinzaine, le deuxième orteil de mon pied droit s'orne d'une sorte de loupe jamais vue auparavant. Est-ce l'apparition d'un cor au pied, d'une verrue, d'un durillon ou d'un oignon ? Quoi qu'il en soit, c'est douloureux au frottement et, pour la première fois de ma vie, il me faut choisir mes chaussures en conséquence. Nous ne connaissons jamais le nom exact des maux qui nous affectent. Nous ne disposons que d'un langage générique : un « bouton », des « rhumatismes », des « aigreurs », un « cor au pied ».

43 ans, 2 mois, 25 jours   *Mercredi 4 janvier 1967*

Renseignement pris, c'est bien un cor. Voilà donc ce qu'on appelle un cor. Il me semble d'ailleurs avoir subi ça dans le maquis : grolles trop étroites.

43 ans, 3 mois, 5 jours   *Dimanche 15 janvier 1967*

Le corps du père. À un camarade qui passe ici le week-end avec lui, Bruno déclare qu'il ne m'a jamais vu arriver en pyjama à la table du petit déjeuner. Toujours impeccable, papa, rasé peigné cravaté dès l'aube. Cette indiscrétion, un tantinet ironique, m'agace, et j'annonce à mon fils, le plus sérieusement du monde, que Mona et moi avons justement décidé de passer nos prochaines vacances familiales dans un camp de naturistes, je ne te l'avais pas dit ? Effet incalculable de cette plaisanterie idiote. Bruno rougit violemment, pose sa tartine et sort de la cuisine, suivi de son camarade, avec au front une honte biblique : Sem et Japhet marchant à reculons pour recouvrir la nudité du père. Ou trop de corps ou pas assez. Depuis Noé, tout est là.

43 ans, 5 mois, 19 jours   *Mercredi 29 mars 1967*

Mes chers polypes. J'en ai expulsé un ce matin en éternuant. Il obstruait ma narine gauche depuis mon dernier rhume – trois mois et quelques. Penché sur mon mouchoir, j'éternue donc à pleins tuyaux. Non pas un de ces éternuements bouche ouverte qui vous vident les poumons et remplissent la maison d'une joyeuse explosion, mais un éternuement purement nasal, bouche close, toute la pression de l'air concentrée dans la narine à déboucher. Habituellement, rien ne débouche une narine où prospère un polype adulte et déterminé. L'air bute sur l'obstacle, reflue et vous bouche hermétiquement les oreilles. C'est comme si votre cerveau se dilatait, rebondissait contre la paroi du crâne avant de retrouver son volume initial. Vous voilà complètement sonné. J'ai éternué *quand même*. (En matière d'éternuement l'expérience n'a jamais raison de l'espoir.) J'ai éternué avec préméditation. J'ai fermé la bouche et les yeux, j'ai obstrué mon autre narine, j'ai laissé l'envie chatouiller la muqueuse, grimper l'arête de mon nez, gonfler mes poumons, j'ai déployé mon mouchoir le plus largement possible pour prévenir l'éparpillement des projections, et j'ai éternué de toutes mes forces par la seule narine gauche (la fameuse énergie du désespoir). Miracle, elle s'est débouchée ! Un choc mou au creux de ma main, une longue colonne d'air vaporeux qui fuse et, merveille, le chemin du retour lui aussi dégagé ! Pour la première fois depuis toutes ces semaines l'air circule librement dans ma narine ! J'ai ouvert les yeux sur un mouchoir piqueté de rouge au centre duquel nichait ce que j'ai d'abord pris pour un gros caillot de sang mais qui, au contact, s'est révélé charnu. Je ne me suis pas évanoui. Je ne me suis pas dit que je venais de perdre un morceau de cerveau. J'ai nettoyé la chose à l'eau claire, elle s'est révélée tout à fait comparable à la noix d'une coquille Saint-Jacques : molle et dense, d'un blanc rosé, vaguement translucide et discrètement fibreuse. 21 mm de long sur 17 de large et 9 d'épaisseur. Te voilà donc, vieux polype ! Proprement inouï qu'un monstre pareil ait pu loger dans ma narine ! Le bon docteur Bêk (quel âge peut-il avoir ?) à qui je suis allé le montrer a littéralement sauté de joie. Expulsion spontanée d'un polype ? Mais c'est rarissime, vous savez ! Je n'en avais jamais vu ! Il l'a gardé pour analyse et ne m'a pas fait payer la consultation, aussi joyeux que si je lui avais offert une perle géante.

43 ans, 8 mois, 24 jours   *Mardi 4 juillet 1967*

Trop tiré sur la corde, ces derniers temps : dîners arrosés, soirées tardives, nuits brèves, réveils instantanés, travail acharné, rédaction de deux articles et de ma conférence, présence aux miens, présence aux amis, présence au bureau, présence aux clients, présence au ministère, attention de chaque instant, réactivité immédiate, autorité, aménité, convivialité, efficacité, contrôle, contrôle et cela depuis huit ou dix jours, en une débauche énergivore où mon corps suit sans renâcler l'étendard brandi par mon esprit sur un perpétuel pont d'Arcole.

Ce matin, plus la moindre énergie. Je l'ai senti dès le lever des paupières. L'influx n'y était plus. Après le « tirer sur la corde », voici la tentation du « lâcher prise ». Tout, aujourd'hui, a été question de volonté, tout a été de l'ordre de la décision. Non pas de ces décisions qui s'enchaînent avec naturel le long des journées ordinaires, mais une décision par acte, à chaque acte sa décision, à chaque décision son effort particulier, sans lien dynamique avec la précédente, comme si je n'étais plus alimenté par une énergie intime et continue mais par un groupe électrogène extérieur à la maison, qu'il faut relancer – à la manivelle ! – autant de fois qu'il y a de décisions à prendre.

Le plus exténuant c'est l'effort mental que je dois fournir pour dissimuler cette fatigue à mon entourage, me montrer aussi affectueux avec les miens (qu'elle me rend étrangers), aussi professionnel avec les autres (qu'elle me rend indûment familiers), bref œuvrer à ma réputation d'équanimité, veiller à l'équilibre de ma statue. Si je ne me repose pas, si je n'accorde pas à mon corps sa ration de sommeil, le groupe électrogène lui-même tombera en panne et je lâcherai prise. De jour en jour, le monde pèsera plus que son poids. L'angoisse s'insinuera alors dans ma fatigue et ce n'est plus le monde qui me paraîtra trop lourd, mais moi-même au sein du monde, un moi impuissant, vain et mensonger, voilà ce que murmurera l'angoisse à l'oreille de ma conscience exténuée. Je céderai alors à un de ces accès de colère qui laisseront à mes enfants le souvenir d'un père à l'humeur dangereusement inconstante.

43 ans, 8 mois, 26 jours   *Jeudi 6 juillet 1967*

Comme prévu, crise d'angoisse. L'angoisse se distingue de la tristesse, de la préoccupation, de la mélancolie, de l'inquiétude, de la peur ou de la colère en ce qu'elle est sans objet identifiable. Un pur état de nerfs aux conséquences physiques immédiates : poitrine oppressée, souffle court, nervosité, maladresse (cassé un bol en préparant le petit déjeuner), bouffées de fureur dont le premier venu peut faire les frais, jurons étouffés qui vous empoisonnent le sang, aucun désir et la pensée aussi courte que le souffle. Impossible de me concentrer sur quoi que ce soit, dispersion extrême, ébauche de gestes, ébauche de phrases, ébauche de réflexion, rien n'aboutit, tout rebondit vers l'intérieur, l'angoisse renvoie sans cesse au cœur de l'angoisse. Ce n'est la faute de personne – ou c'est celle de tout le monde ce qui revient au même. Je trépigne en moi-même, accusant la terre entière de n'être que moi. L'angoisse est un mal ontologique. Qu'est-ce que tu as ? Rien ! Tout ! Je suis seul comme l'homme !

43 ans, 9 mois, 2 jours   *Mercredi 12 juillet 1967*

Réveil ensanglanté. Le creux laissé par ma tête dans l'oreiller est rempli d'un sang noir en voie de coagulation. Une telle quantité que le kapok n'a pu tout absorber. J'ai dû saigner du nez pendant mon sommeil. Je me lève en douce pour ne pas réveiller Mona. J'escamote l'oreiller que je jette à la poubelle. Les draps ne sont pas tachés. Confirmation dans la salle de bains : ma joue est noire, poisseuse d'un sang craquelé, ma narine gauche encombrée de caillots. Débarbouillage, mouchage, douche, rien d'autre à signaler. Deux heures plus tard, en conseil d'administration, nouvelle hémorragie. Toujours la narine gauche. Le sang coule presque continûment et ma chemise en est maculée. Je reprends mon exposé, la narine bourrée d'un coton hydrophile que Sabine, descendue à la pharmacie du coin, remplace bientôt par une mèche cicatrisante. Elle a acheté une chemise propre par la même occasion. À 14 heures, nouvelle crise, en pleine négociation avec les R., chez V., au moment du café. Une véritable cataracte ! Tout juste si je n'éclabousse pas mes voisins. Nouvelle mèche hémostatique, nouvelle chemise, gracieusement proposée par le maître d'hôtel cette fois. (Ça c'est du service !) Retour au bureau et quatrième hémorragie à 18 heures. Méchage aux urgences ORL des Enfants malades. C'est, affirme Étienne, le meilleur service de Paris. Un interne aux yeux transparents me *mèche*. Cela consiste à vous fourrer une quantité effarante de tissu dans la narine jusqu'à colmater tous les sinus, lesquels protestent avec la dernière énergie. On n'imagine pas à quel point le crâne est creux ! Une mince croûte osseuse autour d'innombrables cavernes, galeries, fosses, anfractuosités, toutes plus innervées les unes que les autres. L'opération est si longue et si douloureuse que je me retiens de foutre mon poing sur la figure de l'interne. Vous pourriez prévenir, tout de même ! J'en ai les larmes aux yeux. Voilà, c'est fini, dit-il. Mais, au moment de me coucher, nouvelle hémorragie : la gaze compressée s'est gorgée d'un sang qui coule aussi dans ma gorge. Retour à l'hôpital. Nouveau toubib. Qui vous a fait ce méchage ? J'élude et précise que, les hémorragies ayant lieu toutes les quatre heures, celle-ci a respecté le délai. Mon confrère était-il au courant de cet intervalle ? Je ne me rappelle pas le lui avoir signalé. C'est embêtant, il va falloir vous remécher et vous garder cette nuit en observation. La perspective d'un second méchage ne m'enchante pas mais en matière de douleur je préfère l'appréhension à la surprise. L'intérêt que j'y prends rend la chose plus supportable. Pour autant que soit supportable une pelote d'aiguilles qu'on vous enfonce dans la narine comme les canonniers de jadis bourraient leurs pièces d'artillerie. Brève vision de Pierre Bezoukhov errant parmi les artilleurs russes à Borodino. Évocation du rat d'Orwell aussi, brave bête occupée à creuser une galerie dans le nez d'un supplicié pour accéder à son cerveau. Au fond, contrôler la douleur c'est admettre le réel pour ce qu'il est : riche en métaphores pittoresques. Combien de temps les métaphores font-elles diversion ? Tout est là. Il faudrait ordonner aux médecins de prévenir leurs patients : Un méchage, mesdames et messieurs, c'est trois minutes et quarante-huit secondes d'une douleur à grimper aux rideaux, pas une seconde de plus ; moi, je vous le fais en trois quinze, chrono en main, accrochez vos ceintures ! Et le médecin égrènerait le compte à rebours, comme on annonce aux astronautes l'imminence d'une mise à feu : plus que douze secondes... cinq, quatre, trois, deux, une… Voilà, c'est fini. On vous garde cette nuit, donc.

Mona m'apporte un pyjama, une trousse de toilette et de quoi lire. Tous les lits d'adultes étant occupés, je partage une chambre avec deux enfants malades (une otite et une morsure de chien) qui torpillent mon projet de lecture. Ce vieillard au pif tumescent est une fameuse source de distraction. Ainsi, les adultes aussi peuvent tomber malades ? Au point de partager la chambre des enfants à l'hôpital ! En réponse à leurs questions je leur propose de résoudre le problème des robinets qui fuient dans mon crâne. Sachant que ces robinets produisent toutes les quatre heures vingt centilitres de sang, calculez la quantité globale écoulée en vingt-quatre heures. Étant donné par ailleurs que le corps humain contient en moyenne cinq litres à l'âge adulte, combien de temps faudra-t-il au patient pour se vider jusqu'à la dernière goutte ? Allez, au boulot, je ne veux pas entendre une mouche voler ! Comme souhaité, ils s'endorment pendant le calcul et je peux me mettre à ma lecture, où je retombe sur cet aveu de Hobbes qui me va comme un gant : « *La peur aura été la seule passion de ma vie.* »

Après un ultime méchage, l'interne du matin me renvoie dans mes foyers, aussi optimiste que s'il m'installait dans une vie toute neuve. Mais, à peine rentré chez moi, un écoulement sirupeux me laisse au fond de la gorge un goût métallique qui ne trompe pas. Quatre heures plus tard, retour aux urgences, quatrième méchage. (Qui dit qu'on ne s'habitue pas à la douleur ?) Cette fois, l'interne est sceptique : Je vous le fais par acquit de conscience, monsieur, mais vous ne saignez pas. Docteur, je saigne *à l'intérieur,* toutes les quatre heures. Monsieur, c'est une *impression,* vous faites une épistaxis, comme en font la plupart des enfants, vous n'êtes pas en avance pour votre âge mais ce n'est pas plus grave que ça ; le méchage a jugulé l'hémorragie, vous ne saignez plus.

Nouveau retour dans mes foyers. Où la sanglante « impression » se manifeste comme devant, avec la même régularité. Étienne m'envoie un de ses amis du Samu. Comme nous sommes entre deux vidanges l'ami confirme le diagnostic du spécialiste : Vous ne saignez pas, c'est bel et bien une impression, probablement due à un effet de panique, ne vous affolez pas, dormez, ça va passer. Je ne m'affole pas, je m'étiole. Je m'étiole et Mona s'alarme. Elle décide de retirer la mèche pour en avoir le cœur net. Elle veut calculer la quantité de sang perdue. Nouvelle hémorragie : je remplis un bol de famille. Toujours par la narine gauche. Quatre heures plus tard, deuxième bol. Nous retournons à l'hôpital flanquer ces bols sous les yeux du toubib et lui demander si ce sont des *impressions.* Inutile, nous tombons sur un autre médecin. Nouveau méchage au prétexte que le précédent a dû être mal fait. C'est plus délicat qu'il n'y paraît le méchage, mais ne vous inquiétez pas monsieur, l'épistaxis est une affection tout à fait bénigne.

Le lundi matin mon corps retourne au travail dans son impeccable costume de chef. Je m'isole toutes les quatre heures pour saigner tranquillement, comme on va pisser. Avec mon sang, je perds mes forces. Avec mes forces, je perds le moral. Une irrépressible tristesse succède à chaque hémorragie. On dirait que la mélancolie remplit l'espace laissé vacant par le sang perdu. Je me sens gagné par la mort. Elle prend, lentement mais sûrement, la place de la vie. J'aurais tant aimé passer encore une dizaine d'années avec Mona, voir grandir Bruno, consoler Lison en ses premiers chagrins d'amour. C'est sur ce point que se fixe mon spleen d'agonisant : *les amours de Lison.* Je ne veux pas que Lison souffre. Je ne veux pas qu'un salopard profite de sa grâce un peu maladroite, de sa fébrile attention au monde, de sa recherche si têtue d'une vérité dans le bonheur. Simultanément à cette angoisse, une certaine paix me gagne, je lâche la rampe, je me laisse aller dans le courant, emporté par mon propre sang, la mort, me dis-je, la mort est un paisible endormissement...

Le lendemain, plus la force de me rendre au bureau. Passe Tijo, que Mona a alerté et qui m'emmène aussitôt à Saint-Louis où officie un infirmier de sa connaissance, lui-même en cheville avec un ORL grand patron chirurgien de la face, lequel, sidéré par la quantité de sang perdue pendant ces deux jours, conclut à une erreur de diagnostic – c'est bien d'une épistaxis qu'il s'agit, mais d'une épistaxis *postérieure* qui nécessite de toute urgence une opération sous anesthésie générale. La main de Mona lâche la mienne à la frontière du bloc opératoire.

À mon réveil, ma tête est une citrouille criblée de flèches. Je suis prodigieusement énervé. Mon corps, apparemment immobile, ne tient pas en place. Je ne cesse de gigoter en moi-même, comme si j'étais habité par un autre, lequel, selon Mona, a copieusement déliré. Cet effet de possession est une réaction fréquente à la morphine, m'explique l'infirmière de service, à qui je demande donc de supprimer la morphine. Impossible, monsieur, vous aurez trop mal ! Si c'est le cas on y reviendra.

Morphine éliminée la douleur remonte, ascension que chacun de mes nerfs suit avec le plus vif intérêt. Un saint Sébastien dont les archers ne viseraient que le visage. Ils tirent tous entre les deux yeux. Leur carquois vide, le supplice se révèle supportable pourvu que je reste immobile. Compte tenu de mon faible taux d'hémoglobine le chirurgien souhaite me garder une dizaine de jours, histoire de me retaper pour éviter la transfusion. Il me prie d'excuser l'Académie pour ces erreurs de diagnostics : Que voulez-vous, c'est très rare une épistaxis postérieure et la médecine n'est pas une science exacte. En matière de diagnostic, ajoute-t-il, il faut toujours garder sa place au doute, comme au théâtre celle du pompier. Hélas, les jeunes internes ne l'apprennent que sur le tas.

43 ans, 9 mois, 8 jours   *Mardi 18 juillet 1967*

Dix jours d'hospitalisation dont la moitié passée à roupiller et l'autre à écrire ce qui précède. Au début, les énormes moustaches de gaze qui passent par l'intérieur de mon nez et me sortent par les narines me font une tête de Turc à l'ancienne. On me gave de fer, je bouquine, je déambule mollement dans les couloirs, j'apprends le nom des médecins et des infirmières, je retrouve les rythmes et les coutumes du pensionnat, je renoue avec la gastronomie de cantine, je m'abandonne et me repose, délivré de toute impatience. Seul bémol, qui ajoute le désespoir à la maladie, la laideur rayée de mes pyjamas. (Mona m'affirme que le magasin n'offrait pas d'autre modèle.)

Mon voisin de chambre est un jeune pompier tombé sous les matraques de la police pendant les manifestations du début du mois. Il prétendait s'interposer entre les forces de l'ordre et un groupe de manifestants. Comme il n'était pas en uniforme, la loi lui a fait sauter les dents, démis la mâchoire, fracturé la cloison nasale, enfoncé une orbite, brisé quelques côtes, cassé la main et la cheville. Il pleure. Il a si peur. Il pleure de terreur. Je suis incapable de l'apaiser. La voix de canard émise par mes bandages nuit à la sagesse de mes consolations. Ses parents et sa fiancée, une gamine noyée de larmes, ne font pas mieux. Ce sont les copains de sa brigade qui le ramèneront à la vie. Chaque soir, une demi-douzaine de pompiers débarquent, travestis en Bretonnes, en Alsaciennes, en Savoyardes, en Provençales, en Algériennes, happening folklorique fêté par toutes les infirmières de l'étage : cornemuses, fifres, tambourins, youyous, danses locales, galettes au beurre, couscous, choucroute, Kronenbourg, thé à la menthe et vin d'Abîme, rigolade générale dont on craint d'abord qu'elle n'achève notre petit pompier (ses mâchoires et ses côtes mettent son rire au supplice) mais qui le ressuscite.

43 ans, 9 mois, 17 jours   *Jeudi 27 juillet 1967*

Retour d'hôpital. Fêté au lit avec Mona. Mais, hémoglobine 9,8 au lieu de 13. Le soupçon me prend qu'on ne m'a pas suffisamment retapé en globules pour irriguer mes corps caverneux. C'est compter sans la tropicale hospitalité de Mona. Je bande magnifiquement ! Nous battons même un record de durée.

Je bande mais c'est autre chose qui survient : un flot de larmes en guise d'orgasme ! Sanglots irrépressibles, ponctués d'excuses qui les redoublent. Même phénomène à la boîte où je dois quitter une réunion de synthèse pour aller pleurer tout mon saoul dans mon bureau. Un chagrin sans objet, pure douleur d'être, m'assaille par vagues inattendues, dévastatrices comme des ruptures de barrage. Dépression nerveuse post-opératoire, tout à fait prévisible, paraît-il, liquéfaction de mon âme après la vidange de mon sang. Solution ? Du repos, monsieur, beaucoup de repos, vous êtes passé sous un rouleau compresseur qui vous a complètement essoré, il faut du temps pour vous remettre en forme, foie de veau, monsieur, une cure de foie de veau, riche en fer, foie de veau, steak de cheval, boudin noir et repos, ne forcez pas sur les épinards, leur légende est trompeuse, ils ne contiennent pas de fer, évitez les émotions, faites plutôt du sport, relancez votre corps dans la course à la vie !

Me voilà donc à Mérac, où les larmes tarissent. De longues randonnées ont raison des derniers suintements mélancoliques. Couchés dans l'herbe, Mona et moi nous offrons des crépuscules d'avant notre progéniture. Jardinage, marmaille (les enfants de Marianne et nos adolescents à nous), fricassées de mousserons, musique, on n'en finirait pas d'énumérer les petites joies qui alimentent l'instinct de vivre.

43 ans, 10 mois, 1 jour   *Vendredi 11 août 1967*

Mes vêtements me grattent furieusement autour de la taille. Piqûres d'insectes ? L'aoûtat invisible, l'araignée sournoise, le taon silencieux, la tique embusquée auraient-ils profité de nos ébats herbeux ? Vérification : point de tique mais une ceinture de petits boutons à tête translucide qui, partant de l'aine droite, courent dans mon dos jusqu'au niveau de mon rein droit. Diagnostic : zona. En d'autres termes un virus de la varicelle qui jouait dans mon corps la Belle au bois dormant et que la dépression a réactivé sous forme d'inflammation nerveuse. C'est fréquent, paraît-il. Ça ne se soigne pas. C'est une de ces affections qui se soigneront un jour. D'ici là, il faut attendre que ça passe. Résumons : une épistaxis déclenche une anémie qui provoque une dépression, laquelle réveille un virus qui joue au zona. À quoi dois-je m'attendre, à présent ? Une tuberculose de légende ? Le dévoué cancer ? La lèpre et que mes orteils tombent en poussière ?

43 ans, 10 mois, 7 jours   *Jeudi 17 août 1967*

Injure de Bruno après un mouvement d'humeur de Lison : « Tu as tes ragnagnas ou quoi ? » Lison, qui peut-être avait ses règles – qu'elle a parfois douloureuses –, reste muette de saisissement. Et Bruno rougit. Un invariant historique, ces plaisanteries des petits mecs sur les règles des filles. Ils flairent là un mystère féminin dont ils sont exclus, l'intrusion d'une complexité qui fonde la femme en mystère... L'injure à la fille devenue femme quand on se sent encore loin d'être soi-même un homme, c'est la vengeance commune des garçons. Mais, la puissance normative produite par la double homonymie du mot « règle » les intimide. Cette sœur que j'affecte de mépriser est détentrice de la règle. Elle possède l'outil de mesure. Elle édicte les règles. Elle règle le cours des astres. Les petits gars voudraient que le mot règle dégoûte, mais ses homonymes en imposent. D'où des substituts plus ou moins dégradants qu'on lui a trouvés au fil des générations : ours, affaires, doches, anglaises, ragnagnas... Toujours phonétiquement, le terme générique « menstrues » évoque, lui, une monstruosité vaguement répugnante, de celles que l'on « montre », en ricanant.

Les menstrues... Est-ce de m'être documenté très tôt sur elles ? Est-ce à cause du silence qui niait leur existence dans mon entourage familial ? Est-ce d'avoir entendu les blagues salaces que faisaient à leur propos mes camarades plus âgés ? Est-ce parce qu'elles ne nous ont jamais gênés, Mona et moi, dans la pratique de l'amour ? Toujours est-il que, loin de m'en faire la représentation satanico-répugnante qui était la norme historique de notre civilisation jusque dans ma jeunesse, j'ai pris les règles en sympathie. Quand j'ai compris que les femmes avaient des règles et à quoi servaient les règles en question, que par ailleurs elles vivaient sensiblement plus âgées que les hommes en dépit de leurs accouchements répétés et des effets épuisants de la domination masculine, bref, quand j'ai fait la somme de ces éléments, j'ai attribué aux menstrues la vertu de faire vivre les femmes plus longtemps que les hommes. Superstition que je nourris encore aujourd'hui et qui, que je sache, ne repose sur aucune observation scientifique. C'est que j'ai très tôt assimilé le sang à un carburant. Or, de savoir que chaque mois les filles renouvelaient une partie de ce carburant, purifiant ainsi la totalité de leur réservoir, quand notre sang à nous tourne en vase clos dans un corps qui s'encalmine par conséquent plus vite que le leur (d'où mon épistaxis carabinée), de postuler cela, dis-je, m'a persuadé que les règles étaient la garantie première de la longévité féminine. Croyance dont je n'ai jamais démordu. Je ne doute pas que ce soit une idiotie mais à ce jour je n'ai trouvé personne pour me le prouver. Le monde de mon enfance était un monde de veuves, ce qui allait dans le sens de cette conviction. Celui d'aujourd'hui aussi, si j'en juge par toutes ces vieilles sans vieux. Que je sache, ces veuves n'ont pas toutes assassiné leurs maris, et les guerres, si ravageuses soient-elles, ne suffisent pas à expliquer cette constante de l'humanité : les femmes vivent, en moyenne, plus longtemps que les hommes. Grâce à leurs règles, dis-je.

Je songe à cela chaque fois que je tombe sur des tampons dans un tiroir de la salle de bains ou dans la trousse de toilette de Mona quand nous voyageons. Ce n'est pas que je les considère avec ravissement ou affection, mais ces cartouches d'avenir, sagement alignées dans leur boîte, avec leur petit cordon bickford, me rappellent immanquablement ma conviction : grâce à leurs règles, les femmes vivent plus longtemps que les hommes.

43 ans, 10 mois, 8 jours   *Vendredi 18 août 1967*

Selon Mona, si je m'accroche à cette croyance, c'est tout bonnement parce que le veuvage ne me tente pas : Tu préfères que ce soit moi qui me lamente sur ta tombe. C'est bien les hommes, ça ! Toujours à maquiller vos trouilles en vertu. Toujours selon Mona, les femmes se sont mises à vivre plus vieilles quand elles ont cessé de mourir en couches, tout simplement. Nous dépasser aujourd'hui en âge n'est qu'une façon de rattraper les millénaires perdus.

44 ans, 5 mois, 1 jour   *Lundi 11 mars 1968*

Jamais de poignée de main quand nous nous croisons, Decornet et moi, dans les couloirs de la boîte : juste un hochement de tête, bonjour au revoir. Il se débrouille toujours pour avoir les deux mains prises. Dans l'une le parapluie, dans l'autre l'imperméable. Une trousse à outils *et* un gobelet de café. Une chaise de bureau *et* un combiné téléphonique. Une machine à écrire *et* une plante verte.

Le fin mot de l'affaire – je l'ai su aujourd'hui par Sylviane – c'est que Decornet a horreur de serrer des mains. Horreur, en vérité, de tout contact physique. Ce bon géant, sosie de Jacques Tati, vit dans la terreur constante d'*attraper quelque chose* – un microbe, un virus, une maladie infectieuse. Il se lave les mains vingt à trente fois par jour et ne se sépare jamais d'un petit flacon de désinfectant au cas où, par malheur, de la chair viendrait à toucher sa chair. Il est alors contraint de déployer des ruses de Sioux pour nettoyer la souillure sans être vu. Combien de temps tiendra-t-il dans cette boîte sans sacrifier au rituel *shake hand*s ? Pour ma part, je n'ai jamais connu ce genre de phobie, persuadé depuis toujours que l'ennemi qui me tuera est déjà dans la place. Et c'est avec une certaine curiosité que je me demande par où mon corps va commencer à se déglinguer.

44 ans, 5 mois, 12 jours　　　　　*Vendredi 22 mars 1968*

Sylviane, toujours elle, m'apprend qu'une des sténos de la comptabilité vient de quitter son mari parce que en toutes circonstances il mangeait ses crottes de nez. Même à table. Un psychiatre ferait ses choux gras de cette persistance d'enfance. Et de cette épouse qui demande le divorce pour une raison aussi manifestement détournée.

44 ans, 6 mois　　　　　*Mercredi 10 avril 1968*

Découvert sur l'intérieur de mon avant-bras droit, là où la peau est la plus tendre, trois taches millimétriques d'un rouge très vif, qui dessinent très exactement la constellation du Triangle d'Été. Et qui m'ont rappelé mes jeux amoureux avec cette jolie fille, cadeau d'anniversaire de mes vingt-trois ans, Suzanne, ma Québécoise. Qu'est-elle devenue, Suzanne ? Je n'ai pu m'empêcher de réunir, au stylo bille, ces trois points rouges.

44 ans, 6 mois, 17 jours　　　　　*Samedi 27 avril 1968*

Ce sont, me dit le dermatologue, de minuscules angiomes dénommés *taches rubis*, qui vont se multiplier dans les années à venir. Un effet de l'âge, dit-il, en guise d'explication : la peau vieillit en s'allumant. Et d'ajouter mélancoliquement que, depuis des temps immémoriaux, les Chinois lisaient l'avenir dans la répartition de ces taches rubis sur le corps, mais que cette pratique a sans doute été bannie par la Révolution culturelle.

44 ans, 6 mois, 23 jours   *Vendredi 3 mai 1968*

« La peau vieillit. » Cette phrase anodine a fait mouche. C'est une *vieille peau*, disait maman en parlant des gens qu'elle n'aimait pas (qui aimait-elle ?). Vieille peau, vieille baderne, vieux con, vieille carne, vieux schnoque, vieux débris, vieux machin, vieux croûton, vieux cochon, vieille ganache, vieux dégoûtant : les mots, la langue, les expressions toutes faites laissent entrevoir quelque difficulté à entrer dans la vieillesse d'un cœur léger. *Quand* y entrons-nous, d'ailleurs ? À quel moment devenons-nous vieux ?

Mai 1968

La rue serait-elle en train d'écrire le journal du corps ?

44 ans, 9 mois, 24 jours   *Samedi 3 août 1968*

Ce matin, à Marseille, ma première impression d'été : la rapidité avec laquelle je me suis habillé. Deux temps, trois mouvements, slip, pantalon, chemise, sandales : c'est l'été. Ce ne sont pas mes vêtements en eux-mêmes, si légers soient-ils, qui m'ont procuré cette sensation de joie estivale, c'est la rapidité avec laquelle j'ai sauté dedans.

En hiver, m'habiller me prend un temps de chevalier à l'armure. Chaque partie de mon corps exige la congruence du tissu protecteur : mes pieds sont tatillons quant à la laine des chaussettes ; mon torse, lui, veut la triple protection du tricot de peau, de la chemise et du pull-over. M'habiller en hiver consiste à trouver l'équilibre entre ma température intérieure et celle des différents dehors – hors du lit, hors de la chambre, hors de la maison... Il s'agit de baigner dans son juste jus de chaleur ; rien de plus désagréable ni de plus répréhensible que d'avoir trop chaud en hiver. Ce harnachement hivernal demande une attention et un temps considérables. « Sauter dans ses vêtements » est une expression estivale. En hiver on les met, verbe rudimentaire ; on les met et on les porte. Car il y a le poids, aussi. Bien avant ses vertus calorifuges, c'est le poids de mon manteau qui me protège contre le froid.

(Du point de vue du temps qu'ils y passent, les toréadors sont les seuls à s'habiller en été comme si c'était l'hiver. Un toréador ne saute jamais dans ses vêtements. Fichu métier.)

44 ans, 9 mois, 26 jours   *Lundi 5 août 1968*

« À trente-cinq ans j'aimais toujours », écrit Montesquieu dans ses *Pensées*. Je songeais à cela pendant que nous faisions l'amour, Mona et moi. Qu'entendait-il par là ? Aptitude à tomber amoureux comme en sa prime jeunesse ? Constat d'une virilité inentamée ? Dans ce cas, que faut-il penser de ce « toujours » ? Était-il fréquent, au XVIIIe, de ne plus bander au-delà de trente ans ? C'est à cela que je songeais dans les bras de Mona, le désir en pleine ascension, quand tout à coup dévissage, l'alpiniste dégringole... Comme au temps de mes coups d'essai. Monsieur a le sexe ailleurs, conclut Mona qui s'est toujours intéressée à cette énigme masculine. Quant à moi j'atteins une fois encore aux limites de ce journal : la frontière entre le corps et la psyché. De la panique d'être trop jeune à la terreur d'être trop vieux, en passant par la maladie d'impuissance qui tua Pavese et envoya l'Octave de Stendhal mourir pour l'indépendance de la Grèce, l'esprit et le corps s'accusent mutuellement d'impuissance, en un procès effrayant de silence.

44 ans, 9 mois, 29 jours   *Jeudi 8 août 1968*

Emmené les enfants à la mer, sur la petite plage de Cagnes. Bien longtemps que je ne m'étais baigné ! Nagé sous l'eau, aussi longtemps que je le faisais à vingt ans. Sous l'eau je renoncerais volontiers à la respiration et à toutes les obligations de surface. Cette caresse totale de ma peau par la peau de la mer j'aurais pu en faire une passion exclusive, apprendre à ne pas respirer, mener une vie de marsouin, filer dans cette soie une existence sans pesanteur, ouvrir le bec parfois et me laisser aller à me nourrir. Mais nous faisons des choix qui réduisent nos passions les plus prégnantes à des idées de bonheur. Il suffit que je me sache bien sous l'eau pour me dispenser de baignade. C'est à quoi je pensais, ce matin, sous la Méditerranée, avant de reprendre pied sur la plage. Reprendre pied... Tu parles ! Dès que je sors de l'eau, les galets me disloquent comme un de ces petits jouets de bois – girafes le plus souvent – que les enfants font dégringoler sur eux-mêmes en appuyant sur leur socle. Pendant que je me retrouve à quatre pattes, Bruno et Lison, pieds nus comme moi, jouent au volley avec d'autres adolescents en galopant comme s'ils couraient sur du sable.

44 ans, 10 mois, 2 jours   *Lundi 12 août 1968*

Ce matin, je m'avance vers la mer après avoir refusé les affreuses sandales de plastique translucide que Mona me propose. Je me tiens (me maintiens) le plus droit possible sur les galets, un peu raide peut-être, un rien cambré, feignant la démarche rêveuse du type qui jouit de l'horizon avant de se décider à plonger. La plante de mes pieds, en accord avec mes chevilles, teste chaque dos de galet – consistance, température, surface, rotondité –, transmet ces renseignements aux genoux qui informent aussitôt les hanches, et ça marche, *je* marche, jusqu'à ce que la somme des informations à transmettre devienne telle que mon cerveau s'y perd et que le caillou inattendu, plus pointu que les autres, lui commande d'envoyer mes bras à la recherche de l'équilibre. Et c'est ainsi, mes bras moulinant l'air, que je me trouve réincarné en Violette ! Je ne pense pas à Violette, je n'évoque pas Violette, je ne me souviens pas de Violette, je *suis* Violette, oscillant sur les galets lorsque nous allions pêcher. Je suis le vieux corps flageolant de Violette, Violette marche en moi – pas avec moi, *en* moi ! Une absolue possession, délicieusement consentie. Je suis Violette en sa démarche branlante vers le pliant que je reculais

214

toujours de deux ou trois mètres pour la taquiner. À mon âge toi non plus tu ne tiendras plus debout sur les galets, disait-elle, mais moi je pourrais toujours tenir un poisson vivant dans la main ! Sauf que quand tu auras mon âge, je serai morte. Oh, Violette ! Tu es là ! Tu es là !

44 ans, 10 mois, 3 jours　　　　　　*Mardi 13 août 1968*

Au fond, il me plaît de penser que nos *habitus* laissent plus de souvenirs que notre image dans le cœur de ceux qui nous ont aimés.

44 ans, 10 mois, 5 jours　　　　　　*Jeudi 15 août 1968*

Toujours la plage. Je lis, allongé sur ma serviette. J'y vais, dit Mona. Je la regarde marcher vers la mer. Quelle merveille, cette continuité du corps féminin que rien ne vient interrompre ! Il faut dire que Mona ne porte jamais de ces maillots deux pièces qui tranchent les femmes en cinq.

45 ans, 1 mois, 2 jours　　　　　　*Mardi 12 novembre 1968*

Après un dîner silencieux Bruno part se coucher sans un mot, avec, au visage, une absence d'expression qui se voudrait expressive. La situation se répète souvent, ces temps-ci. Nous sommes en adolescence. Nous nous souhaitons un faciès qui nous dispense de la corvée orale. Nous travaillons le silence signifiant. Nous promenons notre visage comme une radioscopie de notre âme.

Hélas, les visages ne disent rien. À peine des fonds de toile où se mire la susceptibilité du père. Qu'ai-je donc fait à mon fils pour mériter cette tête d'enterrement ? se demande le père que cette énigme infantilise ; encore un peu il s'écrierait : C'est pas juste !

La tête de Bruno me rappelle ce court métrage de Kouletchev (ou Kouletchov, enfin ce cinéaste russe) où l'on voit le visage d'un homme filmé de face, en gros plan, alterner avec la photo d'une assiette pleine de nourriture, d'une fillette morte dans un cercueil et d'une femme alanguie sur un sofa. Le visage de l'homme est parfaitement inexpressif mais, quand il est au-dessus de l'assiette, le spectateur trouve que ce visage exprime la faim, à la vue de la petite fille morte qu'il exprime le désespoir, et un désir ardent à la vue de la femme alanguie. C'est pourtant le même plan du même visage, tout à fait inexpressif.

Parle, mon fils, parle. Crois-moi, c'est encore ce qu'on a trouvé de mieux pour se faire comprendre.

45 ans, 1 mois, 7 jours   *Dimanche 17 novembre 1968*

Décrypter les rares mimiques de Bruno pour qu'il dispose lui-même du lexique qui lui permettra, le jour venu, de lire sur le visage de son propre fils.

Haussement d'épaules, associé à diverses moues :

1) Et alors ?
2) Je m'en fous.
3) Je ne sais pas.
4) On verra bien.
5) Ça ne me regarde pas.

216

Hochements de tête latéraux, sourcils haussés, regard droit devant, 30° au-dessus de l'horizon, plus léger soupir :

Qu'est-ce qu'il faut pas entendre ! *(Si le soupir est plus appuyé :)* Vous dites vraiment n'importe quoi !

Brefs hochements de tête verticaux, avec évitement du regard :

Cause toujours, tu m'intéresses.

Regard fixant un point quelconque, doigts pianotant sur la table :

Ça, tu me l'as déjà dit cent fois.

Fin sourire intérieur, regard fixé sur la nappe :

Je ne dis rien mais je n'en pense pas moins.

Sourire en coin :

Si je voulais, je vous lacérerais des traits de mon ironie.

Rôle des yeux :

Œil roulant du fils incompris, œil écarquillé du fils incrédule, paupières tombantes du fils exténué…

Rôle des lèvres :

Lèvres pincées de la colère contenue, sourire inversé du mépris, lèvres gonflées du soupir fataliste.

Rôle du front :

Rides verticales de la concentration vaine (J'essaie de vous comprendre, mais vraiment, non…). Rides horizontales de la stupeur ironique (Ah ! oui ? Vraiment ? Sans blague ?). Front lisse : au-delà de toute expression…

Etc.

45 ans, 3 mois, 1 jour   *Samedi 11 janvier 1969*

Lison s'entaille le doigt en mangeant des crustacés. Tijo le lui saisit d'autorité et le plonge dans du poivre moulu très fin. Le sang coagule aussitôt sans que Lison ressente la moindre douleur. Et demain tu ne verras même pas la cicatrice. Je demande à Tijo qui lui a appris ça. Qui veux-tu que ce soit ? Violette, pardi !

45 ans, 5 mois, 9 jours   *Mercredi 19 mars 1969*

Dix-sept heures de négociations. Je vais en rester muet pendant trois jours. Ce qui est le plus fatigant dans ce genre de sport, ce n'est pas l'effort fourni pour garder à l'esprit la pleine connaissance des dossiers, ni l'attention sans faille portée aux arguments des uns et des autres, ni les brusques régressions sur tel point que l'on croyait acquis, ni même l'heure qui tourne en n'annonçant aucun répit, non, le plus crevant c'est le fardeau de la retenue chez tous ces tempéraments priapiques. Car ils n'en finissent pas de bander, tous autant qu'ils sont. C'est même cette érection permanente qui les a placés à ce niveau de pouvoir. Ils n'en peuvent plus de tendre leur froc sans avoir la liberté de sortir leur queue pour marteler leurs convictions. Ils s'épuisent en circonvolutions diplomatiques tout en rêvant de s'enculer à sec. Dans leurs bureaux, c'est autre chose, ils peuvent éjaculer sans dommage sur le petit personnel, mais ici... Le ténor politique est priapique par nature. C'est par cette énergie-là que se conquiert le pouvoir, ou par son exact contraire, la glaciale impuissance d'un Salazar, puceau résolu. Quand Khrouchtchev tape avec sa godasse sur la table de l'ONU, il ne pique pas une crise, il dégorge, sa façon à lui de s'offrir un moment de repos. Je le comprends, en dix-sept heures, mes pieds ont doublé de volume.

46 ans, 2 mois, 29 jours   *Jeudi 8 janvier 1970*

À la façon très particulière dont Chevrier s'est mis à me regarder, à midi, alors que nous commentions Genève devant nos tranches de foie de veau, j'ai su qu'un bout de persil était resté collé quelque part du côté de ma lèvre inférieure. Ce qui m'a fait repenser à un certain Valentin, qui m'épatait fort à l'époque où je préparais le concours. Un puits de science, des digressions enchanteresses sur l'amour courtois, les poètes de la Renaissance ou la *Carte de Tendre*. Mais lui ne comprenait pas ce genre de regard et il mangeait comme un cochon. À la fin du repas nous lisions le menu sur sa barbe. C'était absolument répugnant. Et un signe avant-coureur de la clochardisation qui devait le conduire des années plus tard en hôpital psychiatrique, lui, le major de sa promotion.

46 ans, 8 mois, 7 jours   *Mercredi 17 juin 1970*

Si éprouvantes soient-elles, mes insomnies me rappellent ma très ancienne joie de me rendormir. Chaque réveil m'est une promesse d'endormissement. Entre deux sommes, je flotte.

48 ans, 6 mois   *Lundi 10 avril 1972*

Réveillé tôt ce matin par un sifflement assez pareil à celui d'une cocotte-minute oubliée sur le feu. J'ai pensé que cela venait de dehors et me suis rendormi. Nouveau réveil une heure plus tard. Toujours le même sifflement. Aigu, continu, une buse, un sifflet à vapeur, quelque chose comme ça. Je m'en plains à Mona. Quel sifflement ? Tu n'entends pas ? Je n'entends pas. Tu es sourde ? Elle tend l'oreille. Un sifflement, comme un filet de vapeur, très aigu, non ? Non, je t'assure, non. Je me lève, ouvre la fenêtre, écoute la rue. En effet, le sifflement est dans la rue. Je referme la fenêtre, le sifflement demeure ! Même intensité. Mona, vraiment tu n'entends pas ? Vraiment, elle n'entend pas. Je ferme les yeux. Je me concentre. D'où cela peut-il provenir ? Je vais à la cuisine préparer le café, j'y retrouve le sifflement, toujours sans pouvoir en déterminer la source. Je vérifie le branchement du gaz, la veilleuse du chauffe-eau, l'étanchéité des fenêtres... Sur le chemin de notre chambre, la cafetière à la main, j'ouvre la porte du palier : il est là comme partout ailleurs, d'une constance entêtante, un trait tiré à la règle entre mes deux oreilles. Alors, je le reconnais. C'est un de ces sifflements que j'entends parfois dans ma tête à la fin des repas. Mais ceux-là ne font que passer. Ils naissent et s'éteignent comme des étoiles filantes. Certaines trajectoires sont plus longues que d'autres mais toutes finissent par s'évanouir dans l'espace infini de mon crâne. Cette fois-ci, non. Je me bouche les oreilles : le sifflement est bien là, dans ma tête, installé à demeure, entre mes deux oreilles ! Panique. Deux ou trois secondes d'imagination folle : et si cela durait toujours ? L'idée d'entendre ce son toute ma vie, sans pouvoir le couper ni le moduler, est parfaitement terrorisante. Ça va passer, dit Mona.

Et en effet ça passe : le boucan de la rue, les chuintements du métro, le brouhaha des couloirs, les conversations de travail, la sonnerie du téléphone, les négociations qui s'ensuivent, les protestations de Parmentier, les litanies d'Annabelle, cette passe d'armes particulièrement pénible entre Raguin et Garet sur les frais de fonctionnement, l'interminable diatribe de Félix pendant le déjeuner, toute cette rumeur citadine et professionnelle a eu raison de mon étoile filante, elle s'y est désintégrée.

Mais quand la porte de l'appartement s'est refermée sur moi, ce soir (Mona était chez N. et Lison à son atelier), le sifflement était là, tendu entre mes deux oreilles, rigoureusement pareil à ce qu'il était ce matin. La vérité est qu'il ne m'a pas quitté de la journée. Il a juste été couvert par les rumeurs de la vie publique.

48 ans, 6 mois, 4 jours   *Vendredi 14 avril 1972*

L'ORL que m'a recommandé Colette est, bien entendu, le meilleur dans sa spécialité. Après trois quarts d'heure d'attente, le meilleur des ORL m'annonce en quatre points :

1) Que je souffre d'un acouphène.

2) Que cinquante pour cent des acouphènes ne guérissent jamais.

3) Que cinquante pour cent des patients atteints d'acouphènes permanents optent pour le suicide.

4) Que ces bonnes nouvelles me coûteront cent francs, veuillez payer au secrétariat.

Nuit blanche, évidemment. Une chance sur deux d'avoir un acouphène définitif, autrement dit une radio ouverte en permanence dans la tête, dont le programme unique produit chez moi un sifflement continu, chez d'autres un hululement, chez d'autres du tam-tam, chez d'autres des carillons, des castagnettes ou de l'ukulélé. Il ne me reste plus qu'à *patienter*. Attendre que ça passe ou que ça se confirme, que le programme demeure au stade du sifflement ou que tout l'orchestre s'installe dans ma boîte crânienne.

48 ans, 6 mois, 5 jours   *Samedi 15 avril 1972*

Je refuse d'aller fureter dans les librairies médicales. Je refuse de me documenter sur les acouphènes. Hors de question que je m'institue le spécialiste de mes maladies.

48 ans, 7 mois, 12 jours   *Lundi 22 mai 1972*

Ces derniers jours Mona me trouve d'une telle anxiété qu'elle me conseille de consulter. Dans nos milieux, le verbe consulter réduit à lui-même ne désigne qu'une catégorie de médecins : les psychiatres.

48 ans, 8 mois, 7 jours   *Samedi 17 juin 1972*

La neuropsychiatre consultée hier semble plus inquiète pour la santé de l'ORL que pour la mienne. À vrai dire, cher monsieur, il aurait mieux valu que ce soit ce confrère qui vienne me voir. Son cas me paraît autrement préoccupant que le vôtre. Selon elle, les acouphènes permanents sont des maux si répandus qu'ils deviendraient la première cause de mortalité s'ils poussaient la moitié des malades au suicide.

Sur quoi, changeant de sujet, elle me demande depuis combien de temps je respire sans me préoccuper des polypes qui encombrent mes fosses nasales. Ma foi, depuis toujours, je crois bien. Non, cher monsieur, pas depuis toujours. Selon elle, j'ai tout simplement oublié les débuts d'une affection chronique contre laquelle je ne peux pas grand-chose, qui me fait légèrement nasiller et me donne la sensation de respirer à travers une paille. Mais je m'en accommode. Mon cerveau s'y est habitué comme il s'habituera à ces acouphènes qu'il classera bientôt dans la catégorie silence. En réalité, cher monsieur, aujourd'hui c'est la surprise qui vous affecte le plus, la nouveauté de ces acouphènes et la crainte de leur permanence vous terrorisent, mais, conclut-elle, personne ne vit dans un état de surprise permanent.

Et de m'en dire davantage sur sa spécialité, qui consiste précisément à convaincre ses patients qu'ils s'habitueront à ce qu'ils jugent, pour l'heure, insupportable. Le chapelet d'affections et de traumatismes qu'elle égrène alors est si impressionnant par sa variété et sa monstruosité que, par comparaison, mon acouphène prend des allures d'animal de compagnie. Je la quitte lesté d'une ordonnance de somnifères et de ce que tante Huguette appelait des « calmants ».

– Revenez me voir si vous continuez d'avoir peur.

48 ans, 11 mois, 22 jours   *Lundi 2 octobre 1972*

Le ministre G., fort courroucé par une plaisanterie du pauvre Berthelot, hausse le col et baisse dangereusement le ton :

– Mais enfin, savez-vous à qui vous parlez ?

Berthelot, rouge de confusion, se rétracte dans sa coquille. Et moi je me remémore l'expression du petit José : *Va te chier,* ministre de mes fesses.

– Enfin, siffle le ministre en me fusillant du regard, si cela amuse votre hiérarchie !

Non, ce qui bêtement m'amuse, monsieur le Ministre, c'est ce réflexe scatologique que provoquent toujours chez moi les manifestations d'orgueil statutaire. Vous voudriez qu'on vous envisage en buste romain, or les statues me font chier et l'idée de chier au pied d'une statue me fait sourire. Un sourire d'idiot contentement, je vous l'accorde, mais en a-t-on jamais d'autre quand on chie bien ?

49 ans, anniversaire   *Mardi 10 octobre 1972*

Comme l'avait prédit la psychiatre, trois mois ont passé et je me suis habitué à mon acouphène. La plupart de nos peurs physiques ont ceci de commun avec nos miasmes qu'on les oublie une fois le vent passé. Nous paissons dans le champ de nos affaires en nous figeant comme des biches aux abois dès que le corps parle. Sitôt l'alerte passée nous retournons à la pâture avec des mines de prédateurs.

49 ans, 20 jours   *Lundi 30 octobre 1972*

Nos maladies sont comme ces histoires drôles dont nous nous croyons les seuls dépositaires alors que tout le monde les connaît. Plus je parle d'acouphènes (en faisant mine de chercher le sens de ce mot pour cacher que j'en souffre), plus je croise des gens qui en sont atteints. Étienne, hier, par exemple : Je te remercie de me poser cette question, ça réveille le mien ! Il me confirme qu'on s'y habitue très bien. Enfin, corrige-t-il, on vit avec. On est tout de même privé du silence. Chez lui comme chez moi, tout a commencé par une immense terreur. Il utilise la même image que moi : J'avais l'impression d'être branché sur une radio allumée et l'idée de mener une vie de baffle ne me souriait guère.

49 ans, 28 jours　　　　　　　　*Mardi 7 novembre 1972*

Mes acouphènes, *mes* aigreurs, *mes* angoisses, mon épistaxis, *mes* insomnies... Mes propriétés, en somme. Que nous sommes quelques millions à partager.

6

50-64 ANS

(1974-1988)

Qu'on me rende ma durée.
Que mes cellules ralentissent.

50 ans, 3 mois   *Jeudi 10 janvier 1974*

Si je devais rendre ce journal public, je le destinerais d'abord aux femmes. En retour, j'aimerais lire le journal qu'une femme aurait tenu de son corps. Histoire de lever un coin du mystère. En quoi consiste le mystère ? En ceci par exemple qu'un homme ignore tout de ce que ressent une femme quant à la forme et au poids de ses seins, et que les femmes ne savent rien de ce que ressentent les hommes quant à l'encombrement de leur sexe.

50 ans, 3 mois, 22 jours   *Vendredi 1ᵉʳ février 1974*

Depuis toujours, Mona accumule savons liquides, lotions pour le visage (qu'elle appelle « notions pour le village »), crèmes, masques, laits, onguents, shampoings, poudres, talc, mascaras, ombres à paupières, fond de teint, blush, rouge à lèvres, eye-liner, parfums, bref, à peu près tout ce que la cosmétique propose à la femme pour approcher ce qu'elle désire paraître, quand mon seul outil de toilette est un savon de Marseille cubique avec lequel je me fais la barbe et me lave entièrement, des cheveux jusqu'aux orteils en passant par le nombril, le gland, le trou du cul et même mon slip, que je mets aussitôt à sécher. Le territoire de notre lavabo est entièrement occupé par les troupes de Mona : brosses, peignes, limes à ongles, pinces à épiler, pinceaux, crayons, éponges, cotons, houppettes, palettes de couleurs, tubes, petits pots et brumisateurs, qui mènent une bataille sans fin que j'ai toujours interprétée comme une quête quotidienne de l'exactitude. Mona au maquillage, c'est Rembrandt retouchant indéfiniment les autoportraits de sa vie. Moins une lutte contre le temps que le parachèvement du chef-d'œuvre. Tu parles, objecte Mona, *Le Chef-d'œuvre inconnu,* oui !

50 ans, 3 mois, 26 jours   *Mardi 5 février 1974*

Quant à moi, après la douche sans laquelle je ne me réveillerais pas, mon premier rendez-vous lucide est pour mon blaireau, un plaisir quotidien qui remonte à ma quinzième année : celui de me raser. Dans la main gauche le savon de Marseille, dans la droite le blaireau, trempé dans une eau tiède où j'ai préalablement plongé mon visage. Lente confection de la mousse, qui ne doit être ni trop liquide ni trop pâteuse. Barbouillage exhaustif jusqu'à obtenir un demi-visage parfaitement chantilly. Puis, le rasage proprement dit, qui consiste à rendre ce visage à lui-même, à retrouver une figure d'avant la barbe, d'avant la mousse, en ratissant large, de la peau du cou soigneusement étirée jusqu'aux bords des lèvres, en passant par les pommettes, les joues et les mâchoires, dont il ne faut pas négliger l'arête maxillaire où le poil ruse, avec la complicité de la peau qui se dérobe en roulant sur l'os. L'essentiel du plaisir tient au crissement du poil sous la lame, aux larges allées de peau dessinées par le rasoir, mais aussi à ce pari de chaque matin : avoir raison de *toute* la mousse par le seul usage du rasoir, ne pas en laisser le plus petit flocon à la serviette qui me séchera.

51 ans, 1 mois, 12 jours   *Vendredi 22 novembre 1974*

Je traverserais trois fois Paris à pied après certaines journées de travail ! Ravi par ma démarche si bien graissée, chevilles souples, genoux stables, mollets fermes, hanches solides, pourquoi rentrer ? Marchons encore, jouissons de ce corps en marche. C'est le bonheur du corps qui fait la beauté du paysage. Les poumons ventilés, le cerveau accueillant, le rythme de la marche entraînant celui des mots, qui se rassemblent en petites phrases contentes.

51 ans, 9 mois, 22 jours   *Vendredi 1er août 1975*

Ce léger sursaut parfois quand, me mouchant, la pulpe de mon doigt fait à travers le kleenex humide une tache rosée que je prends pour du sang dilué. La surprise n'a pas le temps de m'apeurer, le soulagement vient presque aussitôt : ce n'est que le bout de mon doigt ! Cela ne m'arrivait jamais avant mon épistaxis.

J'étais, hier soir, en pleine argumentation à la table des R. – peu importe le sujet –, je marquais des points indiscutables (surtout contre l'ennui d'être là), j'étais à deux doigts d'emporter l'assentiment général quand tout à coup... le mot manquant ! Mémoire bloquée. La trappe qui s'ouvre sous mes pieds. Et moi, au lieu de recourir à la périphrase – à la création –, voilà que je cherche bêtement le mot en question, que j'interroge ma mémoire avec une fureur de propriétaire spolié ; j'exige d'elle qu'elle me rende le mot juste ! Et je cherche ce fichu mot avec une telle obstination qu'au moment où, vaincu, j'opte enfin pour la périphrase, c'est le sujet tout entier de la conversation que j'ai oublié ! Par bonheur on parlait déjà d'autre chose.

Avant de sombrer dans le sommeil, j'ai vu très distinctement, posée sur un billot de boucher, une cervelle teintée de sang. Quelque chose m'a fait penser que c'était la mienne et cette pensée m'a procuré un contentement ineffable, qui dure encore. C'était la première fois, je crois bien, que je voyais ainsi ma cervelle. Je me suis même demandé si, un boulet de canon m'ayant arraché un pied, une main ou tout autre organe projeté au loin sur le champ de bataille parmi d'autres débris humains, je l'aurais reconnu avec la même facilité que ma cervelle à l'étal de cette boucherie.

Encore pris une année. À qui ? Où sont passées les précédentes ? Les dix dernières, par exemple, pendant lesquelles, paraît-il, la totalité de mes cellules, sauf celles du cœur et du cerveau, se sont renouvelées ? À part les cadeaux des enfants j'ai décliné toute célébration officielle. Pas de dîner, pas d'amis, rien que Mona, une soirée sur notre radeau – qui a pris du poids mais flotte encore. Prévoyant cet accès de mélancolie, Mona a organisé la soirée de longue date ; deux places réservées salle Favart pour voir Bob Wilson : *Einstein on the Beach*. Cinq heures de spectacle ! Une symphonie de lenteur. Exactement ce dont j'avais besoin : qu'on me rende ma durée, que mes cellules ralentissent. J'ai immédiatement été fasciné par l'entrée millimétrique de la locomotive géante sur la scène, par l'interminable brossage de dents de tous les comédiens et par cette estrade phosphorescente, surtout, qui met une bonne demi-heure à passer de l'horizontale à la verticale dans une pénombre où l'on ne voit qu'elle. Et je l'ai reconnue, cette estrade : c'est l'obélisque qui, la nuit de mes quarante-trois ans, se dressait dans mon rêve avec une lenteur historique !

En contrepoint d'*Einstein on the Beach*, un couple assis devant Mona et moi a manifesté une autre conception de la durée. Pas un jeune couple pourtant, pas des amoureux de rencontre, pas un séducteur qui faisait à une conquête récente le coup du tu vas voir ce que tu vas voir, non, deux routards de l'amour unique qui, comme Mona et moi, avaient dépassé le stade de l'épate culturelle et dont une baby-sitter devait garder la progéniture. Ils étaient venus avec une thermos de café et un petit panier d'en-cas qui disaient nettement qu'on savait à quel genre de spectacle on aurait à faire, qu'on était solidement installé dans l'amour, dans le temps, dans le social, dans le goût en général et celui du jour en particulier. Le panier était en osier charmant. Ce n'était pas non plus un couple en fin de parcours venu combler au théâtre une solitude commune : nul doute que dans la grande cour du palais des Papes, en Avignon, ils se fussent pelotonnés sous un même plaid. D'ailleurs, la femme a posé la tête sur l'épaule de son compagnon dès que la vive lumière de la salle a fait place à l'inquiétante lueur boréale de la scène. Tout le monde fut englouti par la durée de Bob Wilson et le couple s'évanouit dans le halo de ma propre fascination. Tout juste vis-je l'homme, d'un très léger haussement de son épaule droite, remettre sa compagne à la verticale. Envoûté par l'entrée de la locomotive, l'interminable brossage de dents, l'estrade phosphorescente et le violon à deux notes de Philip Glass, j'ai perdu la notion du temps, la conscience de mon corps, et celle d'un entourage, quel qu'il fût. J'aurais été incapable de dire si j'étais bien ou mal assis. Mes cellules avaient dû cesser de se renouveler. À quel moment de cette éternité la jeune femme proposa-t-elle à son voisin une tasse de café qui fut refusée par un non sec de la tête ? À quel moment tenta-t-elle une réflexion qui fut tranchée net par un « ts ! » sans appel ? À quel moment gigota-t-elle sur ses fesses jusqu'à s'attirer ce « mais arrrrrête ! » exaspéré qui fit se tourner une ou deux têtes ? Je n'avais de ces brefs épisodes, disséminés sur plusieurs heures, qu'une conscience périphérique. Jusqu'au moment où l'homme hurla une phrase qui, pour quelques secondes, mit le spectacle dans la salle en précipitant le panier d'osier dans l'espace et la jeune femme dans une fuite où rien ne lui résista : Mais fous le camp, bougre de conne ! Voilà ce que venait de crier le compagnon d'harmonie. Et la femme s'enfuit, renversant tout sur son passage, tombant elle-même dans la travée, se relevant, forçant le passage comme on avance dans un courant contraire, une de ces déroutes qui vous font tout piétiner, spectateurs, sacs à main, lunettes (quelqu'un cria « mes lunettes ! ») et même les enfants en bas âge s'il s'en était trouvé.

53 ans, 2 jours   *Mardi 12 octobre 1976*

Ce que j'ai noté hier n'a pas sa place dans ce journal. Ça fait du bien !

53 ans, 1 mois, 5 jours   *Lundi 15 novembre 1976*

Tijo, que l'anecdote amuse, me dit avoir vu son camarade R.D. pisser en douce contre la voiture du policier qui lui mettait une contravention. Il pleuvait et, pendant que le flic verbalisait, concentré sur la protection du carnet à souche qu'il ne voulait pas mouiller, R.D. pissait tout son saoul contre la portière ouverte de la voiture de patrouille, sa queue dissimulée par le pan de son imperméable. Évidemment, une telle liberté des sphincters face à l'autorité en action force l'admiration. J'en serais incapable. Pas seulement par peur, mais parce que ce genre d'histoires ne m'a jamais fait rire. Les péteurs, les pisseurs, les roteurs ostensibles m'horripilent plus que les sournois. C'est probablement ce qui m'a tenu à l'écart des sports collectifs. La chambrée, le vestiaire, la cantine, l'autobus d'équipe où fleurit ce perpétuel étalage de virilité, très peu pour moi. Sans doute mon côté fils unique. Ou trop longtemps pensionnaire. Ou tranquillement sournois...

53 ans, 1 mois, 10 jours   *Samedi 20 novembre 1976*

Bruno me demande tout à trac si j'ai assisté à sa naissance. Au ton de sa voix je sens que ce n'est pas sa curiosité qui m'interroge mais l'air du temps. (Fort suspicieux, l'air du temps sur ce genre de sujets.) De fait, non, je n'ai assisté ni à la naissance de Bruno ni à celle de Lison. Pourquoi ? Par peur ? Par manque de curiosité ? Parce que Mona ne me l'a pas demandé ? Par inappétence pour l'écartèlement des corps ? Par adoration pour le sexe de Mona ? Je l'ignore complètement. À vrai dire, la question ne s'est pas posée, cela ne se faisait tout simplement pas à l'époque d'assister à l'accouchement de sa femme. Mais l'air du temps réclame des réponses, particulièrement aux questions qui ne se posent pas. Suis-je de ces maris qui laissent leur femme gésir seule sur leur lit de douleur ? Suis-je de ces pères qui commencent par le déni de paternité ? Voilà ce que me demande mon fils, derrière ses yeux fixes. Certes pas, mon garçon, j'ai le vertige à la place de ta mère, je m'associe affreusement à ses migraines, à ses maux de ventre, son corps m'a toujours intéressé au plus haut point, et pendant que toi et ta sœur veniez au monde je me suis classiquement tordu les mains dans la salle d'attente de la maternité. Avec ta mère, je suis empathique au possible. Et j'étais fort curieux de ton arrivée. Et de l'arrivée de Lison. Alors ? La naissance de Tijo, les hurlements de Marta sur son lit poisseux, l'ouverture caverneuse et gluante de son con, la face blême de Manès parfumé à la gnôle m'auraient-ils vacciné à jamais contre l'obstétrique ? Peut-être bien. Mais de cela, à votre naissance, je n'avais pas le souvenir. Lot d'images profondément refoulées.

Toute chose que je ne dis pas à Bruno mais qui tournent très vite dans ma tête avant que je m'entende répondre : Assisté à ta naissance ? Non. Pourquoi ?

– Parce que Sylvie est enceinte et que je compte aller accueillir mon fils.

À bon entendeur...

*

NOTE À LISON

Ma chère Lison,

La relecture de cette passe d'armes entre ton frère et moi me remplit de honte. Ce « Non. Pourquoi ? », qui se voulait spirituel, creusait un peu plus le fossé qui nous séparait. Non seulement je n'ai pas cherché à combler ce fossé mais il semble que j'aie éprouvé un certain plaisir à l'approfondir. Au point qu'il est devenu le tombeau de nos relations. Bruno m'agaçait. J'en faisais une affaire d'incompatibilité. Différence de tempéraments, me disais-je, voilà tout. Et je m'en suis tenu là. Ce genre d'indignité paternelle constitue le fonds de commerce de la psychanalyse. J'aurais dû prendre le temps (l'énergie) de répondre à Bruno.

D'autant qu'en relisant ce journal je n'y trouve aucune description de Mona enceinte. Il me semble que la chose regarde le corps, pourtant ! Eh bien, non, pas la moindre allusion. Comme si Bruno et toi étiez les fruits d'une parthénogenèse. Un avant, un après, mais pas d'avent. Pire, je constate que même en y réfléchissant je n'ai aucun souvenir des deux grossesses de Mona. Voilà ce que j'aurais dû dire à Bruno. Aucun souvenir de ta mère enceinte, mon garçon, désolé, cela me stupéfie moi-même, mais c'est un fait. Et y réfléchir un peu avec lui. La chose ne doit pas être rare chez les hommes de ma génération. (Encore un domaine où je ne me suis guère singularisé.) La femme, en ces temps-là, travaillait seule à sa gestation, entourée d'autres femmes. Les hommes semblaient coincés au début du néolithique, à peine conscients de leur rôle actif dans la procréation. On disait d'une femme qu'elle attendait un enfant comme si c'était l'œuvre du Saint-Esprit. La femme « n'attendait » pas, d'ailleurs, elle travaillait à cet enfantement, c'est l'homme qui attendait et qui, pour tromper son attente, trompait sa femme avant d'en retrouver l'usage. Et puis depuis cinq cents ans l'ombre du concile de Trente voilait l'image de la grossesse : interdiction faite aux artistes de représenter la Vierge grosse, et même donnant le sein ! On ne peint pas ça, on ne le sculpte pas, on ne le regarde pas, on n'en tient pas compte, on ne s'en souvient pas, on l'efface de sa mémoire et on le sacralise ! Honte à l'animalité ! Cachez ce ventre que je ne saurais voir !

La Vierge n'est pas un mammifère ! C'était assez profondément ancré dans l'inconscient catholique de ma génération pour déborder sur le mien, en dépit de mon athéisme affiché. Ma tête était faite au moule de la tête commune.

D'un autre côté, Mona affirme que nous avons fait l'amour très tard pendant que vous étiez en route Bruno et toi. La chasteté n'était pas notre fort et si je ne me souviens pas de Mona enceinte aujourd'hui c'est, dit-elle, pour expier ces jeux amoureux dont elle garde, elle, un très bon souvenir ! C'est elle qui sonnait la fin de nos ébats, à une date précise de sa grossesse au-delà de laquelle elle « peaufinait le moulage final » (sic).

Vois-tu, Lison, à l'époque de votre naissance, nous n'étions pas encore entrés dans l'ère de l'homme enceint inaugurée par votre génération : inversion spectaculaire des rôles opérée par le père matriciel, captation mimétique du personnage de la mère au point, rappelle-toi, que ton ami F.D. se tordait de douleurs abdominales pendant que sa femme accouchait, et que Bruno se déclara beaucoup plus doué que Sylvie pour donner le biberon à Grégoire.

Enfin, ce que surtout j'aurais dit à Bruno si notre conversation avait vraiment eu lieu, c'est qu'à la seconde où je vous ai pris dans mes bras lui et toi, il m'a semblé que vous existiez depuis toujours ! Là est la stupeur : nos enfants datent de toute éternité ! À peine sont-ils nés que nous ne pouvons plus nous concevoir sans eux. Certes nous gardons la mémoire d'un temps où ils n'existaient pas, où nous existions sans eux, mais leur présence physique plonge en nous de si soudaines et si profondes racines qu'ils nous semblent exister depuis toujours. Ce sentiment ne vaut que pour nos enfants. De tous les autres êtres, si proches et tant aimés soient-ils, nous pouvons imaginer l'absence, mais pas l'absence de nos enfants, si nouvellement nés qu'ils soient. Oui, j'aurais aimé pouvoir parler de tout cela avec Bruno.

*

53 ans, 5 mois, 2 jours   *Samedi 12 mars 1977*

Sous la douche, ce matin, me vient la chronologie suivante. Jusqu'à huit ou neuf ans Violette me « débarbouillait, » de dix à treize je faisais semblant de me laver, de quinze à dix-huit j'y passais des heures. Aujourd'hui je me douche avant de courir au travail. Retraité, me dissoudrai-je dans mon bain ? Non, nous devenons nos habitudes, c'est la douche qui me réveillera tant que je tiendrai debout. L'échéance venue je serai étrillé par un infirmier, à ces heures où l'hôpital n'autorise pas les visites. Enfin, on fera ma toilette.

53 ans, 7 mois   *Mardi 10 mai 1977*

Naissance de Grégoire. Naissance de mon petit-fils, nom d'un chien ! Sylvie très fatiguée, Bruno très père, Mona ravie, et moi... Peut-on parler de coup de foudre à la naissance d'un enfant ? Rien, je crois, dans ma vie, ne m'aura autant ému que ma rencontre avec ce petit inconnu si instantanément familier. J'ai quitté l'hôpital, j'ai marché seul trois heures sans savoir où j'allais. Cette impression persistante que Grégoire et moi avons échangé un regard décisif, signé un pacte d'affection éternelle. Deviendrais-je gâteux ? Ce soir, champagne. Tijo, égal à lui-même : Ça ne te dégoûte pas de coucher avec une grand-mère ?

Bruno et Sylvie depuis la naissance de Grégoire. Leur épuisement de jeunes parents : nuits hachées, sommeil aux aguets, rythmes perturbés, attention de chaque instant, inquiétude polymorphe, accès de précipitation (biberons égarés, lait trop chaud, lait trop froid, zut plus de lait ! zut la couche n'est pas encore sèche !), tout cela, ils s'y attendaient. Leur culture les y ayant préparés ils s'imaginaient le savoir d'instinct. Surtout Bruno. Mais la véritable cause de leur épuisement est ailleurs. Ce que le prétendu instinct parental leur a caché c'est la formidable disproportion des forces en présence. Les bébés développent une énergie sans commune mesure avec la nôtre. Face à ces vies en expansion nous faisons figure de vieux vivants. Même dans leurs pires débordements les jeunes adultes veillent à l'économie de leurs forces. Les bébés, non. Énergie prédatrice à l'état pur, ils se nourrissent sans vergogne sur la bête. Hors du sommeil, point de repos. Et justement, fort peu de sommeil chez les parents. Sylvie est vidée, Bruno, arc-bouté sur son rôle de père modèle, a les nerfs à fleur de peau ; ils se sentent dévorés vifs par l'objet unique de leur attention. Sans se l'avouer – grands dieux, jamais ils n'oseraient s'avouer une horreur pareille ! –, ils regrettent ces temps pas si anciens où, « dans nos milieux », comme disait maman qui pourtant n'en était pas, la marmaille était confiée à la valetaille. Siècles heureux où les enfants de la haute tarissaient les mamelles du peuple. N'ai-je pas moi-même été élevé par Violette ? Et en même temps, bien sûr, Grégoire leur fait fondre le cœur. Après tout – mais cela non plus, en parents modernes, ils ne se le disent pas –, monsieur est l'incarnation de leur amour : ils étaient deux pour l'accueillir dans la salle de travail, les voilà trois pour toujours. Ces petits doigts translucides, ces joues épanouies, ces bras et ces mollets potelés, cette paisible bedaine, ces replis, ces fossettes, ces solides fesses d'angelot, toute cette pneumatique si compacte est le fruit de leur amour ! Mais ce regard ! À quelle divinité muette appartient-il le regard que les nouveau-nés posent sur vous sans ciller ? Sur quoi ouvrent-ils, ces yeux à la pupille si noire, à l'iris si fixe ? Sur quoi ouvrent-ils *de l'autre côté* ? Réponse : sur tous les questionnements à venir. Sur l'insatiable appétit de comprendre. Après la dévoration de leur corps, les jeunes parents redoutent celle de leur esprit. Leur fatigue prend sa source dans la certitude que ça n'en finira pas. Mais chut... Les paupières de Grégoire se ferment... Grégoire s'endort... Sylvie le dépose dans son berceau avec des précautions bibliques. Car la ruse suprême de cette toute-puissance consiste à se faire passer pour le comble de la fragilité.

53 ans, 10 mois, 16 jours   *Vendredi 26 août 1977*

En rentrant de notre promenade avec Lison et les petits de Robert et d'Étienne, je n'ai pas sauté par-dessus la barrière. C'est la première fois que je ne saute pas cette barrière. Qu'est-ce qui m'a retenu ? La peur de « faire le jeune » devant les jeunes ? La peur de me prendre les pieds dans la barrière ? Une soudaine défiance en tout cas. De quoi ? De mon corps ? Douté de l'influx ? Le corps parle. Que dit-il ? Que s'amenuise la force de l'âge.

Depuis deux jours, Grégoire tripote ses oreilles avec un air fort concentré. Malgré mes efforts pour la rassurer (tous les bébés de ma connaissance jouent avec ce qui dépasse : orteils, nez, bourrelets, prépuce, langue, premières dents, oreilles...), Sylvie diagnostique un début d'otite. Il faut emmener Grégoire de toute urgence chez le pédiatre. Une otite mal soignée cela peut être très sérieux, père, votre ami H. en est devenu sourd ! Ascenseur, voiture, ascenseur, pédiatre. Lequel déclare que non, pas d'otite, ne vous alarmez pas chère madame, les bébés font toujours ce geste à cet âge-là, c'est tout à fait normal. Mais il omet d'expliquer « pourquoi ». Pourquoi les bébés de dix mois se tripotent-ils les oreilles avec une ardeur monomaniaque si lesdites oreilles ne les démangent pas ? Et nous voilà, ma belle-fille et moi, occupés à nous poser très sérieusement la question pendant la sieste de Grégoire. Comme nous ne trouvons aucune réponse convaincante, nous décidons d'étudier nos propres oreilles avec un esprit de découverte délibérément régressif, la question étant de savoir ce que *ressent* Grégoire depuis trois jours. Pour ce faire il nous incombe de rejoindre Grégoire en sa petite enfance, d'interroger nos oreilles avec l'innocence de nos dix mois. Nous tirons donc sur nos lobes comme s'ils étaient des chewing-gums (leur élasticité est d'ailleurs très relative), nous parcourons l'ourlet – que Sylvie a moins large mais beaucoup plus finement dessiné que moi –, nous triturons le tragus – que j'ai plus épais que Sylvie, et poilu surtout, tiens

243

depuis quand ? Depuis quand ces poils rêches font-ils une crête d'Iroquois à ce triangle de chair dont j'ignorais jusqu'à notre recherche qu'il s'appelait le tragus ? –, nous explorons les profondeurs de la conque – si Bruno nous voyait, murmure Sylvie, les yeux fermés, en passant de la conque au dos bombé du pavillon – et tout à coup, Eurêka, elle trouve ! Je sais ! J'ai trouvé ! Fermez les yeux, père ! (Ce que je fais). Repliez les oreilles, comme un cocker. (Ce que je fais.) Qu'entendez-vous ? demande Sylvie en tapotant du bout de ses doigts le dos de mon pavillon. Du tam-tam, dis-je, j'entends ma belle-fille faire du tam-tam sur le pavillon de mes oreilles et ça résonne furieusement à l'intérieur de mon crâne ! Eh bien c'est ce que Grégoire vient de découvrir ! La musique, père ! La percussion ! Hypothèse que nous vérifions sitôt Grégoire sorti de sa sieste. Pas de doute, c'est bel et bien *le dos* de ses pavillons que le cobaye mélomane gifle des deux mains d'abord, puis qu'il tapote de ses doigts déliés, comme on pianote sur une table. Sur quoi, avec la déplorable inconstance des apprentis, il entreprend de porter un tracteur en plastique à sa bouche et je propose à Sylvie de descendre au garage goûter un peu la voiture, pour voir.

55 ans, 4 mois, 17 jours   *Mardi 27 février 1979*

Cette petite tache de café sur le dos de ma main, pendant que j'écris. Un brun très dilué. Je la nettoie du bout de l'index. Elle résiste. J'y ajoute de la salive, elle tient bon. Une tache de peinture ? Non, l'eau et le savon n'y font rien. La brosse à ongles pas davantage. Je dois me résoudre à l'évidence : ce n'est pas une tache sur ma peau, c'est une production de ma peau elle-même. Une marque de vieillesse, remontée des profondeurs. De celles qui parsèment les vieilles figures et que Violette appelait des *fleurs de cimetière*. Depuis quand a-t-elle poussé là ? Que je signe des papiers au bureau, que je mange ou que j'écrive ici à ma table, le dos de ma main est presque constamment sous mes yeux et je n'ai jamais remarqué cette tache ! Ce genre de fleur ne pousse pourtant pas d'une seconde à l'autre ! Non, elle s'est immiscée dans mon intimité sans éveiller ma curiosité, elle a tranquillement fait surface et pendant des jours je l'ai vue sans la voir. Aujourd'hui, voilà qu'un état particulier de ma conscience me la montre vraiment. Beaucoup d'autres fleuriront en douce et bientôt je ne me souviendrai plus à quoi ressemblaient mes mains avant les fleurs de cimetière.

55 ans, 4 mois, 21 jours   *Samedi 3 mars 1979*

Certains changements de notre corps me font penser à ces rues qu'on arpente depuis des années. Un jour un commerce ferme, l'enseigne a disparu, le local est vide, le bail à céder, et on se demande ce qu'il y avait là auparavant, c'est-à-dire la semaine dernière.

55 ans, 7 mois, 3 jours   *Dimanche 13 mai 1979*

Tijo, que je complimente pour la présence étonnamment durable d'une sympathique Ariette à ses côtés (mais de quoi je me mêle ?), me laisse parler, puis, une fois achevé mon éloge des sentiments durables, lâche, le plus sérieusement du monde : Le sexe d'un homme ne laisse pas plus de trace dans celui d'une femme que le passage d'un oiseau dans le ciel. Impossible de lire dans ses yeux le sens qu'il donne à ce proverbe aux allures chinoises.

56 ans, anniversaire   *Mercredi 10 octobre 1979*

À vingt ans, m'étirer c'était m'envoler. Ce matin, j'ai cru me crucifier en m'étirant. Nécessité de me dérouiller. La prédiction de ce prof de gym (Desmile ? Dimesle ?) qui, en seconde, nous affirmait que nous serions rouillés avant l'âge si nous ne faisions pas d'exercices quotidiens... Peut-être. En attendant, quand je vois dans quel état sont mes amis sportifs qui m'étourdissaient de leurs performances (Étienne aujourd'hui perclus de rhumatismes, ses doigts et ses clavicules plusieurs fois cassés, ses épaules de rugbyman ravagées par la capsulite), j'estime que j'ai bien fait de résister à la religion du record et au diktat de l'entraînement permanent, cet onanisme. J'ai toujours détesté le sport comme religion du corps. La boxe m'était une sorte de danse ludique, un art de l'esquive. Et puis, je la pratiquais surtout en solitaire ; c'était contre un sac que je tapais le plus souvent. Et au tennis contre un mur. Quant aux abdominaux et aux pompes, ils étaient mes exercices d'incarnation. Ils offraient un corps au garçon translucide qui avait été le fantôme de son père. Gagner un match de ballon prisonnier, épuiser un adversaire teigneux sur le ring, ridiculiser un bêcheur au tennis, grimper à vélo une côte verticale, c'était venger papa, mais en le tenant à distance, dans la tribune, assis à la place d'honneur. Le sport n'a jamais représenté pour moi une nécessité physique. J'en ai d'ailleurs cessé toute pratique le jour où j'ai rencontré Mona.

56 ans, 9 mois, 27 jours   *Mercredi 6 août 1980*

Blague entendue tout à l'heure, au bar où je prenais un café, racontée par mon voisin de comptoir, qui lui n'en était pas à son premier pastis : Pas de femmes, dit le médecin à son patient. Pas de femmes, pas de café, pas de tabac, pas d'alcool. Et avec ça, je vivrai plus vieux ? Je n'en sais rien, dit le médecin, mais le temps vous paraîtra plus long.

56 ans, 9 mois, 29 jours   *Vendredi 8 août 1980*

Varicelle à Mérac, les pustules se sont abattues comme un vol de sauterelles sur la tribu des enfants. Les impacts, avec leurs auréoles. Pas un seul rescapé, ça geint, ça s'endort, ça se réveille, ça se plaint que ça gratte, ça se voit interdire de se gratter, Mona et Lison dans leur rôle d'infirmières de guerre se battent sur tous les fronts. Il y a là Philippe, Pauline, les petits-enfants d'Étienne et trois petits copains. J'ai télégraphié dare-dare à Bruno qu'il nous expédie Grégoire pour le faire profiter de cette vaccination naturelle, mais Bruno a refusé par un télégramme dont la brièveté en dit long. Texte : *Tu plaisantes, j'imagine ?* Signature : *Bruno.* Dommage, conclut Mona, la varicelle à plusieurs, c'est un jeu, tout seul c'est une punition.

Je ne peux m'empêcher d'imaginer Bruno choisissant avec soin les quatre mots de sa réponse. À quel âge se remet-on d'avoir un père vivant ?

56 ans, 10 mois, 5 jours   *Vendredi 15 août 1980*

Combien de sensations inéprouvées ? Au concert, à l'église, une femme aux bras nus, le coude sur le dossier de la chaise voisine restée libre, tiraille rêveusement les poils de son aisselle. J'ai expérimenté. Pas désagréable. Pourrait vite devenir un tic si la région était plus facile d'accès.

57 ans, anniversaire   *Vendredi 10 octobre 1980*

Charmant cadeau d'anniversaire de Lison. Nous dînons en bande, Mona, Tijo, Joseph, Jeannette, Étienne et Marceline, etc. Assise en face de moi, Lison participe aux conversations avec une joie de vivre qui me semble décuplée par une force étrangère à elle-même. Elle est inspirée. Un bon génie l'habite. Qui la fatigue un peu si j'en juge par ses traits tirés. Après le dîner, je la convoque dans la bibliothèque. (Depuis toujours nous jouons à la solennité de la convocation paternelle. Ma fille, rejoins-moi dans la bibliothèque ! Lison affecte un air penaud et moi une posture de commandeur en refermant la porte sur nous.) Assieds-toi. Elle s'assied. Ne bouge pas. Elle regarde ses pieds. Je parcours les rayonnages de la bibliothèque et en sors *Le Docteur Jivago*. Je cherche le passage que je veux lui lire, ah ! voilà, nous y sommes ! Neuvième partie, chapitre trois. Ce sont les carnets de Iouri Jivago. Il les écrit à Varykino, fin de l'hiver, approche du printemps. Écoute. Lison écoute.

« *Il me semble que Tonia est enceinte. Je le lui ai dit. Elle ne le pense pas mais j'en suis convaincu. Je le vois à des signes imperceptibles, antérieurs aux indices évidents, mais qui ne peuvent me tromper. Le visage de la femme change. On ne peut dire qu'elle ait enlaidi, mais son aspect extérieur, dont elle était complètement maîtresse jusque-là, échappe désormais à son contrôle. Il est entre les mains de l'avenir qui sortira d'elle et qui n'est déjà plus elle-même.* »

Je relève la tête. Lison dit : Ça, c'est ce qu'on appelle un père spicace ! Nous tombons dans les bras l'un de l'autre.

*

NOTE À LISON

Or donc, ma chérie, ton père, qui n'a aucun souvenir des grossesses de ta mère, a deviné celle de sa fille alors que Fanny et Marguerite étaient à peine en route ! À quel genre d'instinct doit-on ce genre de prescience ? Au fond, tu pourrais aussi bien fourguer ce journal à La Nouvelle Revue de psychanalyse, *l'ami JB en ferait ses choux gras.*

*

58 ans, 28 jours   *Samedi 7 novembre 1981*

Dans les magasins de nos quartiers chics, il est rare aujourd'hui d'entendre une injure raciste à caractère délibérément physique. Pourtant, ce matin, boulangerie, Tijo et moi achetons croissants et brioches. En l'absence de Lison, nous allons garder Fanny et Marguerite pendant la matinée. Boulangerie, donc. Deux dames comme il faut et un vieil Arabe devant nous. Derrière, la file s'étire jusqu'à la porte. (Boulangerie réputée.) De l'autre côté du comptoir, la boulangère en blouse rose, une de ces commerçantes qui placent toute leur distinction dans l'usage du conditionnel. Dites-moi ce qui vous *ferait* plaisir. Et avec ça que vous *faudrait*-il ? Une fois les deux clientes servies, c'est le tour du vieil Arabe. Djellaba, babouches, à quoi s'ajoutent un fort accent et une indécision propre à son grand âge. Fin du conditionnel. Bon, alors, qu'est-ce qu'il veut ? Il se décide ? Réponse de l'intéressé difficile à saisir. Quoi ? L'homme désigne un palmier. Ce faisant, il détourne le regard vers le gâteau convoité. La rose boulangère en profite pour se pincer ostensiblement le nez et faire avec la main droite le geste d'une puanteur que l'on chasse. Elle saisit le palmier avec une pincette de métal, l'emballe en un tournemain, annonce le prix en le jetant devant le client. Qui soulève sa djellaba pour chercher de la monnaie dans la poche de son pantalon. Il n'a pas la somme exacte, replonge pour faire l'appoint, s'y perd, visite une autre poche, en sort une vieille paire de lunettes. Eh ! On n'a pas la vie devant nous ! Vous voyez pas les gens ? Geste large balayant la clientèle. Il s'affole. Des pièces tombent. Il se baisse, se relève, étale en désespoir de cause toute sa monnaie sur le faux marbre de la caisse. Elle pioche la somme dite. Il quitte le magasin l'œil bas. Faut pas vous excuser surtout ! Et là, ce coup de clairon à la compagnie : Ces Arabes, non seulement ils viennent nous sucer le sang, mais ils laissent leur odeur ! Silence général. Probablement atterré, mais silence tout de même. (Dont le mien.) Jusqu'à ce que s'élève la voix de Tijo. C'est vrai, ils sont dégueulasses, ces Arabes ! (Pause.) Il faut vraiment être dégueulasse pour sucer le sang de Madame ! (Pause.) Au jeune cadre derrière nous : Franchement, monsieur, vous le suceriez, vous, le sang de Madame ? Le cadre blêmit. Non ? Je vous comprends, parce que vu ce qu'elle sort par la bouche ça doit être quelque chose le sang de Madame ! Terreur générale, à présent. Tijo à une autre cliente : Et vous madame, vous le suceriez ? Non ? Monsieur non plus ? Eh bien c'est que vous n'êtes pas des Arabes ! Du coup, plus une goutte de sang ne circule dans le corps unique de la clientèle. Ces visages craignent les coups car ces mots sont physiques. Je décide d'arrêter le massacre quand Tijo sans transition s'adresse à la boulangère avec une voix du dimanche : Chère madame, vous nous feriez un immense plaisir en nous vendant quatre de vos croissants et autant de vos brioches.

58 ans, 29 jours   *Dimanche 8 novembre 1981*

L'homme ne craint vraiment que pour son corps. Dès qu'un offenseur comprend qu'on pourrait lui *faire* ce qu'il *dit*, sa terreur est sans nom.

58 ans, 1 mois, 5 jours   *Dimanche 15 novembre 1981*

Mona et moi étions de garde, hier soir, auprès de Grégoire et de son copain Philippe, quatre ans et demi l'un et l'autre. Hormis le dîner, les dents à faire brosser, l'histoire à raconter, l'extinction des feux à 9 heures pile et la porte de leur chambre à garder entrebâillée sur la lumière du couloir, il nous a fallu leur donner le bain. En les séchant j'ai constaté que Grégoire pesait beaucoup plus lourd que Philippe. Ils sont pourtant d'un gabarit identique. Pour en avoir le cœur net, je les ai pesés. Surprise, à cinquante grammes près (d'ailleurs au profit de Philippe), ils pèsent le même poids : dix-sept kilos et des poussières. Grégoire n'est pas plus lourd mais infiniment plus *dense* que Philippe. Pauvre Philippe ! Je suis persuadé que ce défaut de densité lui prépare une existence de grande incertitude, de doute permanent, de convictions volatiles, de culpabilité latente, d'angoisse récurrente, bref, de considérable encombrement de soi, tandis que Grégoire, bien posé dans ses chaussures, suivra un tranquille destin de tank. La douleur d'être pour Philippe, un hédonisme stable pour Grégoire. Affaire de densité. Mona a beau me dire que mon observation ne repose sur aucun argument, ce matin encore le souvenir de ces deux masses si tragiquement disproportionnées m'a conforté dans ma conviction.

58 ans, 6 mois, 4 jours   *Mercredi 14 avril 1982*

Âpres et longues négociations avec le Japonais Toshiro K. Quel âge peut-il avoir ? Il est si maigre que son kimono marron semble une écorce autour d'une brindille. Ses gestes ont des lenteurs de lémurien et son stylo est une bûche entre ses doigts. Impressions contradictoires : cet homme qui n'a plus la force de vivre semble avoir le temps pour lui. La longueur de ses silences, l'extrême lenteur de son élocution et de ses gestes ont ressuscité l'image de mon père qui soulevait une montagne quand il portait une cuiller à sa bouche. Quatre années de guerre et les gaz allemands l'avaient vidé de sa substance aussi complètement qu'un siècle entier l'a fait de ce vieillard japonais. Bref, mon père est venu s'asseoir à la table des négociations ; il s'est installé dans les silences de Toshiro K. Ôte-toi de là, papa, tu me déranges. Je le vois s'arc-bouter contre le buffet de notre cuisine, mais le buffet ne bouge pas d'un millimètre. Monsieur Toshiro K. me laisse regarder mon père épuiser ses dernières forces dans ce combat domestique. Papa, s'il te plaît, ton fils négocie. Papa est assis à la table familiale à présent. Maman et moi ne pouvons quitter des yeux la mouche qui s'est posée sur son nez. Elle me prend déjà pour mon cadavre, dit-il sans faire un geste pour la chasser. Maman quitte la table en renversant sa chaise. Elle crie vous êtes odieux. Il murmure mais non. Le petit garçon que je suis embrasse la main qu'il tend vers lui. Monsieur Toshiro K. attend. Papa fait durer les négociations. Dans l'avion du retour, mes collaborateurs loueront ma patience avec le vieux Japonais.

58 ans, 6 mois, 5 jours   *Jeudi 15 avril 1982*

Mon père au corps d'écorce. Pas de poumons, muscles sans chair, câbles distendus. Et moi, grand petit garçon aux membres mous, tout en imitation de son extrême lenteur, je me déplaçais en me cognant aux meubles, jeune fantôme de mon père, que ma mère fuyait, la pauvre, terrorisée par ces deux inconcevables.

Depuis la fin de l'été, cette démangeaison parfois violente sous l'omoplate gauche, qui semble venir d'une vertèbre, mais qui se manifeste surtout quand j'ai trop mangé. J'ai attendu pour en parler ici qu'elle devienne récurrente.

59 ans, 1 mois, 8 jours   *Jeudi 18 novembre 1982*

Morphologie de l'embauche. Je viens d'engager un rédacteur au curriculum troué comme un manteau d'aventurier. Mais son œil malin, sous une arcade sourcilière néandertalienne, m'a inspiré confiance. Bréval (féru de psychomorphologie) lui préférait un beau gars élancé, au crâne harmonieux, bardé de diplômes et chaleureusement recommandé par le ministre en personne. Mais, dès ses premiers mots, j'ai su que le beau gosse tombait – avec une molle fatuité – de la dernière pluie. Entre un squelette flambant neuf et une ossature qui a survécu au paléolithique, je n'ai pas hésité une seconde.

59 ans, 1 mois, 14 jours   *Mercredi 24 novembre 1982*

De l'agrément de se gratter. Pas seulement pour cette montée orgasmique qui s'achève dans l'apothéose du soulagement mais pour le délice, surtout, de trouver au millimètre près le point exact de la démangeaison. Cela aussi c'est « se bien connaître ». Très difficile de désigner à l'autre l'endroit précis où vous gratter. Dans ce domaine, l'autre déçoit toujours. Comme souvent, il est légèrement à côté du sujet.

59 ans, 1 mois, 15 jours   *Jeudi 25 novembre 1982*

Nous pouvons nous gratter jusqu'à la jouissance mais chatouille-toi tant que tu veux, tu ne te feras jamais rire.

59 ans, 3 mois, 12 jours   *Samedi 22 janvier 1983*

J'apprends à Grégoire à manger ce qu'il déteste. En l'occurrence ces endives braisées que Bruno s'obstine à lui servir pour lui « former le goût ». J'ai donc entraîné Grégoire à interroger patiemment le goût des endives braisées. En d'autres termes à s'intéresser à cette horreur, comme je l'avais fait, en son temps, avec Dodo, mon petit frère fictif, pour pouvoir les avaler moi-même. Mange-les *en les goûtant vraiment*, en cherchant vraiment à comprendre le goût qu'elles ont. Tu verras, c'est *intéressant* de savoir pourquoi on n'aime pas quelque chose. (Dans ce genre d'exercice, je me surprends à parler en italiques, comme le faisait papa.) On y va ? On y va ! Une toute petite bouchée d'abord, suivie d'une description minutieuse de ce goût-là, en l'occurrence cette amertume qui rebute la plupart des enfants (sauf les petits Italiens, peut-être, entrés tôt dans la culture de l'*amargo*). Une deuxième bouchée, un peu plus copieuse, pour vérifier le bien-fondé de cette description, et ainsi de suite (sans aller jamais jusqu'à la grosse bouchée par laquelle en croyant abréger le supplice on provoque le haut-le-cœur). Grégoire est venu à bout de son assiette avec une satisfaction tout intellectuelle. Il prétend que les endives ont un goût de clou rouillé. Va pour le clou rouillé, pourvu qu'il bouffe ses endives sans moufter tout en continuant à les trouver dégueulasses.

Un goût de clou rouillé... Ça m'a rappelé ces colosses qui mangeaient leur vélo dans les foires de mon enfance. Je le raconte à Grégoire. L'un d'entre eux avait même entrepris d'avaler une voiture, une Juvaquatre. Grégoire me demande si sa mère était au courant, la mère du colosse, pour la Juvaquatre.

60 ans   *Lundi 10 octobre 1983*

Mon anniversaire. Pourquoi fête-t-on les dizaines avec tant de faste ? Mona a rameuté le ban et l'arrière-ban. Seront-ils aussi nombreux à mon enterrement ? Selon Tijo, la fête s'impose doublement, chaque dizaine étant à la fois enterrement et naissance. Tu étais un vieux quinqua te voilà un jeune sexagénaire, dit-il en levant son verre à ma santé. Un marmot dans ton nouvel âge. Vive toi ! Pas si mal vu. Souffle tes soixante bougies, bonhomme, tu renais pour dix ans !

60 ans, 10 mois, 6 jours   *Jeudi 16 août 1984*

Le crissement du gravier sous un pas nonchalant, entendu dans le jardin de l'hôtel T., vers une heure du matin, Mona endormie contre moi. Ce crissement fait partie des sons apaisants de ma vie.

61 ans, 7 mois, 2 jours   *Dimanche 12 mai 1985*

Hier après-midi, j'ai emmené Grégoire voir *Greystoke*, une énième version de Tarzan. Grégoire ravi et moi frappé par la scène suivante : lord Greystoke, grand-père gâteau de Tarsinge l'homme Zan (la blague date de toute éternité mais Grégoire, admiratif, croit que je suis le premier à la faire), plonge son blaireau dans un bol de café noir avant d'épandre la mousse sur son visage. J'ai expérimenté la chose ce matin même. Résultat saisissant ! Les pores de la peau se rétractent sous l'effet astringent du café et en conservent l'arôme pendant une vingtaine de minutes. Peau de bébé parfumée au café. Mona, ravie. Elle me trouve de plus en plus raffiné.

61 ans, 7 mois, 17 jours   *Lundi 27 mai 1985*

Accident stupide. Lundi de Pentecôte. Nous prenions le thé chez Madame P., vieille amie de la défunte mère de Mona, qui va sur ses cent deux ans. Villa néovictorienne, le thé servi dehors sous un platane poussé au beau milieu d'un court de tennis ! L'image est d'autant plus saisissante qu'autour de ce platane le court, en terre battue, continue d'être entretenu à l'ancienne, arrosé, roulé, les lignes dûment tracées à la chaux, comme si de rien n'était. Boire le thé sous cet arbre c'est s'installer tout vivant dans un tableau de Magritte. Le jeu consiste à ne pas s'en étonner auprès de la vieille dame. Si toutefois un indiscret questionne Madame P., elle répond : Que voulez-vous, mes hommes sont morts, plus personne ne joue, cet arbre a poussé là, il faut accepter ce qui vous quitte comme ce qui vous échoit. Bref, nous sirotions notre thé quand un chien a fait irruption dans la propriété. La vieille dame l'a repéré du coin de l'œil et s'en est offusquée. Qui donc me débarrassera de cet animal ? Ici, l'accident. Je bondis sur mes pieds, fonce vers le chien en moulinant des bras avec force vociférations, mais un obstacle invisible me stoppe en plein élan, au niveau du front. Mes deux pieds décollent, je tombe à plat dos, ma main et mon crâne heurtant violemment le sol. Quelques secondes d'étourdissement, douleur cuisante sur toute la largeur du front et, conscience revenue, me voilà aveuglé par un rideau de sang. Premiers soins de Mona qui m'éponge. Explication : l'obstacle était un fil de fer tendu à hauteur d'homme, reste de l'ancien grillage qui limitait jadis le tennis. C'est alors que je vois ma main. Le médius, figé à la verticale de la paume, montre le ciel. Il ne peut pas se remettre en place. Un morceau de moi qui rompt l'alignement. Ce n'est rien, dit Mona, tu t'es cassé le doigt. Hôpital : ébahissement du médecin de garde devant la diversité des dégâts : « Que vous est-il arrivé ? » Difficile à expliquer en quelques mots : le thé, le tennis, Magritte, le chien, la vieille dame, le fil de fer, bref, le plus gigantesque désastre de l'histoire du thé mondain. Piqûre antitétanique (le fil de fer était rouillé), huit points de suture le long de la calotte crânienne, On a voulu vous scalper ? Radio du crâne, pansement pyramidal pour maintenir la poche de glace contre la bosse, radio de la main, pas cassée finalement, doigt foulé replacé dans l'alignement (un peu brutal), attelle et pansement.

Plus tard, Mona me demande ce qui m'a pris de bondir comme ça.

– Je crois que je m'ennuyais un peu.

– Ce fil de fer aurait pu te décapiter.

61 ans, 7 mois, 22 jours   *Samedi 1ᵉʳ juin 1985*

À la fin de *Greystoke*, le vieux lord, pendant un réveillon de Noël, se tue en glissant dans l'escalier du château, assis sur un grand plateau d'argent qui lui tient lieu de luge. Enfant, il dévalait sur ce même plateau toutes les marches depuis la nursery, mais il n'a plus l'âge, ne contrôle plus sa trajectoire et se tue dans un virage. Sa tête heurte un lourd pilier de bois. Gros chagrin de Tarzan. (Et de Grégoire.) Le vieux lord a été victime d'une attaque d'enfance. C'est ce qui a dû m'arriver hier quand j'ai brusquement joué à effrayer ce chien. Très souvent, l'enfant bondit en moi. Il présume de mes forces. Nous sommes tous sujets à ces accès d'enfance. Même les plus âgés. Jusqu'au bout, l'enfant revendique son corps. Il ne désarme pas. Des tentatives de réappropriation aussi imprévisibles que des raids. L'énergie que je déploie dans ces moments-là est d'un autre temps. Mona s'effraie de me voir courser un autobus ou grimper aux arbres pour cueillir un fruit hors de portée. Ce n'est pas que tu le fasses qui me fait peur, c'est qu'une seconde avant tu ne songeais pas à le faire.

61 ans, 7 mois, 27 jours   *Jeudi 6 juin 1985*

On retire les points de suture. La cicatrice fait à mon crâne une auréole rose, comme si – *dixit* Grégoire – quelqu'un l'avait ouvert pour jeter un coup d'œil à l'intérieur. Plus tard dans l'après-midi, Mona est alarmée par la démarche de Grégoire. Elle me le montre, par la fenêtre, jouant avec Kopek, dans le jardin. Le gosse est arythmique, disloqué, ralenti, et comme désorienté. Le chien semble impressionné de voir son maître marcher de travers. Affolé, je me précipite : Grégoire déclare alors, en désignant ma cicatrice, qu'il est le petit-fils de Frankenstein.

62 ans, 29 jours   *Vendredi 8 novembre 1985*

Ce matin, j'ai oublié le code de ma carte bleue. Pas seulement le code mais le moyen mnémotechnique concocté pour le retenir. Et le parcours de mes doigts sur le clavier. Frappé de stupeur devant le distributeur. Complètement ébranlé. Nouvelle tentative ? Quelle tentative ? Aucun souvenir. Pas la moindre piste. Comme si ce code n'avait jamais existé. Pire, comme s'il existait ailleurs, en un lieu auquel je n'ai pas accès. Panique mêlée de fureur. Je demeure sur le trottoir, devant la machine, à ne savoir que faire. Derrière, on s'impatiente. L'appareil me rend ma carte. Je dis : Il est détraqué, je crois. La honte d'avoir prononcé cette phrase, de m'y être cru obligé ! Je me dégage en rasant le mur. J'ai tout perdu :

mémoire, dignité, self-control, maturité, je suis complètement dépossédé. Ce code, c'était moi. Je renvoie la voiture et décide d'aller au bureau à pied. La fureur et la honte me font marcher vite. Je traverse au vert. Klaxons. Impossible de me raisonner. Impossible de ramener l'événement à sa juste proportion : une saute de courant, sans conséquence à long terme. À l'heure où j'écris ces lignes (le code est revenu de lui-même prendre sa place dans ma mémoire), les mots me manquent pour décrire l'état de terreur où m'a flanqué ce bref oubli.

62 ans, 1 mois   *Dimanche 10 novembre 1985*

Ces disparitions soudaines d'une donnée acquise, code de ma carte bleue, codes de portes amies, numéros de téléphone, noms ou prénoms, dates de naissance, etc., me percutent comme des météorites. La surprise plus que l'oubli provoque un ébranlement de toute ma planète. Bref, je ne m'y fais pas. En revanche, je ne suis pas surpris du tout de répondre juste aux questions de ces jeux radiophoniques ou télévisés que j'écoute d'une oreille distraite. Grégoire : Alors tu sais *tout* grand-père ? Tu te souviens vraiment de *tout* ?

62 ans, 4 mois, 5 jours   *Samedi 15 février 1986*

Coiffeurs. Dans ma jeunesse, ils ne vous massaient pas le crâne. Ils vous lavaient rudement la tête avant de la transformer en brosse, que le *Pinto*, une colle en bâton, maintenait raide jusqu'à la coupe suivante. (Non, le Pinto, c'était

261

plus tard, dans les premières années de l'après-guerre.) Quoi qu'il en soit, le métier s'est féminisé, donc raffiné, et voilà qu'en vous lavant les cheveux des doigts habiles se sont mis à vous masser le crâne. Moment d'abandon où, pour peu que la masseuse soit experte, tous les rêves deviennent possibles. Je crois même avoir murmuré un jour, au bord de l'extase : Arrêtez, s'il vous plaît. Vous n'aimez pas qu'on vous masse ? a demandé ingénument la jeune coiffeuse. Je crois avoir bafouillé : Si, si, mais non. Quand je dis « ingénument » je n'en crois pas un mot, car si j'étais jeune fille et masseuse de cuir chevelu, ils m'amuseraient beaucoup ces messieurs voués à ma dextérité et que leur position dans le fauteuil empêche de porter sur leur braguette l'œil qui chavire sous mes doigts. De fameuses occasions de rigolade entre copines ! Si ça se trouve, elles font des concours, pour se désennuyer de leurs interminables journées. Et le tien, il a bandé en combien de secondes ?

62 ans, 9 mois, 16 jours   *Samedi 26 juillet 1986*

Angoisse tenace, toute la matinée. Grégoire en a fait les frais. J'ai presque sursauté quand – nous faisions le marché – il m'a demandé, au bord des larmes, si j'étais fâché. Quelle tête lui ai-je donc opposée ? Quelle mine réprobatrice ? Quel masque haineux ? Et depuis combien de temps ? D'ailleurs, quelle tête faisons-nous quand nous faisons la tête ? Et quelle tête faisons-nous quand nous ne la faisons pas ? Nous vivons derrière nos visages. Ce que l'enfant voit de la figure adulte, lui, c'est un miroir. Et, dans le cas présent, le miroir renvoyait à Grégoire l'image de son énigmatique culpabilité.

– Qu'est-ce que j'ai fait ?

– Tu as fait, tu as fait que tu mérites une bonne glace. À quoi la veux-tu, vanille ? chocolat ? fraise ? pistache ?

– Noisette !

Et deux glaces à la noisette, deux !

De l'angoisse au sentiment de culpabilité… Mona, à qui je raconte la chose, m'apprend que le verbe « culpabiliser » s'est installé dans la langue française en 1946. Et le verbe « *dé*culpabiliser » en 1968. Quand l'Histoire parle d'elle-même…

62 ans, 9 mois, 17 jours   *Dimanche 27 juillet 1986*

L'autre peut être un remède à l'angoisse, à condition qu'il nous soit intimement étranger, un peu indifférent. Il n'est pas une journée de travail qui n'ait raison de mon angoisse. Dès que je franchis les portes de la boîte, l'homme social prend le dessus sur l'homme angoissé. Je suis aussitôt réceptif à ce que les autres attendent de moi : attention, conseils, félicitations, ordres, encouragements, plaisanteries, engueulades, apaisement… Je deviens interlocuteur, partenaire, rival, subalterne, bon patron ou croquemitaine, j'incarne l'image même de la *maturité*. Le rôle a toujours eu raison de mon angoisse. Mais les proches, eux, les nôtres, trinquent à tous les coups, parce qu'ils sont nôtres précisément, constitutifs de nous-mêmes, victimes propitiatoires du marmot que nous restons toute notre vie. Grégoire en a fait les frais l'autre jour.

62 ans, 9 mois, 23 jours   *Samedi 2 août 1986*

En parlant – assez souvent – de l'angoisse dans ce journal, je ne parle pas de l'âme, je ne fais pas même de psychologie, je demeure plus que jamais dans le registre du corps, cette foutue pelote de nerfs !

63 ans   *Vendredi 10 octobre 1986*

Pissé dans un café de la rue Lafayette. La lumière s'éteint au milieu de mon affaire. Deux fois. Je me demande sur la base de quelle moyenne d'âge est calculé le temps d'éclairage minimum accordé à un pisseur par les installateurs de minuteries. Se peut-il que je sois si lent ? Se peut-il que j'aie été si rapide ? Saloperie de jeunisme qui affecte jusqu'à la production de ces moulins à temps ! L'observation vaut aussi pour les minuteries d'escalier et pour les portes d'ascenseur qui se referment de plus en plus vite.

63 ans, 1 mois, 12 jours   *Samedi 22 novembre 1986*

Que ferai-je de mon angoisse, la retraite venue ? Plus d'employeur, plus d'employés ; qui combattra la ronce ontologique quand je serai privé de cette compagnie qui m'est si nécessairement indifférente ?

63 ans, 6 mois, 9 jours   *Dimanche 19 avril 1987*

Marguerite s'est égratigné le genou en tombant sur le gravier. J'ai nettoyé sa plaie en pratiquant la technique de Violette : hurler à la place du blessé. Marguerite n'a rien senti, mais, une fois pansée, elle a dit, un rien fataliste, comme si elle doutait que je pusse désormais tirer profit de cette donnée objective : Tu sais, grand-père, je crois que tu es un peu fou. Ce que Fanny a confirmé.

63 ans, 6 mois, 11 jours   *Mardi 21 avril 1987*

Le mollet de Marguerite dans ma main et l'intuition que cette petite boulotte va pousser en longue fille.

63 ans, 11 mois, 7 jours   *Jeudi 17 septembre 1987*

Fond de l'œil chez le docteur L.M. Elle m'annonce un début de cataracte. Qui progressera sur une douzaine ou une quinzaine d'années, jusqu'à ce que l'opération devienne nécessaire. Pour l'instant, l'effet m'en est insensible, je vois aussi clair qu'avant. Vous avez du temps devant vous. Et puis ce n'est rien aujourd'hui cette opération, une formalité. (Image fugitive de tante Noémie dans son petit appartement de la rue Chanzy. Craignant la cécité, elle s'entraînait à marcher les yeux fermés. Quand elle devint aveugle, elle ne pouvait plus marcher.)

64 ans, 1 mois, 11 jours   *Samedi 21 novembre 1987*

En allant chercher les résultats des analyses sanguines prescrites par le docteur P. je me suis avisé que je n'ai jamais parlé ici de la cérémonie particulièrement humiliante que constitue pour moi l'ouverture de l'enveloppe. Un oubli qui en dit long sur la honte où me plonge ce moment de pure terreur. Si ceux qui, dans mes bureaux, me croient le maître de leur carrière pouvaient me voir alors ! Ah ! il est beau le grand chef impavide, héros de la Résistance, gardien du moral des troupes ! Un marmot penché sur une enveloppe avec au ventre une peur de démineur. C'est une mine antipersonnel qu'il me faut chaque fois désamorcer. Un jour ou l'autre l'enveloppe me sautera à la figure. Veuillez trouver ci-joint votre condamnation à mort. Car il n'y a pas d'autre ennemi que l'ennemi intérieur. L'enveloppe tranchée, mon œil se porte instantanément sur les deux premières lignes, globules blancs et globules rouges (ouf ! juste moyenne, pas trace d'infection majeure), puis je saute directement au bas de la dernière page, sur le marqueur de la prostate, autrement dénommé PSA, chiffre fétiche des sexagénaires. 1,64 ! 1,64 quand il était de 0,83 l'année dernière à la même époque. Le double, en somme. Certes très en deçà de la norme supérieure, (6,16), mais le double, tout de même ! En un an ! Soit, si la tendance se confirme, 3,28 l'année prochaine, 6,56 l'année suivante, avec, à brève échéance, explosion cancéreuse et projection de métastases jusque dans les replis de mon cerveau ! La bombe est là, bel et bien, invisible et réglée pour sauter à l'heure dite. Et s'il n'y avait que la prostate ! Quand bien même me tromperais-je dans mon exponentielle prostatique, que faut-il penser du taux de sucre ? C'est qu'il y a le sucre, aussi ! Glycémie 1,22 g/l contre 1,10 l'année dernière (le chiffre supérieur de la norme, déjà !), et en progression constante depuis des années. Diabète en perspective, donc. Piqûres quotidiennes, cécité, amputation (il est très « diminué », le pauvre)… À moins qu'il ne faille compter sur une offensive

de la créatinine, très au-dessus de la moyenne acceptable, et envisager la faillite de mes reins et la dialyse à vie.
Un cul-de-jatte aveugle et dialysé, charmante perspective
d'avenir ! Et il faudrait ouvrir cette enveloppe en souriant ?

64 ans, 6 mois, 4 jours   *Jeudi 14 avril 1988*

Atterrissage problématique à l'aéroport de Vancouver.
Train d'atterrissage crevé, sortie de piste, passagers cul
par-dessus tête, avalanche de bagages, panique à bord,
etc. M'en suis sorti sans contusion et, je dois dire, sans
grande frayeur. Comment nous y prenons-nous, pusillani-
mes comme nous le sommes, pour confier en toute quié-
tude notre vie à des objets (avions, trains, paquebots, auto-
mobiles, ascenseurs, grand huit) sur lesquels nous n'avons
pas le moindre contrôle ? Le nombre d'usagers, sans
doute, fait taire notre inquiétude. Nous nous en remet-
tons à l'intelligence de l'espèce. Tant de compétences ont
concouru à la construction de cet appareil, et tant d'intelligences critiques lui confient quotidiennement leur
corps, pourquoi pas moi ? À quoi s'ajoute l'argument sta-
tistique ; on court infiniment moins le risque de se rompre le cou en s'entassant là-dedans qu'en traversant la rue.
Il faut compter aussi avec la séduction du fatum. Nous ne
sommes pas fâchés de confier notre sort aux hasards de la
mécanique. Laissons l'innocente machine décider de
mon sort à la place de mes cellules, soupçonnées, toutes,
de malignité. Dorénavant je consulterai mes analyses sanguines à onze mille mètres d'altitude, par grandes turbu-
lences et si possible dans un avion en flammes.

64 ans, 6 mois, 5 jours   *Vendredi 15 avril 1988*

Le souvenir de cette conversation, tout de même, avec B.P., ingénieur d'essai en vol, qui a passé sa vie à tester des avions. Il faut être complètement cinglé pour grimper là-dedans, disait-il en substance. Savez-vous ce que nous faisons quand un avion vibre au point de se disloquer en plein vol ? Eh bien, nous le détruisons et nous reconstruisons le même, exactement le même, et celui-là, va savoir pourquoi, ne vibre pas. Quant à moi, concluait-il, chaque fois que je descends d'un avion de ligne avec les autres passagers, je ne me dis pas que je suis arrivé, je me dis que je m'en suis sorti.

64 ans, 10 mois, 12 jours   *Lundi 22 août 1988*

Trouvé dans l'*Histoire naturelle* de Pline cette particularité des blaireaux qui, dans la bataille, retiendraient leur respiration pour ne pas sentir les blessures que leur adversaire leur inflige. Cela m'a rappelé cet exercice de mon enfance qui consistait à retenir mon souffle en traversant les orties pour qu'elles ne me piquent pas. C'était Robert qui m'avait montré le truc. Je raconte ça à Grégoire. Tout ce qu'il trouve à répondre : C'est ton côté blaireau, grand-père.

64 ans, 10 mois, 14 jours   *Mercredi 24 août 1988*

Grégoire fort occupé à lire *Tom Sawyer* en se curant le nez... Ses narines ? La grotte de Joe l'Indien. Ses crottes de nez ? Le trésor qu'il y a planqué. Comme moi, il associera toute sa vie le plaisir du curage de narine à celui de la lecture.

64 ans, 10 mois, 20 jours   *Mardi 30 août 1988*

Pline, toujours lui, écrit qu'il était interdit aux Romains de croiser les jambes en public, ce qui me ramène une soixantaine d'années en arrière. Je porte des culottes courtes (mais peut-être est-ce Dodo ?) et papa n'est pas encore complètement *rongé de l'intérieur*. Nous recevons des invités pour le thé. Assis dans un fauteuil, je croise les jambes comme tous les adultes autour de moi. Maman s'écrie : Veux-tu te tenir comme il faut ! Ça ne se fait pas, de croiser les jambes ! Le soir, dans mon lit, je réitère l'expérience et m'aperçois que mon petit sexe me procure bien du plaisir si je le fais aller et venir du bout de mes doigts entre mes cuisses croisées.

64 ans, 11 mois, 15 jours   *Dimanche 25 septembre 1988*

Tijo, si petit de taille et qui physiquement n'a jamais rien eu du costaud des Batignolles, m'aura toujours stupéfié par sa puissance musculaire, sa rapidité, sa précision et sa délicatesse de fauve. Hier après-midi nous promenions Fanny et Marguerite au bord de la Seine. Une mouette jouait à nous frôler. Une fois, deux fois, à la troisième Tijo lève le bras gauche et chope l'oiseau en plein vol. Interruption nette d'une trajectoire. Stupeur dans l'œil de la bête. (Une vraie stupeur de dessin animé.

269

Gloups !) Regarde-moi cette beauté ! Ça drague, ça drague, et ça croit que c'est sans risque ! Tijo frotte son nez contre le bec de la belle, puis il la montre aux jumelles qui lui caressent le dos et il la relâche. La mouette s'envole, un peu étourdie mais pas blessée. Nous continuons notre promenade en évoquant certaines farces, toutes très physiques, que Tijo me faisait quand il était enfant. Dont celle-ci, à l'âge, à peu près, qu'ont les petites aujourd'hui. Nous flirtions Marianne et moi, au Briac, quand Tijo nous est tombé dessus à coups de figue en hurlant Mort aux boches et Vive la Résistance ! (Été 43.) Une embuscade éclair. Le temps que je coure au figuier de Lulu pour riposter, il m'avait touché à l'œil, au front, à la mâchoire, et avait disparu. Plus question de flirter avec Marianne, j'étais si poisseux que j'attirais les guêpes dont elle avait une peur bleue. J'ai dû me récurer de la tête aux pieds et enfourner mes vêtements dans la lessiveuse. En fin de saison la figue est à la fois dense et molle, l'impact la fait exploser comme une grenade et répandre son jus dans tous les interstices. Sans parler des pépins dans les cheveux. Et ces lambeaux de peau collés à vous comme de la chair sanglante ! La lapidation à coups de figue, c'est l'homme goudronné de l'Ouest américain. Ma vengeance fut terrible. Nazie, pour tout dire. Une froide répression d'occupant. J'ai fait provision de munitions, j'ai capturé Tijo à l'heure où il s'y attendait le moins (il allait porter le lait chez les Douvier), je l'ai ligoté au platane de Peluchat et lui ai signifié – en allemand ! – sa condamnation à mort. Il a crié « Vive la France ! » et, pendant que je le fusillais, il s'est montré aussi stoïque que le *Petit soldat* d'Andersen que je lui avais lu le soir précédent. C'est qu'il croyait son supplice limité à cette exécution, le pauvre. Erreur. Quand je l'ai eu transformé en pot de confiture, je l'ai détaché, et je l'ai plongé dans l'abreuvoir de Douvier où je l'ai décrassé des pieds à la tête. Beaucoup moins stoïque, le petit soldat ! L'hygiène n'était pas son fort et la famille était peu regardante. L'eau était si froide et le client claquait si fort des dents que le bourreau lui-même fut pris d'un vague remords.

Tu n'aimais pas te laver quand tu étais petit ? demande Marguerite. Petit, moi ? répond Tijo en se hissant sur ses pointes, je n'ai jamais été petit !

*

NOTE À LISON

Au fond, ma chérie, je trouve drôle d'avoir tenu ce journal toute ma vie. Ce qui ne veut pas dire que je le trouve drôle.

7

65-72 ANS

(1989-1996)

*J'aurais dû tenir
le journal de mes oublis.*

65 ans, 9 mois, 2 jours   *Mercredi 12 juillet 1989*

Je me suis ouvert le pouce en réparant le pneu crevé du vélo de Grégoire. Chambre à air dûment rustinée, j'introduisais le pneu dans la jante quand le tournevis a ripé, tranchant mon pouce comme une écrevisse. Beaucoup de sang et un mal de chien. Une de ces douleurs qui portent au cœur. Comme nous étions dimanche, Grégoire m'a proposé de me rendre chez le père de son copain Alexandre, médecin de son état. Le docteur me reçoit aimablement et se met au travail. Rien de grave, dit-il, les tendons ne sont pas atteints. Mais plusieurs points de suture sont nécessaires. Bien. En l'absence d'Alexandre, Grégoire trouve « intéressant » d'assister au rafistolage. Le bon docteur sort une seringue pour me faire une piqûre anesthésiante. Je refuse, arguant que nous sommes très pressés, que Grégoire est attendu sur le départ d'une course dont sa carrière de cycliste dépend. Vous êtes sûr ? À vif ? C'est très innervé, les doigts, vous savez ! Ça ira, ça ira. Le docteur pique une première fois, passe le fil, pique une deuxième fois, à la troisième je m'éva-

275

nouis. Ça m'apprendra à vouloir travailler mon image de grand-père héroïque aux yeux du jeune Grégoire – qui n'était attendu nulle part. Nul doute qu'en son absence j'aurais accepté l'anesthésie.

Sur le chemin du retour, Grégoire m'annonce sa décision de « faire docteur » quand il sera grand. Comme je lui demande les raisons de cette vocation subite, il répond : Parce que je ne veux pas que tu meures. Sa réponse, bien sûr, me va droit au cœur où elle atténue les battements de mon pouce. (Il serait plus juste d'écrire : me va droit au pouce où elle atténue les battements de mon cœur.) Ah ! cette joie de l'adulte revenu de tout devant la candeur d'une affection enfantine ! En y songeant ce soir, la joie vire au chagrin, celui-là même qu'éprouvera Grégoire au-dessus de ma tombe quand il maudira l'impuissance de son art. C'est qu'à son âge je me suis moi aussi porté garant d'une éternité. Je ne voulais pas que Violette meure. Menacée par la rumeur d'une mort imminente – « avec tout ce qu'elle écluse, elle fera pas de vieux os ! » –, Violette pouvait, grâce à la vigilance de mon amour, prétendre à l'immortalité. Ses varices, son poids, sa lippe humide, sa couperose, son souffle court, sa toux sèche et ce que maman appelait son « parfum délétère » ne plaidaient pas pour sa longévité. Mais ce n'était pas ainsi que je la voyais, moi. Violette était le corps puissant à l'ombre duquel s'était incarné mon propre corps. J'avais grandi sous son aile odorante. Mon désir de vivre était né de sa force d'être, la rage de vaincre mes peurs se nourrissait de son courage, le besoin de me faire des muscles devait tout à mon envie de l'épater. Grâce à elle, grâce à son *regard*, j'avais cessé d'être le fantôme de mon père, je ne me cognais plus aux meubles, je ne me noyais plus dans mon ombre, je n'avais plus peur des miroirs : d'un garçon évanescent elle avait fait un singe des arbres, un poisson des profondeurs, un lièvre de la petite reine. J'étais son « petit gaillard » entièrement conquis sur la peur, qui plongeait du haut des rochers et ne frémissait plus s'il tenait un poisson vivant dans la main. Même en son absence il m'arrivait de m'imposer des épreuves pour la gloire de son estime : caresser un chien rendu furieux par la chaîne, fréquenter les fêtes foraines où les autos tamponneuses, le train fantôme et le grand huit sont autant de pièges à frayeur, me priver de la compagnie de Dodo en des moments où l'angoisse me la rendait indispensable. Oui, me faire admettre que Dodo était un petit frère de fiction, même cela Violette y était arrivée ! Violette m'avait donné l'autorisation de vivre, sous ma protection elle ne mourrait jamais ! Et Violette était morte.

65 ans, 9 mois, 3 jours   *Jeudi 13 juillet 1989*

À y repenser aujourd'hui, c'est à Violette que je devais mon envie de pensionnat : Toi mon petit gaillard, maintenant que le cresson a poussé autour de ta fontaine, va falloir t'enfermer dans une boîte. Pour étudier vraiment ! Que tu ne gâches pas tes mérites ! Tu vas voir, tu aimeras ça. Tu vas t'envoler très haut !

65 ans, 10 mois   *Jeudi 10 août 1989*

Le souvenir de Manès me jetant à l'eau pour m'apprendre à nager, ce que ni lui ni Violette ne savaient faire. Fais-toi mou comme Albert quand il tombe de son tabouret (Albert était le poivrot de Mérac) et tu remonteras comme ses bouchons. Dans ma confiance absolue en Violette, je me faisais tout mou, et je remontais à la surface, en effet, et je reproduisais tant bien que mal les mouvements de la brasse que Violette me faisait répéter, mon corps en suspension sur les bras tendus de Manès, majordome colossal. Une grenouille, disait Violette, tu ne vas pas me dire que tu ne peux pas faire aussi bien qu'une grenouille ? Plagiaire de grenouilles, c'est ainsi que j'ai appris à nager. (Plus tard, vint le crawl académique de Fermantin.) Manès, jette-moi dans la rivière ! Pas aux herbiers, on a pied ! À la conque ! Demain tu me jettes à la conque, jure-le ! Et pourquoi tu ne t'y jettes pas toi-même ? Parce que j'ai peur, pardi ! Exquise métamorphose de la peur en jubilation, jette-moi plus loin, jette-moi plus haut, encore, encore, et ce reste d'appréhension chaque fois, qui faisait de ma peur un courage, de mon courage une joie, de ma joie une fierté, de ma fierté un bonheur. Encore ! encore ! hurlaient Bruno, Lison ou Grégoire quand, à leur tour, je les ai jetés dans la conque. Encore ! Encore ! hurlent, aujourd'hui, Fanny et Marguerite.

66 ans, 1 mois, 1 jour   *Samedi 11 novembre 1989*

Ces oublis qui se répètent de plus en plus... Blocage soudain au milieu d'une phrase, silence stupide devant l'inconnu qui crie joyeusement mon prénom, confusion face à cette femme aimée jadis et dont le visage ne me dit rien (elles n'ont pourtant pas été si nombreuses !), titres de livres oubliés aussitôt qu'il faut les citer, objets égarés, promesses qui m'engageaient et qu'on me reproche de n'avoir pas tenues... Tout cela, qui m'affecte depuis toujours, est très désagréable. Mais ce qui m'exaspère le plus c'est cet état de bête aux aguets où me flanque la peur d'oublier *ce que je vais vouloir dire* dans une conversation qui s'amorce à peine ! Je n'ai jamais eu confiance en ma mémoire. Certes, je me souviens au mot près de tout ce que m'a enseigné mon père dans mon enfance, mais je me demande aujourd'hui si ce ne fut pas au détriment de tout le reste : noms, visages, dates, lieux, événements, lectures, circonstances, etc. Ce handicap a compliqué mes études et ma carrière, sans que personne, pourtant, le remarque vraiment. C'est que, dans les conversations, à la place du mot qui m'échappait j'ai très tôt fabriqué de la périphrase. J'y ai gagné une réputation de bavard. La périphrase vous fait parler beaucoup plus que votre interlocuteur, comme ces chiens fureteurs qui, zigzaguant la truffe au sol, font douze fois la promenade de leurs maîtres.

Aujourd'hui, ma mémoire ne me sert qu'à me rappeler ses défaillances. Rappelle-toi que tu n'as pas de mémoire !

66 ans, 1 mois, 21 jours   *Vendredi 1er décembre 1989*

Bien dormi, comme toujours quand il pleut.

66 ans, 2 mois, 15 jours   *Lundi 25 décembre 1989*

Réveillon trop arrosé. Mangé gras. Compulsivement. En parlant et riant beaucoup. Mangé jeune, en somme.

Il y avait là Lison, Philippe, Grégoire, et quelques amis. Mona s'était surpassée. Résultat, bouffées de chaleur nocturnes. Vertiges au réveil. La chambre entière tournoyant autour de moi. Surtout couché. Debout, le décor se stabilise. Mais gare à la brusquerie ! M'asseoir ou me lever trop vite, tourner la tête soudainement, relance aussitôt le manège. Je suis un axe instable autour duquel tourne le monde. Comment s'appelaient ces lourdes toupies métalliques de mon enfance qu'on lançait avec une ficelle et qui tournaient sur une tige de métal elle-même vacillante ?

66 ans, 2 mois, 16 jours   *Mardi 26 décembre 1989*

Un gyroscope ! Cela s'appelait un gyroscope ! Ce matin, le gyroscope tourne encore en moi mais le décor est stable.

66 ans, 3 mois, 8 jours   *Jeudi 18 janvier 1990*

Cette brève sensation de vertige sur une plaque de verglas où pourtant je ne glisse pas. J'y pose un pied d'abord, l'autre ensuite. Mes bras partent à la recherche de l'équilibre. Pourtant, le sel municipal ayant fait son office – verglas abrasé, grisâtre, désormais inoffensif –, je ne glisse pas du tout. Mais il me faut atteindre un bitume de bon aloi, en l'occurrence le trottoir d'en face, pour reprendre confiance en ma démarche. Je suis donc doté d'une « culture du vertige » et, comme tout détenteur d'un savoir, la proie d'interprétations erronées.

Bruno, retour des États-Unis, est convoqué de toute urgence au collège : Grégoire s'adonnerait au *jeu du foulard*, un simulacre de strangulation qui a déjà fait quelques victimes. L'administration est très remontée contre Grégoire et ses partenaires, bien sûr. Menaces d'exclusion. Bruno, inquiet, s'interroge sur les « pulsions de mort » qui saisissent l'enfance contemporaine en général et Grégoire parmi elle. Interloqué quand Grégoire lui répond : C'est rien, c'est vachement agréable, c'est tout ! (Ne voir son père que deux ou trois fois par an ne l'incite guère à la confidence.) De mon côté cette histoire me rappelle un jeu similaire auquel nous jouions au même âge, Étienne et moi. C'était en fait le même jeu. À ceci près que nous ne simulions pas la strangulation mais l'étouffement, la finalité étant la même : flirter avec les bornes de l'évanouissement, voire les dépasser. Cela consistait à couper le souffle de l'autre en lui comprimant la poitrine pendant que lui-même vidait ses poumons le plus complètement possible ; le résultat ne se faisait pas attendre : il tombait dans les pommes. Délicieux sentiment d'étourdissement, puis évanouissement pur et simple. Une fois l'évanoui remis sur pied, il faisait subir le même sort à son partenaire. Nous adorions ça, nous évanouir ! Les adultes étaient-ils au courant ? Y avait-il des accidents ? Je n'en ai pas le souvenir. Le jeu du foulard a donc son ancêtre. J'ai donné une leçon d'anatomie à Grégoire, artères carotides, veines jugulaires, etc., pour lui expliquer le danger de la chose. Il m'a demandé pourquoi c'était si agréable alors que ça pouvait être mortel. Je me suis abstenu de répondre que ceci explique cela. J'ai parlé de l'effet d'ivresse que suscite la privation d'oxygène dans le sang et de ses dangers extrêmes pour le cerveau. Même effet avec la plongée sous-marine ou la très haute altitude, sports hautement surveillés. De nouveau seul avec Bruno, je lui ai demandé si au même âge que son fils il n'avait jamais joué à quoi que ce soit d'équivalent. Jamais de la vie ! Allons, allons, tu ne t'es pas offert des petits collapsus à coups d'éther, par exemple ? Il me semble me rappeler certaine odeur dans ta chambre… Arrête, papa, ça n'a rien à voir ! Mais si, mais si, et j'étais aussi inquiet que lui aujourd'hui.

66 ans, 7 mois, 13 jours   *Mercredi 23 mai 1990*

Réflexion de Tijo à qui je raconte l'affaire Grégoire, leçon d'anatomie comprise : Il est chanceux, ton petit-fils, d'avoir un grand-père comme toi ! Pour lui apprendre le système sanguin Manès lui aurait fait saigner un cochon. Au reste, Tijo n'est pas surpris par ce jeu du foulard. D'après lui, étouffement, strangulation, eau écarlate, colle, éther, vernis et autres reniflages participent d'une évolution qui, aboutissant à l'alcool et aux drogues contemporaines, est au service d'une obsession vieille comme le temps : aller voir de l'autre côté de cette foutue adolescence si le ciel offre une éclaircie. Puis, dans la foulée, Tijo me demande : Et toi, le grand âge venant, tu marches à quoi ?

Sommes passés chez Étienne et Marceline en descendant à Mérac. Lui, le front barré, l'œil fixe, les gestes ralentis, mais souriant de notre visite. À vrai dire, seule sa bouche souriait, d'un sourire involontaire, une réminiscence de sourire, comme s'il se souvenait d'avoir souri naguère. En revanche, il ne se rappelle pas le prénom de Mona. Il ébauche des phrases qu'il termine par un... « et tout ça, tu vois ? ». Je vois, mon vieux camarade, je vois... Marceline nous avoue en confidence que la maladie d'Étienne progresse vite. Perte de mémoire, bien sûr, maladresse de certains gestes, mais ce qui l'effraie surtout, ce sont les crises de fureur qui le secouent dès que survient le plus petit imprévu : un objet égaré, la sonnerie du téléphone, un papier administratif à remplir. Il ne supporte plus les surprises, dit-elle, le moindre contretemps l'angoisse horriblement.

La seule chose qui l'apaise : sa collection de papillons. C'est le camp retranché où résiste le dernier carré. Viens donc voir mon *Parnassius apollo*. Je suis une nouvelle fois frappé par la disproportion entre ces doigts énormes et la délicatesse avec laquelle il manie le si léger velours de ses victimes. Avant de nous quitter, il me dit en confidence : Ne le dis pas à Marceline, mais je suis foutu. Il ajoute, en me montrant son crâne : C'est la tête.

« Pollution », annonce Mona en enfournant les draps des garçons dans la machine à laver. Nocturne ? Et diurne,

précise-t-elle en y ajoutant une paire de chaussettes poisseuses et deux slips vitrifiés par le sperme.

Eh oui, pour la morve on a inventé le mouchoir, le
crachoir pour la salive, le papier pour les selles, le pisto-
let pour l'urine, le fin cristal pour les larmes de la
Renaissance, mais rien de spécifique pour le sperme. En
sorte que depuis que l'homme est adolescent et qu'il
décharge partout où la pulsion l'y pousse, il tente de
cacher son forfait avec les moyens du bord : draps, chaussettes, gants de toilette, torchons, mouchoirs, kleenex, serviettes de bain, brouillons de dissertations, journal du
jour, filtre à café, tout y passe, même les rideaux, les ser-
pillières et les tapis. La source étant intarissable, innombrables et imprévisibles étant les pulsions, notre environnement est un honteux foutoir. C'est absurde. Il est urgent
d'imaginer un réceptacle à sperme qu'on offrirait à chaque garçon le jour de sa première éjaculation. L'affaire
serait rituellement réglée, ce serait l'occasion d'une fête
familiale, le garçon porterait son bijou en sautoir, aussi
fièrement que sa montre de communiant. Et il l'offrirait
à sa promise le jour de ses fiançailles, conclut Mona que
mon projet intéresse.

66 ans, 10 mois, 7 jours   *Vendredi 17 août 1990*

Jusqu'à une date toute récente, le mot « pollution »
désignait soit la profanation d'un lieu sacré, soit – et surtout – l'éjaculation nocturne involontaire, autrement
dénommée *spermatorrhée*. Le choix de ce mot, de ce mot-
là, précisément, du mot « pollution » pour désigner la
dégradation du milieu naturel par la contamination des

produits toxiques date des années 1960, apogée de la grande branloire industrielle.

Cette incertitude à l'adolescence : allais-je devenir un homme ? En été, c'étaient les feuilles des platanes qui recueillaient mon sperme. Pas commode.

Fin des vacances scolaires. Les enfants nous ont laissés épuisés. Littéralement : deux puits vides. Le spectacle de l'énergie qu'ils dépensent entre le lever et le coucher du soleil est à lui seul éreintant. Des corps en perpétuelle dépense quand les nôtres vont désormais à l'économie. Sur quinze jours, toutes nos réserves vitales y sont passées. Ces gosses nous abrègent, dis-je à Mona. Et nous nous effondrons sur notre lit, inertes. Où est passé ce désir inextinguible qui fut à l'origine de ces générations ? Je suis mou comme une chique et Mona sèche comme un vent de sable.

À ce propos, j'observe que je n'ai rien dit ici sur la fonte de notre désir avec les ans. La question n'est pas tant de savoir depuis quand nous ne faisons plus l'amour (curiosité de magazine) mais comment nos corps s'y sont pris pour passer sans heurt de la copulation perpétuelle à la jouissance de notre seule chaleur. Cette extinction progressive du désir ne semble pas avoir entraîné de frustration, sauf à mettre certains énervements sur le fait que nos sexes ne se parlent plus. Nous faisions l'amour plusieurs fois par jour dans les premiers mois, nous l'avons fait toutes les nuits de notre jeunesse (mis à part les derniers mois de grossesse dévolus à ce que Mona appelait le « moulage » des enfants) et ainsi pendant au moins deux décennies, comme s'il était inconcevable de nous endormir l'un hors de l'autre, puis moins souvent, puis presque plus, puis plus du tout, mais nos corps demeurant enlacés, mon bras gauche autour de Mona, sa tête au creux de mon épaule, sa jambe au travers des miennes, son bras sur ma poitrine, nos peaux nues dans leur chaleur commune, souffle et sueur mêlés, ce parfum de couple... Notre désir s'est épuisé sous l'odorante protection de notre amour.

67 ans, 3 mois, 2 jours   *Samedi 12 janvier 1991*

En rentrant de chez les Verne, dent cassée. Aucun doute : molaire supérieure gauche. Ma langue y va voir, identifie une arête suspecte, revient, y retourne, c'est bien ça, le mont Cervin dans ma bouche. Une dent déjà dévitalisée. Blanc de poulet, gratin de courgettes, tarte à la myrtille, conversation molle, il n'y avait pourtant pas là de quoi casser une dent. Le voilà, le vrai début de la vieillesse. Cette cassure spontanée. Ongles, cheveux, dents, col du fémur, nous tombons en poudre dans notre sac. La banquise se détache de notre pôle, mais à bas bruit, sans ce hurlement des glaces qui effraie la nuit polaire. Vieillir, c'est assister à ce dégel. Il a bien fondu, disait maman de tel vieux malade. Elle disait aussi : Il a bien décollé, et l'enfant que j'étais imaginait un octogénaire prenant son envol au bout d'une piste d'aéroport. Des morts, Violette disait : Untel est parti. Je me demandais pour où.

67 ans, 4 mois, 13 jours   *Samedi 23 février 1991*

Quand je suis couché sur le côté, dans certaine position qu'avec l'expérience je trouve sans difficulté, je sens mon cœur battre au plus profond de mon oreille sur laquelle ma tête pèse de tout son poids. Un doux chuintement régulier, un piston rassurant dont la compagnie me berce depuis ma plus tendre enfance et que ne couvre pas complètement le sifflement de mon acouphène.

67 ans, 9 mois, 8 jours   *Jeudi 18 juillet 1991*

Une des blagues préférées de Grégoire : J'avance dans le couloir, quand sa main, jaillissant d'une cachette, me barre le passage en brandissant une photo de moi. Bien entendu, je sursaute. Grégoire en conclut : Pauvre grand-père, tu es si laid que tu te fais peur à toi-même ! Le rituel veut que je le poursuive, que je le rattrape, que je me venge en le chatouillant jusqu'à ce qu'il demande grâce. Cela fait, je regarde la photo. Chaque fois, la même chose me frappe : plus elle est récente plus je peine à m'y reconnaître ; si elle est ancienne c'est moi tout de suite.

Cette dernière photo, Grégoire l'a prise et tirée lui-même il y a deux semaines. Je dois recomposer la scène pour m'y reconnaître (en un éclair, certes, mais c'est tout de même une reconstitution) : Mérac, la bibliothèque, la fenêtre, l'if, l'après-midi, le fauteuil et, dans le fauteuil, moi, écoutant de la musique. À ta mine tragico-mélancolique, dit Grégoire, ce doit être du Mahler. Tiens donc, tu devines le type de musique qu'on écoute à l'expression d'un visage, toi ? Parfaitement, quand tu écoutes ce Polonais, là, Penderecki, tu ressembles à un Rubik's Cube abandonné.

67 ans, 9 mois, 17 jours   *Samedi 27 juillet 1991*

Trois heures de chaise longue à lire un roman policier, et pas moyen de me relever sans m'appuyer lourdement aux accoudoirs. Hanches douloureuses, ankylosées. Pendant quelques secondes, l'impression d'être pris dans les glaces. Désormais, entre le monde et moi, l'obstacle de mon corps.

Je revois l'oncle Georges dans ses dernières années, assis dans son fauteuil à parler de tout et de rien, le regard pétillant, les mains comme deux libellules. Le même, exactement, qu'à quarante ou cinquante ans. Mais dès qu'il se levait, on entendait craquer ses genoux, ses hanches, son dos. Assis, un jeune homme ; debout, un vieillard voûté, grimaçant de douleur, d'où émanait sur la fin une discrète odeur d'urine. Et qui a gardé jusqu'au bout une très gracieuse aptitude à prendre les choses *à la légère*. Avec l'âge, disait-il (citant je ne sais plus qui), les raideurs se déplacent.

67 ans, 9 mois, 18 jours   *Dimanche 28 juillet 1991*

D'où me vient ce sentiment de permanence, pourtant ? Tout se dégrade, mais demeure cette constante joie d'être. Je pensais à cela hier en regardant Mona marcher devant moi. Mona et son « port de reine », comme dit Tijo. Depuis quarante ans que je marche derrière elle, son corps s'est alourdi, bien sûr, a perdu de son élasticité, mais comment dire ? il s'est alourdi *autour de sa démarche* qui, elle, n'a jamais changé, et j'éprouve toujours le même plaisir à regarder Mona marcher. Mona *est* sa démarche.

68 ans, 8 jours   *Vendredi 18 octobre 1991*

Un des protégés de Tijo, ancien légionnaire unijambiste (guerre d'Algérie), vient le trouver sur deux béquilles. Et ta jambe mécanique ? demande Tijo. L'autre tergiverse. Tijo patiente suffisamment pour apprendre, au terme d'un récit filandreux, qu'il y a eu beuverie, dispute conjugale, et que l'épouse, après une raclée de trop, a claqué la porte. Fichu le camp en emportant la jambe mécanique ! D'après toi, me demande Tijo, quelle conclusion en a-t-il tirée, mon légionnaire ? (Ma foi...) Eh bien, celle-ci : Faut qu'elle m'aime encore, non, pour s'être barrée avec ma jambe ? Au lieu de conclure à l'idiotie Tijo conclut à notre insatiable besoin d'être aimé.

Cheville douloureuse. Consultation d'un rhumatologue, qui me dirige vers une podologue, laquelle affirme, après avoir examiné mes pieds : Bien entendu, vous ne savez pas danser. Je confirme. Rien d'étonnant à cela, la plante de votre pied droit repose sur trois points seulement (qu'elle désigne) au lieu de reposer sur toute sa surface. Et voilà réduite à une banale cause mécanique une inaptitude à la danse que j'ai toujours attribuée à mon manque d'incarnation. Je m'entends expliquer à la podologue que pourtant, dans ma jeunesse, je faisais de la boxe, je jouais au tennis, et que *j'excellais au ballon prisonnier* ! Le ridicule de cette phrase fait en moi un tel tintamarre que je n'entends pas la réponse, probablement technique, de la podologue. Moi et mon ballon prisonnier ! (Ô Violaine !) Pourquoi diable – à soixante-huit ans ! – tenir encore à passer pour un as du *ballon prisonnier* –, jeu dont tout le monde a probablement oublié l'existence ? J'y réfléchis à tête reposée et je me revois, dans la cour de récréation, jouant à ce jeu si rapide, aux règles si brutales : esquiver, intercepter, ruser, tirer, rester seul sur le terrain, décimer néanmoins l'équipe adverse, subir le feu des deux côtés à la fois, tellement agile, tellement combatif, increvable, ah ! cette joie *purement physique* ! Cette exultation ! Chaque partie de ballon prisonnier m'était une nouvelle naissance. C'est cette naissance à moi-même que je célèbre quand je me vante d'avoir été un as du ballon prisonnier !

Surpris Grégoire en plein délit de masturbation, lui l'arme du crime à la main, moi la poignée de la porte. Horriblement gênés tous deux. Il n'y avait pas de quoi ; comme dit l'autre, tout désir que la main n'étreint pas n'est qu'un songe. Un pénible sentiment d'intrusion m'a tracassé toute la journée. Je suis resté coincé dans une tête de préadolescent, cet être informe qui s'extirpe de l'enfance en se tirant par la queue. Ce soir, j'ai mis le grenier sens dessus dessous jusqu'à retrouver le *Jeu de l'oie du dépucelage* qu'Étienne et moi avions créé au pensionnat. J'ai provoqué Grégoire en duel. Il m'a battu à plate couture. Comme il atteignait la case 12 (*En tombant par hasard sur votre linge sale, votre oncle Georges vous félicite : vous êtes devenu un homme*), il m'a gratifié d'un sourire largement reconnaissant. Je lui ai offert le jeu.

Promenade solitaire, hier, au Luxembourg. Une femme, jeune encore, crie joyeusement mon nom, demande des nouvelles de Mona, m'embrasse et passe son chemin. Qui était-ce ? Le soir, à la sortie du Vieux-Colombier, deux ou trois mots déterminants me manquent dans la joute critique qui nous oppose T.H. et moi. Cherchant la voiture dans le parking Saint-Sulpice, je me trompe d'étage, remonte, redescends, tourne en rond... Où ai-je donc la tête ? Je m'étonne de n'avoir pas écrit davantage sur ces oublis qui ont empoisonné ma vie. J'ai dû me dire qu'ils relevaient de la psychologie. Idiotie ! Le phénomène est tout ce qu'il y a de physique. C'est d'électricité qu'il s'agit ici, mauvais contacts dans les circuits mentaux. Quelques synapses qui ne font pas leur office de transmetteurs entre les neurones concernés. La route est coupée, le pont s'est effondré, il faut se taper un détour de vingt-cinq kilomètres pour retrouver le souvenir égaré. Si ce n'est pas *physique*, cela !

68 ans, 8 mois, 6 jours   *Mardi 16 juin 1992*

J'aurais dû tenir le journal de mes oublis.

68 ans, 10 mois, 1 jour   *Mardi 11 août 1992*

Fanny, qui vient d'avoir onze ans et qui a, plus que Marguerite, le sens de l'ennui, me demande si le temps passe pour moi aussi lentement que pour elle. Pour le moment, sept fois plus vite, lui dis-je, mais ça change tout le temps. Elle m'objecte que, « du point de vue de la pendule » (*sic*), c'est pourtant le même temps qui s'égrène pour elle et pour moi. C'est vrai, dis-je, mais ni toi ni moi ne sommes cette pendule, laquelle, à mon avis, n'a aucun point de vue sur quoi que ce soit. Et de lui faire un petit cours sur le temps subjectif où elle apprend que notre perception de la durée est rigoureusement fonction du temps qui s'est écoulé depuis notre naissance. Elle me demande alors si *chaque minute* passe pour moi huit fois plus vite que pour elle. (Aïe, ça se complique.) Non, dis-je, si je les passe chez le dentiste pendant que tu joues avec Marguerite, certaines minutes me paraîtront même beaucoup plus longues qu'à toi. Long silence. J'entends les rouages de sa petite tête chercher à concilier les notions de contingence et de totalité, et je constate qu'entre ses deux yeux le pli de la réflexion lui fait la même expression qu'à Lison au même âge. Finalement, elle me fait la proposition suivante : Regarder ensemble la grande aiguille de la pendule, « pour obliger le temps à passer à la même vitesse pour toi et pour moi ». Ce que nous faisons, en donnant à cette minute commune le silence et la solennité d'une commémoration. Et c'en est une, car cette conversation à voix basse me renvoie aux cours de « petite philosophie » que me chuchotait mon père, il y a soixante ans (autant dire hier), dans le tic-tac de cette même pendule. La minute écoulée, Fanny pose un baiser sur ma joue en concluant, avant de filer : Grand-père, j'aime quand je m'ennuie avec toi.

69 ans   *Samedi 10 octobre 1992*

Dîner en petit comité pour mon anniversaire. « Mon anniversaire » est une expression enfantine que nous traînons jusqu'à notre dernière bougie.

69 ans, 9 mois, 13 jours   *Vendredi 23 juillet 1993*

J'avais oublié que Montaigne n'avait pas de mémoire :

C'est un outil de merveilleux service que la mémoire... Elle me manque du tout. (...) Et quand j'ai un propos de consé-

quence à tenir, s'il est de longue haleine, je suis réduit à cette misérable nécessité d'apprendre par cœur mot à mot ce que j'ai à dire ; autrement je n'aurais ni façon ni assurance étant en crainte que ma mémoire vînt à me faire un mauvais tour. Mais ce moyen m'est non moins difficile. Pour apprendre trois vers il me faut trois heures. (…) Plus je m'en défie plus elle se trouble ; elle me sert mieux par rencontre, il faut que je la sollicite nonchalamment : car si je la presse, elle s'étonne ; et après qu'elle a commencé à chanceler, plus je la sonde plus elle s'empêtre et embarrasse ; elle me sert à son heure, non pas à la mienne… Si je m'enhardis, en parlant, à me détourner tant soit peu de mon fil, je ne faux jamais de le perdre. (…) Les gens qui me servent il faut que je les appelle par les noms de leurs charges ou de leur pays, car il m'est très malaisé de retenir des noms. (…) Et si je durais à vivre longtemps, je ne crois pas que je n'oubliasse mon nom propre. (…) Il m'est advenu plus d'une fois d'oublier le mot du guet que j'avais trois heures auparavant donné ou reçu d'un autre, et d'oublier où j'avais caché ma bourse. Je m'aide à perdre ce que je serre particulièrement. (…) Je feuillette les livres, je ne les étudie pas : ce qui m'en demeure c'est chose que je ne reconnais plus être d'autrui ; c'est cela seulement de quoi mon jugement a fait son profit, les discours et les imaginations de quoi il s'est imbu, l'auteur, le lieu, les mots et autres circonstances, je les oublie incontinent. Essais, livre II, chapitre 17

Cité par le même (Térence, l'Eunuque ; I, 2, 25) :

Je suis plein de trous, je fuis de partout.

Hier chez A. et C., cette question de savoir si le cancer de W. ne serait pas d'origine psychosomatique. Approbation unanime. Oui, oui, bien sûr, il a mal supporté sa retraite, la maladie de sa femme, le divorce de sa fille, etc., tout le monde était d'accord jusqu'au moment où le jeune P., fils aîné de nos hôtes, a jeté un froid en concluant que « W. sera vachement rassuré d'apprendre qu'il meurt d'une maladie psychosomatique. C'est quand même moins dégueulasse qu'un cancer du côlon ! ». Sur quoi, le jeune P. fiche le camp en claquant la porte.

Je crois comprendre la rogne de ce garçon. Sans contester le fait que notre corps exprime à sa façon ce que nous n'arrivons pas à formuler – qu'un lumbago *signifie* que j'en ai plein le dos, que les coliques de Fanny *disent* sa terreur des mathématiques –, je vois bien ce que le tout-psychosomatique peut avoir d'agaçant pour la génération du jeune P. Il stigmatise la même pudibonderie qui me révoltait à son âge. Dans ma jeunesse, le corps n'existait tout simplement pas comme sujet de conversation ; il n'était pas admis à table. Aujourd'hui on l'y tolère, à condition qu'il ne parle *que* de son âme ! En filigrane du tout-psychosomatique flotte cette vieille lune : les maux du corps comme expression des tares du caractère. La vésicule foireuse du colérique, les coronaires explosives de l'intempérant, l'Alzheimer inévitable du misanthrope... Non seulement malades, mais coupables de l'être ! De quoi meurs-tu, bonhomme ? Du mal que tu t'es fait, de tes petits arrangements avec le néfaste, des bénéfices momentanés que tu as tirés de pratiques malsaines, de ton caractère, en somme, si peu tenu, si peu respecteux de toi-même ! C'est ton surmoi qui te tue. (Rien de neuf, en somme, depuis que la petite vérole donnait à lire l'âme de la Merteuil sur son visage ravagé.) Tu meurs, coupable d'avoir pollué la planète, mangé n'importe quoi, subi l'époque sans la changer, fermé les yeux sur la question de la santé universelle au point de négliger ta propre santé ! Tout ce système que ta paresse a mollement couvert s'est acharné sur ton corps innocent, et le tue.

Car si le tout-psychosomatique désigne le coupable, c'est pour mieux célébrer l'innocent. Notre corps est innocent, messieurs et mesdames, notre corps est l'innocence même, voilà ce que clame le tout-psychosomatique ! Si seulement nous étions *gentils,* si nous nous conduisions *bien,* si nous menions une vie *saine* dans un environnement *maîtrisé* ce n'est pas notre âme seule, c'est notre corps lui-même qui accéderait à l'immortalité !

Longue diatribe que je débite dans la voiture sur le chemin du retour avec la fougue de ma jeunesse retrouvée.

Peut-être, conclut Mona, mais ne pas négliger le fait que le jeune P. ne rate pas une occasion de faire passer ses parents pour des cons.

70 ans, 5 mois, 3 jours   *Dimanche 13 mars 1994*

Mesdames et messieurs, nous mourons parce que nous avons un corps, et c'est chaque fois l'extinction d'une culture.

Nous nous connaissons, me dit le vieux professeur de philosophie de Grégoire lors de la réunion de parents où je suis allé glaner la couronne de louanges qu'on tresse à mon petit-fils. Vraiment ? Oui, je vous ai torturé dans votre jeunesse, explique-t-il avec un sourire amical. Et je le reconnais : c'est le neveu du docteur Bêk ! Celui dont l'énorme main, il y a quarante ans, étouffait mes hurlements quand l'oncle arrachait mon polype. Depuis le début de l'année Grégoire ne tarit pas d'éloges sur ce professeur de philosophie « absolument génial ! ». Le fait que ce soit un colosse sénégalais n'entre pas dans les éléments de sa description, détail sans signification philosophique. Monsieur F. tapote l'aile de son nez : On endort, aujourd'hui, pour ce genre d'opération, mais elles sont toujours aussi inefficaces. Votre petit-fils aussi parle un peu du nez, ce qui ne l'empêche pas d'être un excellent philosophe.

71 ans, 5 mois, 22 jours   *Samedi 1ᵉʳ avril 1995*

Retour de l'hôpital où nous sommes allés voir Sylvie, Grégoire et moi. Elle nous reconnaît, mais sans *accommoder*, semble-t-il. « Grégoire », dit-elle doucement, et cela manque de réalité. C'est son fils, elle le sait, c'est le prénom de son fils, elle s'en souvient, il y a de la tendresse dans sa voix, mais l'image et le prénom ne l'atteignent pas, ne se superposent pas. Comme si elle voyait flou, commente Grégoire, qui ajoute : D'ailleurs elle-même est floue, on dirait qu'elle marche juste à côté de son corps, tu ne trouves pas, grand-père ? Au début de la maladie de Sylvie, quand il m'en donnait des nouvelles, Grégoire disait déjà : Maman n'est pas tout à fait « nette », ou alors, ça va aujourd'hui, maman est « nette ». Je le vois esquisser un sourire quand, nous accueillant dans son bureau, le docteur W. annonce que nous allons « faire le point ».

71 ans, 5 mois, 25 jours   *Mardi 4 avril 1995*

En pensant à Sylvie, cette nuit (elle devrait sortir dans un mois), me revient ce mot, « désaxé », que maman utilisait pour se plaindre de moi. Le mot produisait une impression de vertige et de flou. Au fond, ce journal aura été un perpétuel exercice d'accommodation. Échapper au flou, maintenir le corps et l'esprit dans le même axe... J'ai passé ma vie à « faire le point ».

71 ans, 8 mois, 4 jours   *Mercredi 14 juin 1995*

Intrusion massive du corps commun dans l'autobus 91, à la station des Gobelins. Quand j'y monte, gare Montparnasse, le bus est vide. Je profite de cette solitude inespérée pour m'abîmer dans une lecture que perturbent à peine les passagers qui, de station en station, s'asseyent autour de moi. À Vavin, toutes les places assises sont occupées. Aux Gobelins, le couloir est bondé. Je le constate avec l'innocent égoïsme de celui qui, ayant trouvé un siège, jouit d'autant mieux de sa lecture. Un jeune homme, assis en face de moi, est lui aussi plongé

dans un livre. Étudiant, sans doute. Il lit *Mars* de Fritz
Zorn. Debout dans le couloir, à côté de l'étudiant, une
femme forte, la soixantaine essoufflée, un cabas bourré
de légumes à la main, respire bruyamment. L'étudiant
lève les yeux, croise mon regard, voit la dame et, spontanément, se lève pour lui céder sa place. Asseyez-vous,
madame. Il y a quelque chose de germanique dans la
politesse du jeune homme. Droit, grand, la nuque raide,
le sourire discret, un garçon distingué. La dame ne
bouge pas. Il me semble même qu'elle fusille l'étudiant
du regard. Désignant le siège de la main, le jeune
homme insiste. Je vous en prie, madame. La dame cède,
de mauvais gré me semble-t-il. En tout cas sans remercier. Elle s'introduit devant le siège vacant, toujours soufflant, mais ne s'assied pas. Elle se tient face à moi, son
cabas à la main, mais reste debout devant le siège vide.
Le jeune homme casse sa nuque pour insister encore.
Asseyez-vous, madame, je vous en prie. Ici, la dame
prend la parole. Pas tout de suite, dit-elle d'une voix clai-
ronnante, j'aime pas quand c'est trop chaud ! Le jeune
homme rougit violemment. La phrase est à ce point stu-
péfiante qu'elle m'empêche de replonger dans ma lecture. Un bref regard latéral me donne à voir la réaction
des autres passagers. On étouffe un petit rire, on fixe ses
pieds, on regarde ostensiblement dehors, bref on est
gêné. C'est alors que la dame se penche vers moi, et
qu'elle me dit, son visage à quelques centimètres du
mien, comme si nous étions de vieilles connaissances :
J'attends que ça refroidisse ! Du coup, c'est moi qu'on
regarde. On attend ma réaction. L'idée me vient alors
qu'à cette seconde précise nous ne formons tous qu'un
seul corps dans l'autobus 91. Le même corps *éduqué*. Un

corps unique dont les fesses ne supportent pas la chaleur des sièges couvés par d'autres fesses, mais qui préférerait se jeter sous les roues de l'autobus plutôt que de l'avouer publiquement.

71 ans, 8 mois, 5 jours   *Jeudi 15 juin 1995*

Pas de comique sans éducation.

72 ans, 2 mois, 2 jours   *Mardi 12 décembre 1995*

Certaines maladies, par la terreur qu'elles inspirent, ont la vertu de nous faire supporter toutes les autres. La propension à envisager le pire pour accepter le contingent est au menu de nombreuses conversations chez les gens de ma génération. Hier encore, à la table des Verne, s'agissant du diagnostic de T.S. : On craignait une maladie d'Alzheimer, par bonheur ce n'était qu'une dépression. Ouf ! L'honneur est sauf. T.S. n'en finira pas moins fada, mais il ne sera pas dit qu'Aloïs aura eu sa peau.

Je ricane intérieurement sans pour autant m'exclure du lot. Je préférerais mourir plutôt que de l'avouer mais la menace Alzheimer (et je songe bien sûr à Étienne dont l'état s'est encore dégradé) me terrorise tout autant que n'importe qui. Toutefois, cette peur a un mérite : elle me distrait de ce qui m'affecte pour de bon. Mon taux de sucre est préoccupant, ma créatinine hors de proportion, mes acouphènes brouillent de plus en plus les ondes, ma cataracte me fait un horizon flou, je me

300

réveille chaque matin avec une douleur nouvelle ; bref, la vieillerie progresse sur tous les fronts mais je n'éprouve qu'une seule vraie peur : la peur d'Aloïs Alzheimer ! Au point que je m'impose quotidiennement des exercices de mémorisation que mon entourage prend pour un passe-temps d'érudit. Je peux réciter des pans entiers de mon cher Montaigne, du *Quichotte*, de mon vieux Pline ou de *La Divine Comédie* (en leur langue d'origine, s'il vous plaît !), mais s'il m'arrive d'oublier un rendez-vous, d'égarer mes clefs, de ne pas reconnaître Monsieur Machin, de buter sur tel prénom ou de lâcher le fil d'une conversation, le fantôme d'Aloïs se dresse aussitôt devant moi. J'ai beau me dire que ma mémoire a toujours été capricieuse, qu'enfant elle me trahissait déjà, que je suis comme ça et pas autrement, rien n'y fait. La conviction qu'Alzheimer m'a enfin rattrapé l'emporte sur tout raisonnement et je me vois à brève échéance au dernier degré de la maladie, contact perdu avec le monde et avec moi-même, chose vivante qui ne se souvient pas d'avoir vécu.

En attendant, on me réclame un poème au dessert, que je récite non sans me faire prier, comme il se doit. Ah ! Vous au moins, vous n'êtes pas guetté par la maladie d'Alzheimer !

72 ans, 7 mois, 28 jours   *Vendredi 7 juin 1996*

Frédéric, médecin, amant et professeur de Grégoire en médecine interne, se plaint de ne pouvoir dîner en ville sans être bombardé de questions relatives à la santé des convives. Pas une soirée où la moitié des invités ne

301

quémandent diagnostics, thérapies, avis, recommandations pour eux-mêmes ou pour leurs proches. Ça l'exaspère. Depuis que j'exerce, dit-il, et même depuis que je suis étudiant, personne ne m'a jamais demandé à quoi je m'intéresse dans la vie quand je ne joue pas au docteur ! À tel point que sortir lui fait horreur. N'étaient les désirs de Grégoire dans ce domaine, Frédéric resterait cloîtré chez lui parce que... (ici, sa main tranche au-dessus de sa tête), ras le bol ! Selon lui, la table chamanise le médecin. De voir le toubib bouffer et boire son coup comme tout un chacun, ça vous le rend fraternel, il devient le sorcier de la tribu hypocondre, le gourou de ces dames, ce docteur exceptionnel – et tellement humain ! – qu'on a rencontré chez les Untel, tu te souviens, chéri ? À l'hôpital, dit Frédéric, aux yeux des mêmes, je dis bien *des mêmes*, je suis d'abord un candidat mandarin soupçonné de creuser le déficit de la Sécu pour collectionner les Porsche. À table non, me voilà devenu l'incarnation d'une médecine humaine, respectable et compétente. Si vous êtes chirurgien et qu'on vous a rencontré chez des amis on vous suivra comme un toutou jusque sur la table d'opération et on recommandera chaleureusement votre bistouri à d'autres amis, car les médecins ont ceci de commun avec les confitures : ceux de la famille sont incomparables ! Quand je vois mes externes s'échiner aux urgences j'ai envie de leur crier : Fichez le camp, laissez tomber vos malades, allez dîner en ville, c'est là que se font les carrières, pas dans la salle de permanence !

Frédéric s'échauffe tout seul pendant une bonne partie du dîner, puis, se levant de table, malice et venin dans l'œil, il me demande : Et vous, ça va ? La santé, ça boume ? Profitez-en tant que je suis là !

L'homosexualité de Grégoire. J'ai beau avoir l'esprit large (« avoir l'esprit large », l'étroitesse de cette expression !), mon imagination demeure obtuse en matière d'homosexualité. Si mes principes l'admettent, mon corps ne peut absolument pas concevoir le désir du même ! Grégoire homosexuel, soit, c'est notre Grégoire, il fait bien ce qu'il veut, la question de ses préférences ne se pose pas, mais le corps de Grégoire se satisfaisant d'un corps d'homme, voilà ce que l'esprit de mon propre corps, si je puis dire, ne peut pas concevoir. Ce n'est pas la sodomie, non. Mona et moi ne l'avons pas boudée, nos feuilles de rose nous ravissaient, et quel joli garçon elle faisait alors ! Mais justement, elle n'était pas un garçon. Je songe, en m'endormant, à l'homosexualité de Grégoire... Ou plutôt je cesse d'y songer, l'énigme s'effiloche, devient la matière même du sommeil qui m'absorbe.

Seul au jardin, je lève les yeux de ma lecture, distrait par le chant d'un oiseau que je regrette de ne pouvoir identifier. Ce constat vaut pour presque toutes les fleurs qui m'entourent et dont j'ignore le nom, pour quelques arbres aussi, pour la plupart des nuages et pour les éléments qui composent cette motte de terre que mes doigts émiettent. De tout cela, je ne peux rien nommer. Les travaux de ferme de mon adolescence ne m'ont presque rien appris sur la nature. Il est vrai qu'ils n'étaient destinés qu'à me muscler. Le peu que j'ai su, je l'ai oublié. Bref, me voilà civilisé au point de n'avoir aucune connaissance élémentaire ! L'oiseau qui m'a tiré de ma lecture chante dans le silence de cette ignorance. D'ailleurs, ce n'est pas tant son chant que j'écoute que le silence lui-même. Un silence absolu. Et tout à coup, cette question : Où est passé mon acouphène ? J'écoute plus attentivement. C'est bien ce qui me semblait : pas d'acouphène, juste l'oiseau. Je me bouche les oreilles pour écouter l'intérieur de mon crâne. Rien. L'acouphène a bel et bien disparu. Ma tête est vide, elle bourdonne un peu sous la pression de mes doigts, comme un tonneau contre lequel j'aurais collé l'oreille. Absolument vide, le tonneau. Vide de son, ce dont je me réjouis, et de toute connaissance élémentaire, ce qui me navre. Je reprends ma lecture savante pour me vider davantage.

72 ans, 9 mois, 13 jours   *Mardi 23 juillet 1996*

L'acouphène est revenu, bien sûr. Quand ? Je n'en sais rien. Cette nuit, il était là, tout sifflant dans mon insomnie. J'en suis presque rassuré. Ces petits maux, qui nous terrorisent tant à leur apparition, deviennent plus que des compagnons de route, ils *nous* deviennent. Naguère, c'était par eux que la vie de village vous désignait très naturellement : le goitreux, le bossu, le chauve, le bègue. Et dans les classes de mon enfance les élèves entre eux : le gros, le bigleux, le sourdingue, le boiteux...

De ces tares, considérées comme de simples données, le Moyen Âge a fait des noms de famille. Les Courtecuisse, Legras, Petitpierre, Grosjean et autres Leborgne courent encore les rues de nos jours. Je me demande quel sobriquet m'aurait infligé cette rude sagesse médiévale. Lesiffleur ? Dusifflet ? Le père Dusifflet ? Va pour le père Dusifflet. Vous savez, celui qui a un sifflet dans la tête ! Accepte-toi pour ce que tu es, Dusifflet, et fais de ton nom une gloire.

72 ans, 9 mois, 14 jours   *Mercredi 24 juillet 1996*

Je repensais à cet oiseau que je n'ai pas reconnu quand me sont revenus ces vers de Supervielle :

> *À la place de la forêt*
> *Un chant d'oiseau s'élèvera*
> *Que nul ne pourra situer,*
> *Ni préférer, ni même entendre,*
> *Sauf Dieu qui, lui, l'écoutera*
> *Disant : « C'est un chardonneret. »*

C'était dans *Gravitations*, je crois, et cela s'appelait *Prophétie*. Oui, mais mon oiseau, lui, le vrai, quel était son nom ? Demain, je poserai la question à Robert.

72 ans, 9 mois, 16 jours   *Vendredi 26 juillet 1996*

Depuis quelque temps, tyrannie des flatulences. Une irrépressible envie de péter s'imposant à moi sans préavis, je me surprends à péter *en toussant,* dans l'espoir enfantin que le bruit de la toux couvrira celui du pet. Impossible de savoir si le stratagème réussit puisque la déflagration de la toux dans mon oreille interne couvre largement la détonation extérieure. Cette précaution est d'ailleurs inutile : je suis généralement entouré de gens à ce point civilisés qu'ils préféreraient mourir plutôt que de stigmatiser mon incivilité. Pour autant, personne ne s'inquiète de ma toux. Bande de sauvages !

Tijo, que ma confession amuse, m'offre en échange une de ses histoires drôles. Comme souvent avec les blagues très physiques de Tijo, celle-ci me laisse un arrière-sens aussi long à se dissiper qu'un grand cru de Chanel.

TIJO ET LES QUATRE VIEUX PÉTEURS

Quatre vieux amis se rencontrent. Le premier dit aux trois autres : Quand je pète, ça fait un bruit terrible et ça répand une odeur épouvantable. Le deuxième : Moi, un bruit terrible mais pas d'odeur du tout. Le troisième : Moi, pas le moindre bruit mais une odeur, une odeur, alors là mes enfants, une de ces odeurs ! Et le quatrième : Moi non, ni bruit ni odeur. Après un long silence et des regards en coin, un des trois autres lui demande : Alors, pourquoi tu pètes ?

72 ans, 9 mois, 27 jours   *Mardi 6 août 1996*

Allons, allons, un peu de courage : de quelle nature exacte sont les questions informulées que je me pose sur l'homosexualité de Grégoire ? Là est la vraie question ! J'y songeais cet après-midi en les regardant, Frédéric et lui, cueillir les framboises. Grégoire lui-même m'a donné la réponse après le dîner, une fois avalée la dernière bouchée de crumble. Comme nous faisions un tour de jardin, il a passé son bras sous le mien et m'a dit qu'il savait *exactement* à quoi je pensais. Tu te demandes, grand-père, de Frédéric et de moi, qui encule et qui est enculé. (Légère sidération du grand-père.) C'est tout à fait normal, tu sais ; en matière d'homosexualité tout le monde se pose ce genre de questions. (Un temps.) Et comme tu m'aimes autant que je t'aime, tu te demandes si ton petit-fils préféré prend toutes les précautions nécessaires pour ne pas attraper cette saloperie de sida. Le fait est, le voilà le goulet où s'étranglent mes inquiétudes. Du coup, je libère le flot de questions qui doivent tourmenter quantité de pauvres gosses et qu'ils n'osent poser à personne. Quid de la salive ? Est-elle un facteur de transmission ? Et les pipes ? Peut-on attraper le sida en taillant une pipe ? Et les hémorroïdes ? Et les gencives ? Prenez-vous soin de vos dents ? Et les fréquences ? Et la diversité des partenaires ? Vous êtes fidèles au moins ? Ne t'inquiète pas grand-père, Frédéric n'a pas quitté sa femme pour me tromper avec un homme ! Quant à moi, je suis comme toi, résolument monogame. En ce qui concerne l'enculage c'est l'un ou l'autre, selon l'humeur ou le cours de la bataille, parfois l'un et l'autre successivement. Encore un tour de jardin, puis cette explication, plus technique : Quant à savoir *pourquoi l'homosexualité*, grand-père, vaste question ! Restons en surface, tu veux bien ? et disons qu'il n'y a que l'homme pour vraiment contenter l'homme. Considère la pipe, par exemple, d'un strict point de vue technique : il faut en avoir soi-même ressenti les bénéfices pour être un bon tailleur de pipe ! Une femme, si douée soit-elle, ne possédera jamais que la moitié du dossier.

Tard dans la nuit, tous deux seuls au coin du feu : Au fond, me confie-t-il, tu es à l'origine de mes deux vocations. Je me suis fait médecin parce que je ne voulais pas que tu meures, et pédé parce que tu m'as emmené voir *Greystoke*. Ce beau garçon tout nu dans les arbres aura été mon archange Gabriel ! Mais tu n'avais que huit ans, voyons ! Eh oui, précoce dans ce domaine-là aussi !

Plus tard encore, à propos de médecine, je lui raconte la mort de Violette. Il diagnostique une phlébite. Violette soufflait de plus en plus, ses varices grossissaient, les efforts physiques lui coûtaient, cet après-midi-là un caillot a dû migrer des jambes ou de l'aine jusqu'aux poumons où il a bloqué sa respiration. Ta Violette a fait une embolie pulmonaire massive, grand-père, tu ne pouvais absolument rien y faire. Ni toi ni personne.

Pour la première fois depuis soixante ans, songeant à la mort de Violette je me suis endormi en paix.

8

73-79 ANS

(1996-2003)

À partir de quand cesse-t-on d'annoncer son âge ?
À partir de quand recommence-t-on à le faire ?

Fin tout à fait imprévue de ma conférence à Bruxelles. Deux pinces m'ont saisi par les côtés et m'ont broyé jusqu'à ce que la douleur me coupe le souffle. J'ai dû blêmir. Des sourcils se sont froncés dans l'assemblée. J'ai mobilisé toute ma volonté pour ne pas me casser en deux, rester debout derrière le pupitre auquel je me suis cramponné. Quand j'ai repris mon souffle et le cours de mon propos, il m'a semblé que ma voix était descendue d'une octave. J'ai vainement essayé de lui faire regagner de l'altitude, mais la douleur me privait de l'air nécessaire. Tant bien que mal, j'ai murmuré une conclusion étranglée, puis je me suis retiré. Je n'ai pas assisté au dîner et, dès mon retour à Paris, j'ai appelé Grégoire, qui sur les conseils de Frédéric m'a envoyé faire une échographie de la vessie et des reins. Ma vessie a claqué et mes reins ont doublé de volume. C'est un coup de ma prostate ; en grossissant elle a comprimé le canal de l'urètre au point de le rendre fin comme un cheveu. L'urine ne s'écoulant plus à la vitesse requise, ma vessie a gonflé comme une outre, jusqu'à perdre son élasticité (d'où le concept de « claquage »), et les reins ont retenu le liquide qu'elle ne pouvait plus éliminer. L'investigation plus précise d'une cystographie se révèle nécessaire. Cela consiste à vous enfoncer une caméra par le canal de la verge pour inspecter votre vessie de l'intérieur, m'explique Grégoire. L'idée qu'on puisse pénétrer ma verge avec quoi que ce soit est proprement terrifiante. SE FAIRE ENFILER PAR LA BITE ! Il m'a fallu avaler deux Xanax pour accepter ce que Grégoire m'a présenté comme une nécessité exploratoire. Mais c'est un supplice chinois, ce conduit doit être innervé comme une ligne à haute tension ! Ne t'inquiète pas, grand-père, on te fera une petite anesthésie locale, tu ne sentiras pas grand-chose. Anesthésier ma verge ? Comment anesthésie-t-on une verge ? Une piqûre ? Où ça ? À l'intérieur ? Jamais !

Nuit parfaitement blanche.

73 ans, 1 mois, 2 jours   *Mardi 12 novembre 1996*

Hier matin, je me suis prêté, plus mort que vif, à cette cystographie, suffisamment maître de moi tout de même pour m'intéresser au parcours du serpent caméra dans le conduit de mon sexe. Ce n'était pas si douloureux. Progression sensible, comme si on rampait en moi-même. J'ai pensé au métro de *Fellini Roma*, aux merveilles enfouies que cette caméra allait découvrir en violant le sanctuaire de ma vessie. Le radiologue a eu quelque difficulté à en trouver l'entrée. La tête de la caméra a buté plusieurs fois sur ce que j'imaginais être la paroi extérieure de la vessie, avant de pouvoir y pénétrer. Eh, oui, il va falloir élargir un peu ça. (Il y a toutes sortes de médecins, ceux qui minimisent, ceux qui amplifient, ceux qui ne disent rien, ceux qui vous rassurent, ceux qui vous engueulent, ou celui-ci, qui explique. Ce sont, comme on dit, « des hommes comme les autres », guidés par leur savoir et mus par leur tempérament.) La caméra a fini par passer de l'autre côté et le toubib a annoncé : Regardez, nous sommes dans votre vessie. Rien à voir avec les merveilles felliniennes enfouies dans le sous-sol de Rome ; une image tremblotante d'échographie, indéchiffrable à mes yeux inexpérimentés. Ça va, elle n'est pas en trop mauvais état. Juste claquée, quoi. Une fois les photos prises, le radiologue a récupéré sa caméra : Retenez votre souffle. La sensation de l'arrachement m'a surpris davantage que celle, tant redoutée, de la pénétration, comme si mon organisme avait déjà accepté cet œil indiscret au bout de ce tentacule. L'après-midi même, visite au chirurgien. Opération vendredi à quinze heures. On élargira le canal de l'urètre en rognant sur la prostate, on me dotera d'une sonde portative le temps qu'il faudra à ma vessie pour retrouver son élasticité et, avec elle, sa fonction. Ne vous inquiétez pas, c'est tout à fait courant, j'en fais dix par semaine, a précisé le chirurgien.

73 ans, 1 mois, 4 jours   *Jeudi 14 novembre 1996*

Vécu ces trois jours en sursitaire. Abandonné la surveillance de mon corps, désormais entre les mains de la médecine, pour goûter librement aux menues joies qui, s'offrant à lui, font l'inestimable prix de la vie : un délicieux tagine de pigeon dont la coriandre, le raisin blond et la cannelle ont diffusé jusque dans mon cervelet, les cris des enfants résonnant dans la cour, l'obscurité d'une salle de cinéma où je n'ai pas lâché la main de Mona (la maladie t'a toujours rendu sentimental, observe-t-elle) et, sur la passerelle du Pont des Arts, un crépuscule on ne peut plus touristique. Cette transparence de l'air parisien, tout de même ! Paris ne parvient jamais à sentir tout à fait la benzine !

73 ans, 1 mois, 5 jours　　　　　*Samedi 15 novembre 1996*

Je suis sorti reposé de l'anesthésie générale. Aucune inquiétude quant à la suite. Non que la suite ne soit pas inquiétante, mais c'est une des vertus de l'hôpital : puisqu'il n'y s'agit que du corps, profitons-en pour mettre l'esprit en cale sèche. En d'autres termes, inutile de gamberger. D'autant plus que je ne souffre pas. La sonde travaille à ma place. Confort. C'est quand on la retire qu'on valse, m'a fait observer mon voisin de chambre. On verra bien. Je sais de quoi je parle, c'est la troisième fois que je reviens. Cette putain d'opération ne marche jamais longtemps ! On verra bien. C'est tout vu.

D'un autre côté, l'histoire de mon voisin retient l'attention. Il m'a un peu menti. Il ne revient pas une troisième fois pour la *même* opération. La première fois pour une résection du col de la prostate, comme moi, certes, mais la deuxième pour une ablation complète de cette truffe, suite à une suspicion de cancer. (Pourquoi me suis-je toujours représenté la prostate comme une truffe ?) La troi-

314

sième fois, c'était autre chose. À peine est-il sorti de l'hôpital que, se conformant aux indications de son médecin traitant – Ne changez rien à vos habitudes, Monsieur Charlemagne (il s'appelle Charlemagne). Tout comme avant ? Tout comme avant ! –, il s'en va donc à la chasse, tout comme avant. C'était le 15 septembre, le lendemain de l'ouverture, j'allais pas rater ça ! Son compagnon – c'était son beau-frère – trébuche, le coup part, voilà Monsieur Charlemagne truffé de petits plombs dans son absence de prostate. Il me raconte la chose en riant. Je ris avec lui.

– N'empêche que la sonde, quand ils la retirent, on valse !

– Nous verrons bien, Monsieur Charlemagne.

– C'est tout vu.

73 ans, 1 mois, 8 jours   *Lundi 18 novembre 1996*

Je n'aime pas les visites à l'hôpital. Tout comme je les aurais détestées en pension et comme je les refuserais en prison si on m'y envoie un jour. La garantie d'un bien-être minimum réside dans l'étanchéité de nos univers. Je suis seul à l'hôpital parmi d'autres solitudes qui me font une touchante compagnie. Pas de visites, donc, hormis celles de Mona et de Grégoire, bien sûr. Et de Tijo, venu me faire rire en me racontant l'histoire de Louis Jouvet, retour d'hôpital après une prostatectomie. Le garçon du café où Jouvet prenait son petit noir du matin s'enquiert gentiment de sa santé. Comme ce garçon est bègue, le dialogue donne à peu près ceci : Mons... Mons... Monsieur Jouvet, qu'... qu'est-ce que... qu'est-ce que...

qu'est-ce que c'est la p... la p... laaaap... la prostate ? Et Jouvet laisse tomber, du haut de son nid d'aigle : La prostate, mon garçon, c'est quand on pisse comme tu parles.

73 ans, 1 mois, 17 jours   *Mercredi 27 novembre 1996*

Pour la deuxième fois de ma vie, j'ai donc laissé mon corps à l'hôpital. Hier, avant mon départ, on a pensé pouvoir me retirer la sonde mais ma vessie a refusé de fonctionner. J'ai fait ce que l'infirmière de service a appelé un « bloc vésical ». L'expression est bien trouvée. La vessie fait bloc en effet. Un poing fermé. Elle refuse de laisser aller la moindre goutte, et la douleur, suffocante, irradie dans tout le bas-ventre et jusqu'à la naissance des genoux. Elle vous casse en deux sur une pelote de nerfs incandescents. Les yeux écarquillés par la surprise, trempé d'une sueur glacée, presque incapable de parler, tout juste bon à hoqueter que j'avais mal, je me suis refermé sur mon pubis, le souffle coupé par ce crachat de plomb en fusion. Je vous l'avais bien dit, ça ne marche jamais leur truc, a commenté Monsieur Charlemagne.

Une fois la sonde remise en place, la douleur a disparu comme par enchantement. Il faudra garder cette sonde un mois ou deux, histoire de laisser à la vessie le temps de reprendre des forces. Bien, bien, bien.

73 ans, 1 mois, 18 jours   *Jeudi 28 novembre 1996*

Dehors avec une sonde, donc. Elle part de ma vessie, sort par mon pénis, court le long de ma jambe droite et aboutit à une poche à urine maintenue par un scratch au-dessus de ma cheville. On vide la poche quand elle est pleine. À peu près toutes les quatre heures. Aussi simple que ça. Quelle surprise, tout de même cette élasticité et cette insensibilité du canal de la verge ! Moi qui craignais tant l'intrusion de la caméra dans ce conduit minuscule, je m'aperçois qu'on pourrait y faire passer un train électrique.

Mais l'essentiel est ailleurs : l'essentiel, bien sûr, c'est cette fonction – *uriner* – que je croyais mienne, soumise depuis toujours à ma conscience, exprimée par mes besoins, satisfaite sur décision, et qui se trouve désormais affranchie de ma volonté, réduite à elle-même. Mon corps se vide au fur et à mesure qu'il se remplit, voilà tout. Un cycle indépendant de ma volonté. Et, au bas de mon mollet, cette poche, que je vide comme on va au tonneau (même robinet pivotant que sur les cubitainers). Combien de fois ai-je entendu parler d'humiliation, dans ce cas de figure ? Vous vous rendez compte, il est *appareillé*. Suit, généralement, un silence de pudique commisération, parfois un amusant accès de bravoure : Moi, je me flinguerais ! (Ah ! l'héroïsme de la bonne santé !) Dans ces conversations, le mot « appareillage » tient pudiquement la place de « pisse », de « sang » ou de « merde ». En parlant d'appareillage chacun pense à la confrontation du malade à sa matière. Retour répugnant du refoulé. Tout ce qu'on a passé sa vie à cacher et à taire soudain là, dans un sac, à portée d'œil et de main. Dégoûtant ! Pourtant, je ne me sens pas particulièrement dégoûté, ni humilié, ni diminué. Le serais-je davantage si mes interlocuteurs étaient au courant de mon état ?

73 ans, 1 mois, 21 jours   *Dimanche 1ᵉʳ décembre 1996*

Au fond, j'assiste quotidiennement à la respiration de mes reins.

73 ans, 1 mois, 28 jours   *Dimanche 8 décembre 1996*

Hier soir, incident, chez les A., où nous dînions pour la première fois. Un croisement intempestif de mes jambes a débranché mon bazar. Mon pied gauche a fait sauter le tuyau. Ça s'est mis à couler le long de mon mollet droit et à se répandre en flaque autour de mon pied. J'ai fait mine de laisser tomber ma serviette, j'ai plongé sous la table, épongé, rebranché. Ni vu ni connu. Me méfier de ça, désormais. En partant, j'ai escamoté la serviette. (À tout prendre, mieux vaut laisser le souvenir d'un voleur de serviette que celui d'un convive qui pisse sous la table.)

73 ans, 2 mois   *Mardi 10 décembre 1996*

On parle beaucoup de maladie autour de moi. « Toi, tu ne peux pas comprendre, tu n'es jamais malade ! » Une des vertus de ce journal aura été de préserver tout un chacun des états de mon corps. Mon entourage y a gagné en bonne humeur.

73 ans, 2 mois, 2 jours   *Jeudi 12 décembre 1996*

Je suis une clepsydre.

73 ans, 2 mois, 4 jours   *Samedi 14 décembre 1996*

Ma peau supporte mal les points de sparadrap qui maintiennent la sonde contre ma cuisse. Elle s'irrite. Ça s'infecte. Je les ai plusieurs fois changés de place, puis j'ai changé ma sonde de jambe. Résultat, mes deux jambes ressemblent à des bras de camé. Il faudra trouver une autre solution.

73 ans, 2 mois, 5 jours   *Dimanche 15 décembre 1996*

Trouvé la solution en voyant passer sur le Champ-de-Mars un banc de cyclistes moulés dans leurs cuissards. Demain je cours acheter cette culotte qui leur fait une seconde peau. La sonde s'y trouvera naturellement plaquée à la cuisse ; plus besoin de sparadrap.

73 ans, 2 mois, 7 jours   *Mardi 17 décembre 1996*

Ça marche. Le lycra maintient la sonde contre ma peau. Mona rit en me voyant. Mon beau cycliste ! J'ai un cul de loutre. Cette culotte de cycliste, je l'ai achetée dans un magasin de sport sur lequel régnait un jeune homme à la bonne santé ostensible. Nous avons eu un différend. Je me suis aperçu trop tard (au poids de ma cheville) que ma poche était pleine. Il fallait la vider. J'ai donc demandé au jeune homme la direction des toilettes. Il a répondu : Pas de toilettes pour la clientèle. J'ai évoqué l'urgence, il a répété : Pas de toilettes pour la clientèle ! Comme je lui tournais le dos sans insister, je l'ai entendu conclure : À chacun sa merde.

Je me suis dirigé vers le rayon des chasseurs et, tout en faisant mine de farfouiller à hauteur d'homme, j'ai vidé le contenu de la poche dans une botte de chasse verte à rabat et museau de cuir fauve, tout ce qu'il y a de chic.

73 ans, 2 mois, 10 jours   *Vendredi 20 décembre 1996*

À la brasserie, où j'invite maître R. pour célébrer l'issue d'une affaire dans laquelle elle a défendu mes intérêts, je lui propose, comme il se doit, de s'asseoir sur la banquette et moi sur la chaise. Elle est jeune, intelligente, enjouée, radieuse, charmante. Comme nous n'avons plus guère à nous entretenir du dossier qui nous a fait nous rencontrer, la conversation prend bientôt un tour plus personnel. Et assez vite – comment dire ? –, assez vite j'en viens à oublier cette foutue sonde entre mes jambes, mon âge, et même, ce qui est pire, notre différence d'âge. Jusqu'au moment où, se décalant légèrement sur la banquette, la jeune femme me laisse découvrir nos deux visages côte à côte : le sien, en face de moi, frais, jeune, épanoui, laiteux, rosé ; le mien dans le miroir, rabougri, ridé, jauni, vieux. Jeune pomme, vieille pomme.

73 ans, 2 mois, 11 jours   *Samedi 21 décembre 1996*

En me relisant, me revient une des histoires les plus gracieuses de Tijo :

Deux clochards assis sur un banc voient passer une très jolie
fille. Le premier dit au second :
   Tu la vois la nana, là ? Eh ben hier, j'aurais pu me la faire.
L'autre : Tu la connais ?
Le premier : Non, mais hier j'ai bandé.

73 ans, 2 mois, 16 jours   *Jeudi 26 décembre 1996*

On me retire ma sonde demain. Dois-je m'attendre à
un nouveau bloc vésical ? Le chirurgien auquel je pose la
question m'offre une nuit blanche en répondant :
J'espère bien que non, porter ça pendant un mois c'est
déjà énorme, je ne vois pas ce qu'on pourrait faire de
plus !

73 ans, 2 mois, 17 jours   *Vendredi 27 décembre 1996*

On me l'a donc retirée. Si le mot « suspense » a un
sens, j'affirme avoir vécu là un des moments les plus « sus-
pendus » de ma vie ! Repartira ou ne repartira pas, ma vessie ? Elle a hésité. Sensation étrange (imaginaire ?) d'un
ballon qui se défroisse en se gonflant. Une douleur loin-
taine a grandi avec ce déploiement, promettant celle d'un
bloc vésical. La douleur montait avec la pression. Elle
commençait à irradier l'intérieur de mes cuisses. J'ai retenu
mon souffle. Je me suis mis à suer par les tempes. Respirez ! criait l'infirmière. Mais arrêtez de vous contracter
comme ça, détendez-vous ! Cherchant à vider mes poumons je n'ai pu vider que mes narines. Des larmes me

sont venues. Puis le prépuce s'est gonflé et le barrage a cédé d'un coup, propulsant dans la cuvette une urine teintée d'un reste de sang mais drue comme un pissat de cheval. Vous voyez, a commenté l'infirmière, quand vous voulez !

Je voudrais faire un séjour dans chaque hôpital de France pour étudier de près cette langue qu'on parle aux malades.

73 ans, 3 mois, 2 jours   *Dimanche 12 janvier 1997*

Des hauts et des bas, ces derniers jours. Le bonheur de ne plus avoir ce truc entre les jambes largement atténué par la peur qu'on me l'y remette. D'où inspection permanente du jet. Quantité et intensité variables. Une fois ou deux un vrai jet d'arrosage, qui sonne joyeusement au fond de la cuvette et qu'accompagne une exultation de jouvenceau en pleine possession de ses moyens. Le reste du temps, piètre fontaine.

73 ans, 7 mois, 10 jours   *Mardi 20 mai 1997*

Rencontre violente avec un réverbère, ce matin. Je me promenais du côté de la Sorbonne. Soleil radieux. Sur le trottoir d'en face un groupe d'étudiantes souhaitait le bonjour au printemps. Elles étaient venues avec leurs seins, qui menaient une vie libre sous leurs chemisiers aérés et même, pour l'une d'elles, s'épanouissaient dans l'échancrure d'un marcel. Oh ! le joli camionneur ! Tout en marchant, je les regardais, ravi de n'être plus en état d'en désirer aucune. Émerveillement pur en quelque sorte. Le réverbère n'en a tenu aucun compte. Il m'a séché aussi brutalement que si j'avais été un vieux dégueulasse obnubilé par sa proie. J'en suis tombé à la renverse, presque évanoui. Elles sont venues à mon secours. On m'a relevé. On m'a assis à la terrasse d'un café. Le réverbère sonnait encore dans mon crâne. Je saignais. On a voulu appeler une ambulance. J'ai décliné. On est allé acheter désinfectant et sparadrap dans une pharmacie voisine. J'ai pu contempler tout mon saoul les seins de celle qui, penchée sur moi, me pansait. Pas d'ambulance, vraiment ? Non. Elles ont appelé un taxi qui n'a pas voulu me charger, à cause du sang sur ma chemise. Téléphoné à Mona, commandé un cognac en attendant son arrivée, plus une menthe à l'eau et deux cafés pour remercier les petites. Ça ira ? Vous êtes sûr que ça ira ? Oui, oui, ne vous inquiétez pas, ce n'est qu'un coup de réverbère après tout. Rires polis. Elles sont parties assez vite. Nous n'avions absolument rien à nous dire. De quoi aurions-nous pu parler ? Du réverbère ? De leurs études ? Elles ne devaient pas en avoir plus envie que ça. Du suicide de Romain Gary, l'impuissance venue ? Ou du soulagement de Buñuel, au contraire, quand il se sentit enfin libéré de sa libido ? Les petites retournées à la fac, j'ai commandé un second cognac, en l'honneur de Buñuel, justement. Si le Diable lui avait proposé une nouvelle vie sexuelle, disait-il, il l'aurait refusée en lui demandant plutôt de fortifier son foie et ses poumons pour boire et fumer tout son saoul.

73 ans, 7 mois, 11 jours   *Mercredi 21 mai 1997*

Depuis quand me suis-je convaincu que je n'avais plus envie des femmes ? Depuis mon opération de la prostate ? Depuis que je ne bande plus, ou si peu que pas ?

Depuis plus longtemps encore ? Depuis que ma rencontre avec Mona m'a fait entrer en monogamie ? Le fait est que je ne l'ai jamais trompée, comme on dit. Et que, ne la trompant pas, j'ai assez peu désiré ailleurs. Nous nous sommes comblés, au sens propre. Et durablement. Mais, l'âge venant, le désir de Mona s'estompant, devait-il aller de soi que le mien s'éteigne aussi ? Le fait qu'elle ne veuille plus impliquait-il que je ne puisse plus ? Sagesse d'un corps commun, en quelque sorte ? Voire ! Du « je ne peux plus » au « je n'en ai plus envie », il n'y a qu'un pas à franchir. Mais il faut le franchir les yeux fermés. Hermétiquement. Si nous les ouvrons si peu que ce soit pendant ce passage, ils nous montrent, sous nos pieds, l'insondable précipice du *n'être plus*. Hemingway, Gary, et une foule d'anonymes s'y sont jetés plutôt que de continuer la route.

Enfin, désir ou non, j'ai l'œil fermé, la moitié de la gueule tuméfiée, ce qui ne fait pas précisément de moi un objet de désir.

73 ans, 7 mois, 12 jours　　　　　　　*Jeudi 22 mai 1997*

Tijo : Je n'aurais jamais pu être monogame. En présentant *ma* femme j'aurais eu l'impression d'exhiber mon sexe.

73 ans, 7 mois, 14 jours　　　　　　　*Samedi 24 mai 1997*

Dîner chez le fils N. Dîner prévu de longue date. Le garçon tient à me remercier. Service rendu. Déjà repoussé une fois. Impossible de différer à nouveau, même pour cause de tête au carré. Tête dont il n'a d'ailleurs pas été question de toute la soirée. Dieu sait qu'elle est spectaculaire, pourtant ! Arc-en-ciel en trois dimensions. Ce genre de blessures gagne en couleurs au fur et à mesure de la guérison. Toute la palette et toutes les intensités y passent. Nous entrons dans la période des violets flamboyants et des jaunes hépatiques. Le creux de l'orbite, saturé d'un sang mort, est pratiquement noir. Mais, personne autour de la table n'a fait la moindre allusion à ce chef-d'œuvre. On ne parle pas de la tronche du monsieur. Ça me va. Pourtant, en deuxième partie de soirée, la question du corps (de ce qu'on lui fait subir) a opéré une contre-attaque tout à fait inattendue. La jeune Lise, fille cadette des N., d'habitude si bavarde au dire de sa mère, si prompte à charmer les invités en dévidant le chapelet des griefs qu'elle nourrit contre ses parents (« n'est-ce pas, ma chérie ? »), est restée muette tout au long du dîner. Pas un mot et pas une bouchée. Table desservie, la gamine disparue dans sa chambre, sa mère s'empresse d'aller au pire en chuchotant : La petite nous fait de l'anorexie, diagnostic que son mari révise tranquillement à la baisse. Mais non, mais non, ma chérie, la petite me fait chier et toi aussi, ce n'est pas grave. Suffocation de l'épouse, engueulade conjugale, décibels, jusqu'à ce que Lise, surgissant de sa chambre, hurle qu'elle en a marre, marre, mais « maaaaarre » ! et que sa bouche, largement ouverte par cet aveu, exhibe un piercing dont la petite tête d'acier tremblote comme une bille de mercure au creux d'une langue tumescente. Horreur ! Qu'est-ce que c'est que ça, Lise ? Qu'as-tu dans la bouche ? Viens ici tout de suite ! Mais Lise s'enferme à double tour. La mère, scandalisée, s'inquiète moins pour la langue de sa fille que pour la qualité de ses fréquentations. Ici intervient un certain D.G., avocat de son état, même génération que nos hôtes. Il aiguille la conversation sur le thème de l'influence.

– Dites-moi, Geneviève, portez-vous un string ?

– Je vous demande pardon ?

– Un string, un de ces petits slips ficelle que Claudel aurait appelés le partage de midi et que les Brésiliens désignent sous le sobriquet de fil dentaire.

Silence d'autant plus éloquent que la maîtresse de maison, si on en juge par la chute lisse de sa jupe sur l'impeccable partition de ses hémisphères, porte un string, oui, et du plus bel effet.

– Et vous êtes-vous demandé, poursuit l'avocat, d'où vous est venue cette influence puisque vos fréquentations sont irréprochables ?

Silence.

– Parce que si je ne m'abuse, à l'origine, le string était un outil de pute, non ? un vêtement de travail, comme le képi ? Comment se fait-il qu'il soit aujourd'hui monnaie courante dans les familles les mieux nées ? D'où vient l'*influence* ?

La conversation abordant les effets transversaux de la mondialisation, Mona et moi avons discrètement pris congé.

73 ans, 7 mois, 15 jours   *Dimanche 25 mai 1997*

Le nombre de barbus de trois jours à cette soirée de quadragénaires ! Curieuse époque, tout de même, la moins aventurière qui soit, assureurs, avocats d'affaires, banquiers, communicants, informaticiens, boursicoteurs, tous salariés d'un monde virtuel, tous en surcharge pondérale, sédentaires à en trouer le plancher, le cerveau confit dans leur sabir d'entreprise, mais des têtes de baroudeurs, tous, retour d'expédition, fraîchement revenus du Ténéré ou redescendus de l'Annapurna, au moins. Le string joue le même rôle chez la jeune madame N., plus vertueuse, j'en mettrais ma main au feu, que ma regrettée tante Noémie. Bref, la mode par antiphrase. Quant à leurs enfants, ces petits tatoués, ces petits percés, ils sont, au sens propre, marqués par cette époque désincarnée.

74 ans, 4 mois, 15 jours   *Mercredi 25 février 1998*

Dîner chez les V. Le goût effroyable d'une bouchée manque me la faire recracher dans mon assiette. J'en suis empêché par la conversation particulière que le maître de maison entretient avec moi. J'avale donc tout rond, sans analyse préalable. C'est alors que mon interlocuteur recrache bruyamment sa propre bouchée en s'écriant : Mais chérie, quelle horreur ! Chérie confirme : les coquilles Saint-Jacques sont pourries.

74 ans, 5 mois, 6 jours   *Lundi 16 mars 1998*

Fin de ma conférence, à Belém. La main de Nazaré, mon interprète, se pose sur la mienne, s'y attarde, deux doigts sous ma chemise caressant mon poignet. J'aimerais passer la nuit avec vous, dit-elle, et si possible les trois autres avant votre départ. La proposition est si naturelle que j'en suis à peine surpris. Honoré, mais pas surpris. Ému aussi, bien sûr. (Tout de même, après quelques secondes de réflexion, passablement sidéré.) Nazaré et moi avons travaillé ensemble à la diffusion de cette conférence, elle en a préparé la réception, rameutant les militants, suppléant dans tous les domaines à une organisation enthousiaste mais déficiente. São Paulo, Rio, Recife, Porto Alegre, São Luis, elle a su m'épargner la plupart des dîners officiels pour m'entraîner dans les quartiers de son choix, m'ouvrir les cercles de musique et de philosophie qu'elle voulait me faire connaître, et voici sa main sur la mienne. Ma petite Nazaré dis-je (elle a vingt-cinq ans), merci, vraiment, mais ce serait en pure perte, les décennies ont rendu la chose impossible. C'est que vous ne croyez pas en la résurrection, objecte-t-elle. C'est aussi que le bistouri est passé par là, que désir est mort, que je suis monogame, que j'ai trois fois son âge, que depuis toutes ces années sans pratique j'ai cessé de placer mon identité dans ma sexualité, qu'elle s'ennuierait dans mon lit et que je me regretterais dans le sien. Objections si peu convaincantes qu'une chambre nous accueille avant que j'en aie fini l'inventaire. Laissons-nous glisser dit-elle en ôtant nos vêtements, et c'est bien de glissement qu'il s'agit, soie sur peau, lenteur sur lenteur, nue sur nu, effleurements si délicats que s'évanouissent la durée, la pesanteur et la crainte. Nazaré, dis-je sans conviction, monsieur, murmure-t-elle en piquetant mon cou de minuscules baisers, l'heure n'est plus aux conférences, il n'y a plus rien à maîtriser. Et de baiser légèrement ma poitrine, et mon ventre, et le dos de mon sexe, qui n'en frémit pas, l'imbécile, ce dont je me fiche, libre à toi de ne pas jouer avec nous, vieille chose, les petits baisers gagnant l'intérieur de mes cuisses où la langue de Nazaré ouvre le passage à son visage tandis que ses mains glissent sous mes fesses, que je me cambre, que mes doigts se perdent dans sa formidable chevelure, que sa langue me soupèse, que ses lèvres m'engloutissent, et que me voici dans sa bouche, sa langue entamant un lent travail d'enroulement, ses lèvres leur va-et-vient de sculpteur, et moi m'épanouissant, ma foi, oui, modestement mais tout de même, Nazaré, Nazaré, et durcissant, ma foi, peu à peu mais bel et bien, Nazaré, ô Nazaré, dont j'attire le visage à mes lèvres tandis que nous roulons sur nous-mêmes, Nazaré qui s'ouvre et m'accueille, Nazaré chez qui je me rends comme on retourne enfin chez soi, timide un peu, il y a si longtemps, immobile d'abord sur le seuil, ça ne va pas durer me dis-je, et ne vous dites pas que ça ne va pas durer murmure Nazaré à mon oreille, je vous aime monsieur, et me voilà pénétrant tout entier chez elle et chez moi, dans la maison des origines, glissant dans la moite et souple chaleur retrouvée, grandissant encore, tout confiant, temps aboli, au point que je vois venir l'explosion de loin, que je profite pleinement de son ascension, que je peux la retenir, jouir de sa promesse, la sentir grimper et la contraindre encore, avant de jaillir enfin. Vous voilà, me dit Nazaré en me serrant dans ses bras, me voilà oui, qui jouis comme un ressuscité.

74 ans, 5 mois, 7 jours   *Mardi 17 mars 1998*

Relisant ce que j'ai écrit hier soir, je songe au rôle joué par les pronoms compléments dans les descriptions érotiques : sa langue *me* soupèse, ses lèvres *m*'engloutissent, *me* voici dans sa bouche... Ce n'est pas un effet de la pudeur (il s'agit bien de mes couilles et de ma verge, je le confirme) ni une quête de style (à la rigueur un indice de mon incompétence en la matière), non, c'est bel et bien le signe d'une identité retrouvée. Là est l'homme pleinement vivant, quoi qu'il en dise une fois dégrisé : *me* c'est moi. Il en va de même pour les métaphores désignant le sexe de Nazaré, Nazaré *chez qui* je me rends, *la maison des origines*, c'est d'elle que je parle, de son identité de femme.

74 ans, 5 mois, 9 jours   *Jeudi 19 mars 1998*

La peau noire de Nazaré, insondable profondeur chromatique, les bruns, les ocres, les bleus, les rouges, le pourpre violet qui ourle son sexe, le rose chair de sa langue, le blond rosé de ses paumes, je ne sais jamais de quelle nuance s'émerveille mon regard, de quelle profondeur il remonte ; regarder le corps nu de Nazaré c'est plonger dans sa peau. Pour la première fois je m'avise que la mienne n'est qu'un habit de surface. La peau lisse de Nazaré, aux pores si resserrés qu'ils en deviennent imperceptibles, peau de caillou mouillé, ses robes y dansent à chaque pas. Les seins, les fesses, le ventre, les cuisses, le dos de Nazaré, si denses que son corps paraît l'énergie même. L'érotisme de Nazaré... Comme je me plains de ne pas ressusciter à tous coups (loin s'en faut !), monsieur, observe-t-elle, vous limitez le sexe à sa fonction de... panache. S'ensuit un festival de caresses périphériques, une profusion d'étreintes inédites qu'applaudissent les orgasmes de Nazaré. Les seins de Nazaré, deux îles à la surface laiteuse de notre bain : je vous présente mes pays émergeants ! La saveur poivre et miel de Nazaré, son parfum ambré, le sablé de sa voix, l'afro explosion de sa tignasse où se perdent mes doigts. La philosophie de Nazaré : Pas mal, dis-je au comble de l'extase. Très bien ! vous voulez dire, objecte-t-elle, tout à fait merveilleux ! Et de me faire observer que la litote et l'euphémisme, pratiqués par nous autres Européens comme le summum de l'éducation, réduisent nos facultés d'enthousiasme, rabougrissent nos outils de perception, que notre *style* a pris le dessus et que nous en périssons. Le tendre humour de Nazaré : Ah ! monsieuuuuur, dans un long soupir d'endormissement ; et je ne veux pas d'autre nom que cette moquerie. Les larmes de Nazaré à mon départ, sans que bouge un trait de son visage, larmes silencieuses glissant sur le caillou de ses joues. Le creux laissé dans ma poitrine par ce trésor si fort serré contre moi.

74 ans, 5 mois, 15 jours   *Mercredi 25 mars 1998*

Moi qui face à maître R. me montrais tellement sensible au contraste de nos visages (« Jeune pomme, vieille pomme »), moi qui célébrais la mort de ma sexualité quand me soignait la petite étudiante aux seins libres, moi qui pensais que mon opération avait sonné le glas de l'érection, moi qui ne comptais plus les décennies, je n'arrive pas, pensant à Nazaré, à nous envisager du point de vue de notre différence d'âge. Qu'en serait-il si, me transportant hors de moi-même, une instance morale me forçait à regarder ma vieille chair contre son jeune corps ? Image grotesque ? Scandaleuse ? Vieux dégueulasse ? Une sorte de miracle interdit cette objectivation. Vous ne croyez pas à la résurrection, murmurait Nazaré. C'est chose faite, désormais. Ce que ressentent les ressuscités, je le sais à présent, c'est l'avènement de ce corps exultant, fusion de tous les âges.

74 ans, 5 mois, 16 jours   *Jeudi 26 mars 1998*

Il me sera plus doux de mourir en qualité de ressuscité.

74 ans, 6 mois, 2 jours   *Dimanche 12 avril 1998*

Eh oui, me dit Tijo sur son lit d'hôpital, tu as commencé dans un corps de vieillard, c'est justice que tu finisses dans celui d'un jouvenceau. Et puis, ajoute-t-il dans un rire toussé, les colloques ont toujours fait plus de cocus que de savants ! Nous rions, il s'étouffe, l'infirmière qui lui apporte ses cachets le gronde. Ils me *traitent*, dit-il après son départ.

75 ans, 1 mois, 17 jours   *Vendredi 27 novembre 1998*

Tijo est mort ce soir. Il m'a fait ses adieux hier en m'interdisant de venir aujourd'hui. Ne me complique pas la mort... À chacune de mes visites, j'ai vu progresser la maladie et les ravages du traitement ; ils ont fait de ce

Méridional sec et noiraud un machin blanchâtre, chauve et dépigmenté, gonflé comme une outre, les doigts boudinés par l'eau que ses reins n'éliminent plus. Contrairement à la plupart des mourants qui rapetissent, il est devenu trop volumineux pour son corps. Mais ni la maladie (cancer des poumons généralisé à tout le reste) ni la médecine et sa morale (S'il n'avait pas tant bu et fumé, monsieur !) n'ont eu raison de ce dédain rieur qui tenait la mort en respect et la vie pour ce qu'elle est : juste une promenade captivante. Avant que je sorte, il m'a fait signe de m'approcher. Sa bouche contre mon oreille, il m'a demandé : Tu la connais, l'histoire du sanglier qui ne voulait pas quitter sa forêt ? Sa voix n'était plus qu'un souffle mais elle charriait toujours le même fatalisme rigolard et – comment dire ? – un sens aigu de son interlocuteur.

HISTOIRE DU SANGLIER
QUI NE VOULAIT PAS SORTIR DE LA FORÊT

C'est un vieux sanglier, tu vois ? Plutôt ta génération que la mienne, vraiment vieux, quoi, les couilles vides et les crocs usés. Il s'est fait virer de la harde par les jeunes. Du coup, le pauvre se retrouve tout seul dans la forêt, comme un con. Il entend les jeunots faire la java avec ses femelles. Alors, il se dit qu'il devrait quitter cette forêt, aller voir ailleurs. Seulement, il est né sous ces arbres, il y a passé toute sa vie. « Ailleurs » lui fout la trouille. Mais d'entendre les jeunes laies exprimer leur contentement, ça l'achève. Il prend sa décision tout soudain. Je pars ! Le voilà qui fonce tête baissée, droit devant lui, à travers buissons, boqueteaux, fourrés, taillis, ronciers, jusqu'à déboucher à l'orée

de la forêt. Et là, qu'est-ce qu'il voit ? Un champ sous le soleil !
Tout vert ! Une merveille phosphorescente ! Et au milieu de ce
champ, qu'est-ce qu'il voit ? Un enclos ! Un enclos tout carré !
Et dans l'enclos, qu'est-ce qu'il y a ? Un ÉNORME cochon. Tel-
lement grozégras qu'il déborde de l'enclos, comme un soufflé de
son moule, tu vois ? Un énorme cochon absolument rose, parfai-
tement glabre, déjà un jambon ! Estomaqué, le vieux sanglier
appelle le cochon.
*   – Eh ! Oh ! Toi !*
Le gros jambon tourne lentement la tête vers lui.
Le vieux sanglier lui demande :
*   – C'est pas trop dur... la chimio ?*

75 ans, 1 mois, 28 jours   *Mardi 8 décembre 1998*

Quelques jours avant la mort de Tijo, j'ai téléphoné à
J.C., son « meilleur ami ». (Sur le plan de l'amitié Tijo
fonctionnait avec des catégories juvéniles.) Le meilleur
ami m'a répondu qu'il n'irait pas voir Tijo à l'hôpital ; il
préférait garder de lui l'image de sa « vitalité indestructi-
ble ». Délicatesse immonde, qui vous abandonne tout un
chacun à son agonie. Je hais les amis en esprit. Je n'aime
que les amis de chair et d'os.

75 ans, 9 mois, 6 jours   *Vendredi 16 juillet 1999*

Répandu les cendres de Tijo sur le Briac. C'était sa
volonté. Du haut de ce fayard où, enfant, il dénichait les
corneilles. (Une idée de Grégoire.) En regardant mon
petit-fils grimper à cet arbre dont le tronc a dû tripler de

volume, une seconde je me suis revu monter au secours de Tijo. C'était l'écorché du Larousse qui se hissait de branche en branche. Mais avec grâce, sans ce côté guindé que m'a toujours donné l'*exercice de la volonté*, et dont Tijo se moquait. Prises dans le vent, ses cendres se sont rassemblées, éparpillées, rassemblées de nouveau, elles ont viré sur l'aile pour finalement exploser dans le ciel. Tijo nous a fait un adieu d'étourneaux.

75 ans, 10 mois, 5 jours   *Dimanche 15 août 1999*

Réveillé par ma vessie à deux heures du matin. Ma paresse résiste, jusqu'à ce que des rires venus d'en bas me décident à me lever. Grégoire, Frédéric et les jumelles jouent au jeu de l'oie. Protestations de Fanny qu'un mauvais sort bloque dans sa progression, ricanement de Frédéric qu'un double six propulse vers la victoire. Attention, le voilà ! s'exclame Grégoire en me montrant du doigt, et tous de se coucher sur le jeu, faisant mine de me le cacher. C'est un secret, glapit Marguerite comme si elle était encore petite fille, tu n'as pas le droit de voir ! J'ai d'abord pensé qu'il s'agissait du *Jeu de l'oie du dépucelage* que j'avais offert à Grégoire au début de son adolescence, mais c'est pire : c'est un *Jeu de l'oie de l'hypocondriaque,* qu'il a conçu pendant ses nuits de garde. De maladies atroces en maladies abominables, les joueurs aboutissent à la mort, dernière case qui les guérit enfin de la peur de tomber malades. Veux-tu jouer avec nous, demande Fanny ? (Et j'admire l'emploi de cette forme interrogative chez une jeune fille de sa génération.) On me donne trois coups d'avance. Je décroche une sclérose en plaques, ce qui me donne le droit de rejouer encore. (C'est le principe du jeu, plus on est malade, plus on avance.) Demain, on joue aux sept familles ! ordonne Marguerite. Les sept familles en question sont quarante-deux maladies dont on se passerait volontiers. (Dans la famille Cancer, je demande la prostate, dans la famille Plumard, je demande l'herpès génital, dans la famille Médecins je demande Parkinson, etc.) Dédramatisons, dédramatisons, sourit Grégoire, de toute façon la dernière case est la même pour tous ! Apparemment, les petites – qui désormais sont grandes – adorent.

75 ans, 11 mois, 2 jours　　　　*Dimanche 12 septembre 1999*

La veille de sa mort, Tijo, qui me rendait dix ans, m'a dit : Même en âge je t'ai rattrapé ! Le plus vieux c'est le plus près de la sortie.

Même jour, 17 heures

J'écris cela en buvant mon thé. Renoncé au café depuis mon opération. Impression que le thé me nettoie. Une sorte de douche intérieure. T'en bois un, t'en pisse trois, disait Violette. Peut-être un jour passerai-je à l'eau chaude, comme sur sa fin la tante Huguette.

76 ans, 2 jours　　　　*Mardi 12 octobre 1999*

À propos de la tante Huguette qui avait ses « aigreurs », ou de maman qui « faisait de l'acidité », ces formules ont-elles toujours cours ? Et cette femme qui se tournait toutes les cinq minutes de trois quarts pour que le bismuth tapisse entièrement ses intérieurs... Cette façon de se concevoir comme une barrique faisait rire son entourage. Pourtant, à bien des égards, nous ne sommes guère mieux que des récipients. Mona prend un médicament contre l'ostéoporose qu'elle doit ingérer le matin à jeun, avec un verre d'eau. Après quoi, elle doit *absolument* rester debout une demi-heure, sans se recoucher, car la potion pourrait bousiller son œsophage comme de la soude caustique. Récipients, donc, nous sommes. Pas davantage. Par parenthèse, le bismuth est considéré aujourd'hui comme un poison, absolument interdit par la Faculté.

77 ans, 2 mois, 8 jours　　　　　　*Lundi 18 décembre 2000*

Réveillé avec une douleur à l'articulation métacarpophalangienne de l'annulaire, comme si j'avais passé la nuit à boxer un mur. C'est le doigt que je me suis retourné il y a dix ans dans le jardin de Madame P. L'usurier réclame ses intérêts.

77 ans, 6 mois, 17 jours　　　　　　*Vendredi 27 avril 2001*

Mes nuits entrecoupées par ces envies pressantes et peu productives. Miction impossible. (Joli titre.) Combien de fois ? me demandait jadis mon confesseur. Combien de fois ? me demande aujourd'hui mon urologue. Le premier me menaçait d'une tripotée de Pater et d'Ave, le second d'une nouvelle résection du col de la prostate : rien à faire, il vous faudra y passer. Ça ne vous rendra pas vos vingt ans, mais vos nuits seront plus longues. Certes, mais que deviendront ces moments de rêverie que je m'accorde sur mon trône de roi improductif ? À ces heures de la nuit où l'envie de pisser me réveille, je ne me figure pas ma vessie tendue comme une outre mais fossilisée comme une coque d'oursin, une coque de calcaire que je vide vaille que vaille, le petit doigt sous un robinet, en ouvrant une vanne sans pression. Lente vidange de moi-même. Triste perpendiculaire. En compensation me viennent des images de vieil âne abandonné au milieu d'une prairie, et l'âne m'émeut doucement. Ou bien je pense au scandale de cette source que les Marseillais, voisins de Manès, avaient laissé tarir. C'était une source dont le franc débit berçait mes endormissements. À classer dans la famille des bruits apaisants, avec les pas sur le gravier, le vent dans la treille, la meule à aiguiser de Manès... (Manès passait les premières heures de la nuit à aiguiser ses outils à la meule et à l'enclume, et j'aimais aussi les notes piquées de l'enclume, qui allaient par couples : Ti'ng-ti'ng, ti'ng-ti'ng.) La source des Marseillais, donc, s'est tarie. La mousse s'y est mise et peut-être, en amont, quelque adénome vaseux. Finalement un filet d'eau brunâtre et silencieux, puis un goutte-à-goutte, puis plus rien. À la grande fureur de Manès – qui peut-être l'avait bouchée lui-même.

78 ans   *Mercredi 10 octobre 2001*

Lison, Grégoire et les jumelles nous ont offert un vidéoprojecteur et une douzaine de films, parmi mes préférés : *Les Fraises sauvages* d'Ingmar Bergman, *The Ghost and Mrs Muir* de Mankiewicz, *The Dead* de Huston, et *Le Festin de Babette*, aussi. Ah ! *Le Festin de Babette* ! qui donc est l'auteur de ce film ? Gabriel Axel ! me souffle Fanny. Eh bien, gloire à ce Gabriel Axel ! Longtemps qu'un cadeau ne m'avait tant fait plaisir. Au point que je me suis demandé pourquoi je ne me l'étais pas offert moi-même. Mona ayant ouvert le paquet, ma joie a jailli de la boîte en même temps que l'appareil de projection. Je me suis surpris à attendre la tombée du jour avec une impatience d'enfant. Quand nous avons enfin tendu un drap blanc sur le mur, j'ai revécu l'excitation où me plongeait Violette quand elle installait sa lanterne magique sur le guéridon du salon. Mona et les enfants m'ayant laissé le choix du film, j'ai opté pour *Les Fraises sauvages*, le jubilé du professeur Isak Borg, stupéfait de me souvenir de son nom ! Eberhard Isak Borg, qui s'en va, en compagnie de sa belle-fille Marianne, se faire sacrer docteur jubilaire en la cathédrale de Lund. Soixante-dix-huit ans, comme moi ! Cela, bien sûr, je l'avais oublié puisque je n'avais pas quarante ans quand j'ai vu le film pour la première fois. Soixante-dix-huit ans donc. Évidemment, je me suis mis à scruter le visage de ce vieillard (qui m'a paru faire beaucoup plus vieux que moi) nous cherchant des rides communes, reconnaissant en lui certaine lenteur de mes gestes, ou ces demi-sourires que l'âge rend lointains, mais ces brusques éclats de vie aussi, suscités par des désirs inentamés (celui, par exemple, de prendre sa voiture pour se rendre au jubilé alors qu'il a son billet d'avion en poche) ou cette gaieté que réveillent en lui les trois jeunes gens que Marianne et lui prennent en stop – tout à fait comparable, cette gaieté, à la joie que me donne la présence brouillonne de Grégoire, Marguerite et Fanny pendant les vacances, leurs farces, leurs chamailleries, leurs réconciliations hilares…

J'étais absorbé par ce qui se jouait sur l'écran quand autre chose a capté mon attention, qui n'avait rien à voir avec le film mais regardait la machine elle-même, le projecteur. Mona et moi étions assis à côté de lui. C'est une boîte noire dans laquelle on insère le DVD par une fente et qui s'occupe de tout le reste : la projection, le son, la mise au point, le refroidissement du moteur, etc. Installée au milieu du salon la machine projetait l'image sur le drap, quatre mètres devant nous, une grande image noir et blanc, vieillie par l'âge du film mais suffisamment nette pour que je ne pense pas à ma cataracte. J'écoutais le vieil Isak et sa belle-fille Marianne, attentif à leur morne dispute – conflit de tempéraments et de générations –, quand tout à coup je me suis demandé d'où venait le son de ces voix. Elles semblaient provenir de l'écran, où l'on voyait parler les personnages. Or c'était tout à fait impossible puisque ces sons étaient émis par le vidéoprojecteur posé à côté de moi sur la table basse du salon. J'ai regardé l'appareil : aucun doute, les voix sortaient de ce cube de plastique noir, à cinquante centimètres de mon oreille gauche. Pourtant, dès que mes yeux se sont reportés sur le vieux drap, toutes les paroles ont retrouvé les bouches qui semblaient les émettre ! Sidéré par la puissance de cette illusion opticosonore, j'ai essayé de regarder l'écran en n'écoutant que le projecteur. Rien à faire, les voix continuaient à provenir des acteurs suédois, là-bas, sur le drap tendu à quatre mètres devant moi. Cette constatation m'a plongé dans une sorte d'extase primitive, comme si j'assistais au miracle de l'ubiquité. J'ai alors fermé les yeux, les voix ont regagné le ventre du projecteur. Je les ai rouverts, elles sont retournées sur l'écran.

Dans notre lit, j'ai longtemps songé à cette dissociation entre la source sonore réelle et les personnages qui nous parlaient depuis le vieux drap. Je commençais à y entrevoir une métaphore éclairante quand je me suis endormi. Ce matin au réveil, il ne m'en reste que l'impression... Tout se passe comme si le dit de mon corps s'entendait loin devant moi alors que j'en tiens la chronique silencieuse ici, assis à cette table où j'écris.

78 ans, 4 mois, 3 jours   *Mercredi 13 février 2002*

« Pourquoi un homme qui bâille en fait-il bâiller un autre ? » La question est posée, au XVIᵉ siècle, par Robert Burton, à la page 431 de son *Anatomie de la mélancolie*, enfin traduite en français chez Corti. Sans proposer de réponse satisfaisante (Burton attribue cette contagiosité du bâillement aux *esprits*), sa question me ramène quarante ans en arrière, à ces expériences de physiologie amusante que je faisais par ennui lors de réunions de travail particulièrement insipides : je n'avais qu'à simuler un bâillement pour voir la table entière se mettre à bâiller. Je croyais avoir fait une découverte, il n'en était rien. Notre existence physique s'écoule à défricher une forêt vierge qui l'a été mille et mille fois avant nous. Avec Montaigne ou Burton un livre, mais combien de découvertes non révélées, d'étonnements non communiqués, de surprises tues ? Tous ces hommes si seuls en leur silence !

78 ans, 6 mois, 14 jours   *Mercredi 24 avril 2002*

Autant me l'avouer tout de suite, après certains repas trop copieux le pet toussé a tendance à se muer en une véritable respiration anale. Aspiration des gaz pendant quatre ou cinq pas, expulsion pendant les quatre ou cinq suivants, avec une régularité pulmonaire. Ce collier de perles n'est pas toujours aussi silencieux que le souhaiteraient mon statut social, ma distinction naturelle et ma dignité d'ancêtre. Une toux brève ne suffisant plus à le couvrir, me voilà contraint, si je suis accompagné, à lâcher de longues phrases dont l'enthousiasme a pour mission de dissimuler ce morne contrepoint.

78 ans, 11 mois, 29 jours   *Mercredi 9 octobre 2002*

Grégoire, qui s'était invité à mon anniversaire, me téléphone qu'une varicelle, attrapée à l'hôpital, le cloue au lit. La varicelle, à vingt-cinq ans, tu te rends compte, grand-père ? Toi qui répètes depuis toujours que je suis en avance pour mon âge ! Tu me verrais, je ressemble à une passoire ! Une passoire surdouée, d'accord, mais une passoire. Sa voix n'est pas atteinte, un peu voilée peut-être, et pour la première fois je me demande si mon affection pour ce garçon ne tient pas à la musicalité si rassurante de sa voix ! Avant la mue déjà, tout enfant, Grégoire avait la voix la plus apaisante qui soit. L'avons-nous d'ailleurs jamais vu en colère ?

Mon cœur, mon cœur fidèle. Moins costaud qu'avant, certes, mais ô combien fidèle ! La nuit dernière, je me suis livré à un exercice enfantin : calculer le nombre de fois où mon cœur a battu depuis ma naissance. Soit une moyenne de soixante-douze battements par minute que multiplient soixante minutes par heure, que multiplient vingt-quatre heures par jour, que multiplient trois cent soixante-cinq jours par an, que multiplient soixante-dix-neuf années. Plus fichu, évidemment, de calculer ça mentalement. Calculette, donc. Près de trois milliards de battements ! Sans tenir compte des années bissextiles ni des accélérations de l'émotion ! J'ai posé la main sur ma poitrine et j'ai senti mon cœur battre, paisible, régulier, les coups qui me restent. Bon anniversaire, mon cœur !

Notre Grégoire est mort. Le surlendemain de son dernier appel il était dans le coma. Frédéric a d'abord pensé qu'il s'agissait d'une encéphalite varicelleuse, dont on peut éventuellement se remettre, mais non, c'était une saloperie bien pire, un syndrome de Reye. Il s'est greffé sur la varicelle et a provoqué une insuffisance hépatique foudroyante. D'après Frédéric, ce syndrome a probablement été déclenché par une prise d'aspirine, il en a trouvé dans la poche de Grégoire. Grégoire a dû vouloir lutter contre sa fièvre en prenant de l'aspirine dont il ignorait cet effet secondaire rarissime. Quand Frédéric l'a fait admettre en réanimation, il n'y avait déjà plus rien à faire. Mona et moi sommes venus le plus vite possible. D'abord, nous ne l'avons pas reconnu. Malgré la présence de Sylvie et de Frédéric un fol espoir m'a, une seconde, fait croire à une erreur. Ce corps de cire jaune, criblé de pustules du haut du front jusqu'à l'extrémité des doigts, ne pouvait être celui de mon petit-fils. J'ai pensé à un de ces films où l'égyptologue frappé de malédiction est momifié devant la sépulture qu'il vient de profaner. Mais non c'était bien Grégoire, sur ce lit d'hôpital, c'était mon Grégoire. En plissant les yeux, j'ai opéré une mise au point qui a gommé le réalisme atroce des pustules et j'ai retrouvé mon Grégoire, dont le corps a toujours exprimé je ne sais quelle grâce ludique, et même à présent, allongé dans ce brouillard jaune. Quand Grégoire joue au tennis, il joue d'abord à jouer, il mime les champions qu'on voit à l'écran, et pendant que son adversaire s'amuse à les reconnaître, Grégoire marque des points, gagne des matchs. L'adversaire finalement exaspéré réclame un peu de sérieux, quoi, merde, ou quitte le terrain en jetant sa raquette, comme le fils W., il y a trois ans. C'est ainsi – il pouvait avoir dix ou douze ans – que je lui ai appris à jouer, car c'était ainsi, lui ai-je dit, que dans ma jeunesse je pratiquais le tennis, ce jeu raffiné devenu, télévision oblige, un duel de brutes démonstratives. Je ne voulais pas que Grégoire cède au grotesque de la gestuelle sportive. Dieu que j'ai aimé cet enfant ! Et comme ma plume cherche vainement à éluder sa mort. Quelle injustice nous fait à ce point préférer un être à tant d'autres ? Jouissait-il vraiment, Grégoire, de toutes les qualités que lui prêtait mon amour ? Deux ou trois défauts tout de même, en cherchant bien, non ?

Autour de quelle manie détestable se serait-il racorni, s'il avait atteint mon âge ? Il faut bien que les meilleurs pourrissent ! Si j'écris n'importe quoi, c'est pour combler le silence où m'abandonne le deuil mutique de Mona. À quoi pense-t-elle, Mona, soudain saisie d'une frénésie ménagère ? Songe-t-elle comme moi que Grégoire serait vivant si Bruno avait accepté de nous l'envoyer, l'été de la varicelle ? Si Bruno avait accepté cette vaccination naturelle ? Mais il fallait être un peu joueur, pour cela, et Bruno a très tôt cessé de jouer. Les enfants étaient nus, ils ne supportaient même pas le frôlement d'une chemisette. Quand l'un d'eux se plaignait trop de ses démangeaisons, tous les autres soufflaient ensemble sur ses petits boutons à tête translucide puis les lui caressaient délicatement. C'est Lison, je crois, qui avait inventé ce jeu. Les enfants incarnaient les huit vents de Venise, mais ils n'étaient que sept, Grégoire manquait, qui aurait été le grand vent rieur de ce jeu, et serait vivant aujourd'hui ! Bruno a mis deux jours à rentrer d'Australie. Il est arrivé juste à l'heure de l'enterrement. On ne pouvait conserver le corps plus longtemps. En étreignant Bruno j'ai constaté qu'il avait forci. Du gras dans les biceps. Le décalage horaire et le chagrin lui faisaient les joues lourdes, le visage fermé. Il n'a pas salué Sylvie qui a opté contre son avis pour des funérailles religieuses. Embarras familial. Personne ne s'est beaucoup parlé. Après la cérémonie, chez Lison, les jumelles pleuraient sans un mot dans les bras l'une de l'autre, Sylvie monologuait sur des riens, combien elle avait été une mère inquiète, et comme Grégoire savait taquiner ses inquiétudes – vous souvenez-vous, père, vous aussi d'ailleurs vous vous moquiez de moi ! –, petites phrases qu'elle laissait aller dans l'affliction générale, Frédéric en retrait, terriblement présent dans sa double solitude d'homosexuel et de veuf officieux, Lison à ses côtés, par principe et par amitié, et je me suis aperçu que Frédéric et Lison avaient sensiblement le même âge, en d'autres termes que Frédéric aurait pu être le père de Grégoire, dont les camarades (tous ses camarades médecins sont venus) raillaient l'homélie du prêtre. C'est à cela aussi que servent les enterrements religieux, conforter croyants et mécréants dans leurs certitudes respectives, détourner sur le curé les flèches du chagrin, transformer tout un chacun en critique autorisé, qui s'exprime au nom du mort, juge le portrait que le curé a tracé du mort, et le mort, partie prenante de ce débat théologique, le mort qu'on estime dignement célébré ou grossièrement insulté, est un peu moins mort, c'est comme un début de résurrection. Non, pour l'ambiance, il n'y a que Dieu.

79 ans, 5 mois, 6 jours   *Dimanche 16 mars 2003*

Ce que le deuil fait subir à nos corps ! Pendant les trois mois qui ont suivi la mort de Grégoire, j'ai abandonné le mien à tous les dangers possibles. Je me suis fait casser la figure dans le métro (Mona avait tenu à rester quelque temps à Paris pour profiter un peu de Marguerite et de Fanny), boulevard Saint-Marcel j'ai failli me faire écraser par un automobiliste qui a renversé une poubelle en m'évitant. De retour à Mérac j'ai fait deux tonneaux qui m'ont précipité dans le fossé de la Jarretière, voiture fichue, arcade sourcilière ouverte, et finalement, un après-midi que je cueillais des champignons, j'ai dévissé sur les pentes du Briac jusqu'à dégringoler sur la route nationale où les voitures roulaient à toute allure dans les deux sens. Si tu veux vraiment te tuer, m'a dit Mona, préviens-moi, que nous le fassions ensemble ou que je parte en voyage. Mais il n'y avait rien de suicidaire dans ce concours de circonstances, juste une évaluation erronée du réel, comme si j'avais perdu la mesure du danger, toute appréhension, et d'ailleurs tout désir particulier, comme si ma conscience avait abandonné mon corps aux hasards de la vie. Ce que je faisais, mon corps le subissait sans y penser, étonnamment résistant d'ailleurs, invulnérable presque. Je sortais de notre immeuble et laissais mon corps traverser le boulevard sans regarder à droite ni à gauche, et cet automobiliste a freiné à mort, dérapé, fauché la poubelle, et mon corps a poursuivi son chemin sans que mon esprit s'en émeuve. Dans le métro, c'est avec un geste automatique que ma main a repoussé la main du jeune ivrogne qui importunait ma voisine, je ne m'étais pas avisé qu'il puait l'alcool et que, d'ailleurs, son attitude vis-à-vis de la jeune femme n'était pas particulièrement agressive, un attendrissement maladroit plutôt, ma main a repoussé cette main comme on chasse une mouche, sans y prêter plus d'attention, et c'est tout juste si ma tempe a senti le poing du garçon s'abattre sur elle, si mes yeux ont compris que, sous le choc, ils avaient perdu leurs lunettes, que ma voisine m'a rendues une fois mon agresseur maîtrisé, vos lunettes, monsieur, elles sont tombées. Pas plus que je ne me voyais conduire ma voiture sur la route de la Jarretière quand je me suis mis à chercher la liste des courses dans ma veste, penché sur la banquette arrière, j'avais tout bonnement oublié que je conduisais, je m'étais

347

retourné et je cherchais cette liste, dans une voiture désormais privée de chauffeur, qui a naturellement fini dans le fossé, et, durant tous ces événements, je n'ai pas le souvenir d'avoir éprouvé la moindre peur, pas même en voyant mon corps tomber sur la nationale l'après-midi des champignons, pas même en voyant mon bras cassé battre l'air indépendamment de mon coude, le bras gauche, ni surprise, ni peur, ni douleur, un état de constatation plutôt, c'est donc cela qui m'arrive, bien, bien, comme si la vie ne proposait plus le moindre sens à ma cervelle endeuillée, comme si le manque de Grégoire affectait tous les événements, les affranchissait de toute hiérarchie, leur ôtait toute signification, comme si Grégoire avait été le principe sensé de toute chose et que lui parti la vie eut littéralement perdu son sens, au point que mon corps y dérivait seul, sans le concours de mon jugement.

Venise, a proposé Mona, allons à Venise, ça nous changera les idées.

79 ans, 5 mois, 17 jours   *Jeudi 27 mars 2003*

Venise. Échappant à sa mère un petit garçon se plante devant moi et déclare, menton levé : Moi, j'ai quatre ans et demi ! Plus tard dans l'après-midi, à ce pot de l'Alliance française, une vieille bienfaitrice de l'endroit m'assène : Et vous savez, j'ai tout de même quatre-vingt-douze ans ! À partir de quand cesse-t-on d'annoncer son âge ? À partir de quand recommence-t-on à le faire ? Quant à moi, je ne dis jamais mon âge exact mais je laisse aller des formules du type « maintenant que je suis un vieux monsieur », expressions que je ne peux pas retenir et qui, sitôt lâchées – avec un sourire détaché –, me remplissent de fureur et de honte. Qu'est-ce que je cherche ? À me faire plaindre – je ne suis plus ce que j'étais ? À me faire admirer – voyez néanmoins comme je suis resté vert ? À renvoyer mon interlocuteur à son inexpérience en posant au vieux sage – de ce fait j'en sais tout de même plus long que vous ? Quoi qu'il en soit, cette plainte (car c'est une plainte, nom de Dieu !) exhale un parfum de peureuse incontinence. J'échappe à ma mère pour me planter, menton levé, devant ce solide quadragénaire : « Moi, j'ai soixante-dix-neuf ans et demi ! »

79 ans, 5 mois, 20 jours   *Dimanche 30 mars 2003*

Ces deux vieux (lui a le bras dans le plâtre) qui jouent les aveugles à Venise en courant après leurs sensations de jeunesse sont les grands-parents d'un mort qui aurait aimé ce jeu. Regardez-les, écoutez-les rire dans la ville liquide, comme il y a cinquante ans lorsqu'ils y célébraient leur jeune amour. Ils ont vieilli de mille ans.

79 ans, 5 mois, 25 jours   *Vendredi 4 avril 2003*

Acqua alta. Marée montante des larmes. Enfoncés jusqu'aux cuisses dans des bottes de sept lieues, nous avançons Mona et moi, dans la matière même de notre chagrin. Parfois, grâce à une pompe, une maison se vide de son eau, et c'est la cataracte massive d'une vache dans un pré.

79 ans, 5 mois, 29 jours   *Mardi 8 avril 2003*

Mais non, nous nous sentons bien ici, Mona et moi, nous sommes heureux, nous exploitons sans vergogne ce bonheur animal d'être ensemble qui nous a toujours consolés de tout ! Nous faisons le pèlerinage des cachettes où nous faisions l'amour dans notre jeunesse et le souvenir de Grégoire n'y prend aucune part. Sa mort est si profondément enfouie sous le visage de Mona que pas un de ses traits n'exprime le chagrin. Quant à moi, j'arpente les cales, les ponts, les places, en humant l'air comme un vieux chiot.

79 ans, 6 mois   *Jeudi 10 avril 2003*

Hélas, il faut croire nos réveils. Ma gorge obstruée me dit : Grégoire est mort. Grégoire n'est plus où je m'obstine à demeurer. Grégoire n'est pas parti, Grégoire ne nous a pas quittés, Grégoire n'est pas *décédé*, Grégoire est mort. Il n'y a pas d'autre mot.

79 ans, 6 mois, 3 jours   *Dimanche 13 avril 2003*

Pasta, risotto, polenta, soupe de zucca, minestrone, épinards, antipasti maritimes ou végétaux, jambon tranché plus fin que du papier de soie, mozzarella, gorgonzola, panna cotta, tiramisu, gelati, les Italiens mangent mou. Conséquence, je chie mou. À Venise, vieilles gens, jetez vos dentiers dans le Grand Canal, vous êtes arrivés !

79 ans, 6 mois, 8 jours   *Vendredi 18 avril 2003*

Pour exprimer la douceur sous toutes ses formes, psychologique, sentimentale, tactile, alimentaire, sonore, les Italiens disent *morbido*. On ne peut imaginer faux ami plus radical à l'état de morbidité où je me réveille chaque matin !

9

AGONIE

(2010)

Quand on a tenu sa vie durant
le journal de son corps, une agonie
ça ne se refuse pas.

Ma chère Lison,

Te voilà, cette fois, devant une interruption de sept ans. Après la mort de Grégoire l'observation de mon corps a perdu tout intérêt. J'avais le cœur ailleurs. Mes morts se sont mis à me manquer tous ensemble ! Au fond, me disais-je, je ne me suis jamais remis de la mort de papa, de la mort de Violette, de la mort de Tijo, et je ne me remettrai pas de la mort de Grégoire. Le deuil pour seule culture, j'ai développé un chagrin solitaire et colérique. Il est difficile de discerner ce que nous ôtent, en mourant, ceux que nous avons aimés. Passons sur le nid des affections, passons sur la foi des sentiments et les délices de la connivence, la mort nous prive du réciproque, c'est vrai, mais notre mémoire compense, vaille que vaille. (Je me souviens, papa murmurait parfois... Violette quand elle voulait me rassurer disait toujours... Tijo, s'il racontait une histoire... Quand nous étions pensionnaires, Étienne... Quand Grégoire riait...) Du vivant de leurs corps nos morts tissent nos souvenirs, mais ces souvenirs ne me suffisaient pas : c'était leur corps qui me manquait ! La matérialité de leur corps, cette absolue altérité, voilà ce que j'avais perdu ! Ces corps ne peuplaient plus mon

355

paysage. Mes morts étaient les meubles ôtés qui avaient fait l'harmonie de ma maison. Comme leur présence physique, tout à coup, m'a manqué ! Et comme que je me suis manqué en leur absence ! Il me manquait de les voir, de les sentir, de les entendre, ici, maintenant ! La sueur poivrée de Violette me manquait. La voix enrouée de Tijo me manquait. Le souffle presque blanc de papa et la joyeuse évidence corporelle de Grégoire me manquaient. Dans mes moments de lucidité je me demandais de quel corps je parlais. Mais de quel corps parles-tu, nom de Dieu ? Tijo était une araignée de cinq ans à la voix suraiguë avant de devenir ce camarade gouailleur, massif et noir, aux rauquements de tabac, de quel Tijo parles-tu ? Grégoire pesait un poids d'enclume dans son bain d'enfant avant la finesse des muscles et la grâce des gestes ! Pourtant, c'était bel et bien le corps de Grégoire, le corps de Tijo, le corps de Violette qui me manquaient, leur présence physique *! Le corps de papa, cette main osseuse, cette joue qui était un angle. Mes morts avaient eu un corps, ils n'en avaient plus, tout était là, et ces corps uniques me manquaient absolument. Moi qui les avais si peu touchés de leur vivant ! Moi réputé si peu caressant, si peu physique ! C'était leurs corps que je réclamais à présent !*

S'ensuivaient des accès de folie douce où je devenais leur fantôme : la main que je tendais vers le sucrier, par exemple, les deux doigts que j'y plongeais incarnaient le geste exact que faisait Grégoire quand il sucrait son café, très précisément le geste de Grégoire piochant un sucre pour son café entre son index et son majeur, il n'y mettait jamais le pouce (avais-tu remarqué ce détail ?). J'en étais réduit à ces brèves crises de possession : devenir l'espace d'un éclair Grégoire sucrant son café, Tijo riant, Violette flageolant sur les galets. Mais comme j'aurais préféré le voir, ce geste ! Et l'entendre, ce rire ! Et reculer encore le pliant de Violette ! Dieu que cette compagnie me manquait et comme j'ai compris ce mot : compagnie !

Pendant des mois je me suis laissé emporter par ces vagues de chagrin. Ta mère n'y pouvait rien, qui devait se sentir plus seule que moi. Si je ne me négligeais pas, c'était par habitude. Automatisme de la douche, du rasage et de l'habillage. Mais je n'y étais plus pour personne. Absent et de mauvais poil. Cela a fini par se voir. Tu t'es alarmée. Papa devient gâteux, sujet à des fureurs séniles ! La mort de Grégoire l'a complètement déglingué. Tu as supplié Mona de me remonter à Paris. Tu l'as fait autant pour elle que pour moi. Fanny et Marguerite se sont mis en tête de me changer les idées. Elles m'ont emmené au cinéma. Ne nous dis pas que tu t'es arrêté à Bergman, grand-père ? Il ne faut pas que tu meures idiot ! The Hours, *as-tu vu* The Hours *de Stephen Daldry ? Ne t'inquiète pas, c'est de ton âge, ça parle de Virginia Woolf ! Mona m'a conseillé de les écouter. Grand besoin de jeunesse, c'était son diagnostic. Pourquoi pas ? Je les aime bien tes jumelles, Lison. Marguerite sous ta crinière rousse et Fanny le nez si fin entre tes sourcils froncés. Les jumelles devenues femmes. Jeunes et femmes et splendides. Et vivantes ! Dans le métro, quand un garçon les draguait, elles faisaient les idiotes : On peut pas, on est avec pépé ! Hein, pépé qu'on est avec toi ? Il nous emmène au ciné ! Avec un effarant ton de crécelle et dans un ensemble parfait. Deux splendeurs de vingt-cinq ans ! Mon rôle consistait à acquiescer, d'un hoche-ment triste. Le gars descendait à la station suivante, ça ne ratait jamais. Les jumelles ont fait preuve de constance : deux ou trois films par semaine. Pourtant, j'ai dû abandonner ces séances de cinéma. Je me laissais envahir par les images. Mes morts en pâtissaient. Des comédiens me volaient mes fantômes. En sortant de* The Hours, *pour ne prendre que cet exemple, j'étais obnubilé par le corps décharné d'Ed Harris. Plus la moin-*

dre place pour celui de Grégoire. *Je ne voyais qu'Ed Harris, le torse scrofuleux, les yeux allumés et le sourire vague, dans la scène où il bascule par la fenêtre pour en finir avec l'acharnement vital. J'étais possédé par une image ! Grégoire éjecté par le premier acteur venu !* The Hours *fut mon dernier film. Les jumelles se méprirent sur mon renoncement. Je les ai entendues se disputer : Je te l'avais dit, tu es trop conne, cette histoire de pédé jauni par la maladie ça lui a rappelé Grégoire, forcément !*

Dans les mois qui suivirent j'ai traîné mes morts au jardin du Luxembourg. Je m'asseyais dans un de ces fauteuils obliques conçus pour que les vieillards ne s'en relèvent pas. Je laissais mon œil vaguer au-dessus de mon journal parmi les promeneurs qui ne m'étaient rien. Ce n'est pas de la blague l'indifférence du grand âge, tu sais ! Aux jeunes gens du Luco j'avais envie de crier : Mes enfants, je me fous complètement de vos existences si contemporaines ! Et ces mères aux landaus je m'en bats l'œil absolument ! Et le contenu de la poussette m'indiffère autant que celui de cet article qui prétend m'éclairer une fois de plus sur le devenir de l'humanité. Dont je me tape, l'humanité, à un point, si vous saviez ! Je suis l'épicentre de sa cyclonique indifférence !

J'en étais là de mon existence commémorative quand, par un après-midi de printemps (pourquoi cette précision, je me foutais des saisons comme du reste), le présent a de nouveau fait irruption dans ma vie. Et m'a rendu à moi-même ! En une seconde ! Ressuscité ! Adieu les morts. C'est ainsi que nous vivons, par disparitions et résurrections successives. Et c'est ainsi que les jumelles et toi vous remettrez de ma mort. Cet après-midi-là donc, au jardin du Luxembourg, assis dans un de ces fauteuils impossibles, mon journal ouvert par l'habitude (méfie-toi, Lison, ce geste quotidien, acheter Le Monde *pour ne pas le lire, est un des signes précurseurs de la sénilité), mon regard s'est arrimé à une promeneuse que j'ai instantanément reconnue. Brusque présence de mon passé ! Une femme de mon âge à la démarche pesante et pourtant déterminée, la tête rentrée dans les épaules, un bloc féminin, qui tenait bougrement au sol ! Le genre que rien n'arrête. Cette silhouette m'était on ne peut plus familière. Elle datait d'hier. Ne la voyant que de dos, je l'ai pourtant appelée par son nom.*

– Fanche !

Elle s'est retournée, cigarette au bec, a posé sur moi un regard sans surprise, et m'a demandé :

– Comment va ton coude, mon pétard ?

Fanche, ma frangine de guerre ! Ici, présente, inchangée malgré les siècles. Ralentie mais inchangée ! Sa voix dans sa gorge de fumeuse mais inchangée ! Le double d'elle-même mais inchangée ! Fanche à mes yeux inchangée. Reconnue à la seconde même de son apparition, malgré ma foutue mémoire. Je me suis demandé quand je l'avais vue pour la dernière fois. À l'enterrement de Manès, je crois bien. Il y a quarante-huit ans ! Et la voilà devant moi, tout soudain, absolument pareille à elle-même. Fanche ou la permanence ! Aussitôt penchée sur mon journal, elle m'a demandé ce que je lisais. Et de hurler le titre de l'article : « Une agriculture sans paysans ! *» Deux ou trois promeneurs se sont retournés. Elle avait pris feu. Elle gueulait à tue-tête. Tous ces petits agriculteurs de subsistance familiale envoyés grossir les bidonvilles du monde entier par les agro-investisseurs et qui se suicident en masse, tu te rends compte, mon pétard ! En Afrique, en Inde, en Amérique latine, dans l'Asie du Sud-Est, en Australie même ! Même en Australie ! Et avec la complicité des États, partout ! Une planète sans agriculteurs ! Elle connaissait le dossier sur le bout des doigts, me récitait les sigles de toutes ces boîtes agro-anthropophages et parmi* elles un énorme consortium français dont elle connaissait le conseil d'administration au complet. Et de gueuler le nom de ses membres, un par un, dont celui d'un sénateur qui devait l'entendre par la fenêtre ouverte de son bureau. Ça te révulse, toi aussi, mon pétard ? À la bonne heure, je te reconnais bien là ! Je t'ai lu, tu sais, et je t'ai écouté ! Et de me citer mes conférences – toutes ! –, la plupart de mes articles et de mes interviews. Je te suis depuis toujours, de loin mais de très près, si tu vois ce que je veux dire. C'est bien, ce que tu dis, tu sais ! Je suis presque toujours d'accord avec toi ! Je l'ai écoutée énumérer mes prises de position sur ceci ou sur cela, rares sursauts de ma faculté d'indignation qu'elle prenait pour une vigilance de chaque instant. Je ne savais pas que tu t'intéressais à la bioéthique aussi. Ce que tu as dit quant au droit des femmes à propos de la procréation pour autrui, ça m'a touchée ! Surprise et touchée ! Son œil brillait, elle me regardait comme si j'avais passé ma vie à traquer le déni de justice partout où il pointait son nez. J'ai eu beau lui assurer qu'elle s'exagérait mes mérites, que dans notre jeunesse déjà je n'avais été qu'un résistant par occasion, que depuis des années je ne me manifestais plus sur aucun front, que ma faculté de révolte était tout à fait émoussée, que je m'étais noyé dans le deuil, elle n'en a tenu aucun compte, elle a passé outre, exactement comme si elle ne m'entendait pas, elle a énuméré un certain nombre de scandales qu'il était de notre devoir de dénoncer de toute urgence. Pas au nom du bon vieux temps, mon pétard, mais comme au bon vieux temps, celui du CNR, quand nous élevions au niveau d'une valeur constitutionnelle le droit de chacun à subvenir aux besoins de sa famille ! Eh bien, ce droit-là, précisément ce droit-là, est aujourd'hui plus menacé que jamais ! Elle me haranguait, je l'écoutais, et je sentais que j'allais céder, son œil brillant me faisait la conscience claire ! Bref, Lison, comme tu le sais, j'ai cédé.

Je me suis levé comme un jeune homme, je me suis arraché à cette saloperie de fauteuil et je l'ai suivie. Elle venait d'ouvrir les vannes à un flot de sang neuf. Nous allons pousser ensemble quelques coups de gueule salutaires, mon gars ! Et on va nous écouter, crois-moi ! Surtout les jeunes ! Les jeunes ont besoin de griots ! Leurs parents ne les inspirent pas. Ils en appellent aux Grands Anciens. Raison de plus pour ne pas laisser la parole aux vieux cons.

Je l'ai suivie. J'ai mis mes dossiers à sa disposition, j'ai tenu ses fiches à jour, j'ai affiné ses enquêtes, j'ai porté son cartable, et pendant ces dernières années je me suis inquiété de son corps plus que du mien. En ces temps où l'hygiène de vie est l'hymne unique, où la seule bannière claquant sur nos têtes est celle du principe de précaution, Fanche fumait comme quatre, buvait comme douze, se nourrissait au lance-pierre, travaillait au point de tomber endormie la tête sur son bureau ; je lui disais atten- tion Fanche, ralentis, à ce rythme tu ne tiendras pas cent ans. Mais non, mon pétard, s'il faut finir que ce soit à toute allure, au plus fort de la pente, commencer piano piano, d'accord, bien réfléchir à nos débuts, c'est entendu, mais finir à toute pompe, sans ménager nos carcasses, le principe d'accélération, tout est là, nous ne sommes pas des projectiles à chute molle, nous som- mes des boules de conscience lancées sur la pente toujours plus raide de notre vie ! Que nos carcasses suivent ou pas, c'est leur affaire.

Nous avons donc laissé nos carcasses à elles-mêmes pour nous pencher sur la santé du monde. Tu connais la suite, ma chérie : conférences, symposiums, tribunes libres, meetings, lycées, collè- ges, avion, train, parole intarissable de vieux machins à mémoire longue et conscience vive. Moi, l'homme des dossiers (plus aucun trou de mémoire !), Fanche, la femme des débats. C'est fou ce qu'elle était à la mode ! Nos adversaires spéculaient sur l'imminence de notre fin. *Ces antiquités ne vont pas nous faire chier éternellement, tout de même ! Je vois à votre tête que vous souhaitez ma mort avant ma réponse,* répondait Fanche aux imprudents qui la défiaient en débats singuliers. Elle mettait penseurs et rieurs de son côté. Les colériques trouvaient plus coléreux qu'eux et les sanguins la jugeaient sanguinaire. Moi, je l'entraînais à ne pas crier trop fort, ça brouillait son propos. Ses coups de gueule étaient un double effet de son tempérament et de sa surdité. Il était plus facile de lutter contre la seconde. Mona et moi lui avons farci les oreilles de petits appareils idoines qui, en améliorant son audition, décuplèrent sa puissance de feu car elle saisissait désormais les chuchotements de la partie adverse et on ne pouvait plus parler dans son dos. Elle entraîna une génération dans son tourbillon. Les jumelles, qui assuraient notre soutien logistique, me reprochèrent de leur avoir caché cette grand-tante de compétition. Pendant ce temps ta Marguerite a mis au monde le petit Stefano, et Fanny – effet de la gémellité j'imagine – l'a doté du petit Louis son cousin jumeau, mes arrière-petits-fils, donc, et toi grand-mère par voie de conséquence, et Mona arrière-grand-mère ! Ceci compensant cela, quelques morts se sont ajoutés à ma liste, dont Fanche elle-même, finalement, qui a tiré sa révérence à la Pitié-Salpêtrière, voici trois semaines.

Ses dernières paroles : *Ne fais pas cette tête, mon pétard, tu sais bien qu'on finit tous dans la majorité.*

*

86 ans, 2 mois, 28 jours   *Jeudi 7 janvier 2010*

Pas ouvert ce journal depuis la mort de Grégoire. Sept ans, donc. Mon corps m'est devenu aussi indifférent qu'il me l'était dans ma petite enfance, quand l'imitation de papa me suffisait en guise d'incarnation. Ses surprises ne m'épatent plus. Les pas qui raccourcissent, les vertiges quand je me lève, le genou qui se bloque, la veine qui claque, la prostate de nouveau rabotée, la voix qui graillonne, l'opération de la cataracte, les phosphènes qui s'ajoutent aux acouphènes, le jaune d'œuf séché au coin de la lèvre, le pantalon de plus en plus pénible à enfiler, la braguette que j'oublie de fermer, les fatigues subites, la multiplication des siestes, une routine désormais. Mon corps et moi vivons la fin de notre bail en colocataires indifférents. Plus personne ne fait le ménage et c'est très bien comme ça. Pourtant, les résultats de mes dernières analyses me soufflent que le moment est venu de prendre la plume une dernière fois. Quand on a, sa vie durant, tenu le journal de son corps, une agonie ça ne se refuse pas.

86 ans, 2 mois, 29 jours   *Vendredi 8 janvier 2010*

Depuis que Frédéric me contrôle à raison d'une analyse sanguine tous les six mois, l'ouverture de l'enveloppe a beaucoup perdu en suspens. Frédéric interprète les résultats et nous constatons ensemble que mes taux de ceci et de cela demeurent dans la norme raisonnablement élevée qui est le lot de mon âge. Vous faites un vieux schnock tout à fait présentable ! Avant-hier, pourtant, un chiffre m'a mis la puce à l'oreille : Et cette baisse de globules rouges, n'est-ce pas un peu... ? Ce n'est rien, a tranché Frédéric, un petit coup de fatigue, vous vous portez comme un quadra qui aurait un peu forcé la veille. Votre amie Fanche vous a fatigué et sa mort vous a sapé le moral, c'est tout. Allez, fichez-moi le camp, je ne veux pas vous voir avant six mois, sauf si Mona m'accepte à sa table entre-temps, bien sûr.

Tels sont mes rapports avec l'amant veuf de Grégoire. Et en effet, Mona l'invite parfois à dîner. Son humour brutal ne lui déplaît pas. Comme elle lui demandait pourquoi les hétérosexuels se convertissent si nombreux à l'homosexualité quand l'inverse est assez rare, il a répondu froidement : Pourquoi continuer à vivre en enfer quand on peut accéder au paradis ?

86 ans, 5 mois, 8 jours   *Jeudi 18 mars 2010*

Épuisé. À l'heure de me mettre au lit, j'ai envisagé notre escalier comme une falaise. Pourquoi avoir niché notre chambre si haut ? Depuis quelques jours, c'est ma main droite qui me hisse jusqu'à ce sommet. À chaque marche je tire la rampe à moi en murmurant intérieurement « ho-hisse ! ». Le filet du pêcheur. Je me remonte à bord. Lourd un peu plus chaque soir. Bonne pêche. Pas de pause surtout, on me suit des yeux, en bas. Ne pas inquiéter les enfants. Ils m'ont toujours vu grimper cet escalier d'un bon pas. Le palier atteint, une fois hors de vue, je m'appuie contre le mur pour reprendre mon souffle. Le sang bat à mes tempes, dans ma poitrine, jusque sous la plante de mes pieds. Je ne suis plus qu'un cœur.

86 ans, 8 mois, 22 jours   *Vendredi 2 juillet 2010*

Apparemment, j'avais raison, il fallait prendre plus au sérieux cette baisse des globules rouges. C'est ce que je lis dans les yeux de Frédéric après interprétation de mes nouvelles analyses. Vous sentez-vous particulièrement fatigué, ces temps-ci ? Essoufflé, quand je monte notre escalier surtout. Pas surprenant, votre hémoglobine est tombée à 9,8. Vous saignez ? Pas que je sache. Ni du nez ni d'ailleurs ? Il me parle d'examens complémentaires. Cette carcasse vaut-elle vraiment qu'on l'examine ? Ne me cassez pas les pieds, faites ce que je vous dis ! Une autre prise de sang en l'occurrence. Sur place. Et qui donne les mêmes résultats. Enrichis de ce détail : pas de déficit en vitamine B12. Ah ! tant mieux, dis-je. Comment ça, tant mieux, ce n'est pas du tout une bonne nouvelle, ça indique que vous faites peut-être une anémie réfractaire ! Réfractaire à quoi ? À tout traitement, répond Frédéric, agacé. Une seconde, il a oublié le patient ; il sermonne un étudiant décevant. Comment peut-on, à mon âge, ignorer ce qu'est une anémie réfractaire ? Silence courroucé. Je le sens tourner autour d'un pot nauséabond avant de l'entendre m'annoncer : Nous allons faire un myélogramme. Qui consiste en ? Une ponction de votre moelle. Ponction de ma moelle épinière ? Une aiguille dans ma colonne vertébrale, jamais ! Il me regarde, ébahi. Qui parle de votre moelle épinière ? Personne ne touche jamais à la moelle épinière ! Qu'est-ce que vous êtes en train de vous raconter ? Qu'on va traverser votre sternum, votre médiastin, votre cœur, votre aorte, pour aller pomper votre moelle épinière ? Frédéric, c'est bien vous qui m'avez parlé de ma moelle ? Osseuse ! Pas épinière, osseuse ! Votre moelle osseuse ! Il n'en revient pas. Tant d'ignorance le suffoque. Ignorance qui, pour son âme de pédagogue (c'est un professeur exceptionnel, disait Grégoire), est synonyme d'indifférence. Vous ne savez donc rien de votre corps ? Le sujet ne vous intéresse pas ? *Terra incognita* ? On court la planète pour veiller à la santé du monde et on laisse la sienne aux toubibs ? C'est de vous qu'il s'agit, bon Dieu, pas de moi ! De votre corps à vous ! Silence. Excusez-moi, bougonne-t-il. Sans pouvoir s'empêcher d'ajouter : Vous et votre foutue distinction !

86 ans, 8 mois, 26 jours   *Mardi 6 juillet 2010*

Attente du myélogramme. C'est pour après-demain. Demandé à Frédéric la description précise de cet examen. On enfonce un trocart dans le sternum du patient et on pompe sa moelle osseuse à des fins d'analyse. Me voilà donc envisagé comme un os à moelle. J'ai demandé à voir le trocart. C'est une aiguille creuse, d'un acier ferme, longue de quelques centimètres, avec une garde pour l'empêcher de s'enfoncer trop profondément. Ça ressemble à un de ces stylets avec lesquels les courtisans de la Renaissance se zigouillaient en douce. L'opération en elle-même évoque les innombrables morts de Dracula. On se propose de m'enfoncer un pieu dans la poitrine, ni plus ni moins. Le « trocart de Mallarmé », c'est le nom exact du pieu. Quel rapport avec le poète ? Tout ce que je crois savoir de Mallarmé en matière de médecine c'est qu'il serait mort en mimant devant son toubib les symptômes du trouble qui l'avait poussé à le consulter. Mort burlesque. Comme si le vrai meurtre avait eu lieu pendant sa reconstitution.

Bien entendu, la réflexion de Frédéric sur mon indifférence aux choses du corps m'a fait sourire. Il serait amusant de lui refiler ce journal ! Encore qu'il n'ait pas tout à fait tort. Je n'ai jamais envisagé mon corps comme objet de curiosité scientifique. Je n'ai pas cherché à le décrypter dans les livres. Je ne l'ai pas flanqué sous surveillance médicale. Je lui ai laissé la liberté de me surprendre. Ce journal m'a juste mis en état d'accueillir ces surprises. De ce point de vue, oui, j'ai opté pour l'ignorance médicale. Quelle tête, d'ailleurs, feraient les médecins s'ils nous voyaient débarquer dans leur cabinet, savants de leur savoir et maîtres de leurs diagnostics ? Ils ont voulu couper Condorcet en deux pour empêcher cela, Frédéric devrait s'en souvenir !

86 ans, 8 mois, 28 jours   *Jeudi 8 juillet 2010*

Myélogramme, donc. Anesthésie locale. Après s'être plus ou moins assuré que ma carcasse tiendra le choc, on me plante ce trocart de Mallarmé dans la poitrine. Un coup de boutoir. Gare à la fracture du sternum ! Ma cage thoracique ploie mais ne rompt pas. Bien. Le médecin opérant – lui aussi ancien élève de Frédéric – m'explique obligeamment que la garde du trocart permet de ne pas traverser l'os. Je ne serai donc pas cloué à la table d'opération, tant mieux. (Les papillons d'Étienne... Sa précieuse collection de papillons... Je fronçais toujours les sourcils quand l'aiguille les transperçait. Mais ils sont morts ! disait Étienne. Je me rétractais quand même. Atavique terreur du pal et de la croix.) En avant pour l'aspiration du suc médullaire, à présent. J'y vais, dit le toubib. Remontée du piston. Un peu désagréable, m'a prévenu Frédéric, mais à quatre-vingt-six ans, a-t-il ajouté avec un enjouement suspect, on voit moins bien, on entend moins bien, on pisse moins loin, on a moins de tonicité musculaire, on est tout ralenti, *ergo* on souffre moins ; ce sont les jeunots qui morflent dans cet examen. Erreur, cette douleur a gardé toute sa jeunesse : atroce. Une douleur d'arrachement. La moelle hurle de toutes ses fibres. Elle ne veut pas quitter son os. Ça va ? demande mon bourreau. Oui, dis-je, une larme coulant sur ma joue. Alors j'y retourne.

86 ans, 8 mois, 29 jours   *Vendredi 9 juillet 2010*

Ce matin sensation de poitrine défoncée. Respiration courte. Plus mort que vif. Notre âme est dans nos os. On m'a arraché à moi-même et la douleur persiste. Resté au lit, j'écris sur un plateau. Je songe à cet euphémisme, « désagrément », dans la bouche des médecins quand ils nous parlent de la douleur. Pas de la douleur irrémédiable qui jaillit de notre corps, toujours surprenante, toujours incalculable, toujours nôtre, mais de la douleur prévisible, ordinaire, cette douleur opératoire qu'ils infligent eux-mêmes à leurs patients. Méchage, sondage, retrait des sondes, trocart de Mallarmé... Douloureux ? demande le malade. Un peu « désagréable », répond le médecin... Ils ont pourtant le loisir d'essayer sans danger ces désagréments sur eux-mêmes (ce serait la moindre des choses), mais ils ne le font jamais, car leurs maîtres ne l'ont jamais fait, ni les maîtres de leurs maîtres, personne n'a jamais inscrit le médecin à l'école de la douleur qu'il inflige. Et c'est être douillet que d'oser seulement évoquer le sujet.

Comme il fallait s'y attendre, les résultats ne sont pas fameux. L'hémoglobine a encore chuté et il s'avère que ma moelle est riche en blastes, des cellules inaptes à la production de globules, les rouges comme les blancs. Des « blastes », donc. (Tout porte un nom.) Ma moelle est riche en blastes. Invasion pétrifiante. L'usine s'arrête. Fin de production. Plus de globules. Plus de carburant. Plus d'oxygène. Plus d'énergie. Je vis désormais sur mon capital sanguin. Lequel fond à vue d'œil. Et mes forces avec lui. Ce soir j'ai calé à la mi-pente de l'escalier. Mona a décidé de faire notre lit en bas, dans la bibliothèque. C'est provisoire, dit-elle à la cantonade. Et nous échangeons un sourire définitif.

*

NOTE À LISON

Ta mère sortant de la bibliothèque : l'ondoiement de son corps entre le battant de la porte et le pan de la bibliothèque. Je peux bien l'avouer aujourd'hui, si je n'ai jamais voulu déplacer ce meuble, c'est pour jouir de ce mouvement félin. (Un félin de quatre-ving-six ans, tu te rends compte, ma fille, dans quel état d'hypnose Mona m'aura flanqué !) Je m'avise tout à coup qu'un journal intime aurait donné une tout autre image de notre couple. Nos agacements conjugaux, les supputations où me plongeaient ses silences, cette distance mystérieuse qu'elle cultivait entre elle et toi, son opacité en somme, auraient probablement dominé. Tu aurais eu droit à de lourdes tartines sur les affres de la « communication ». Ici, non. Le point de vue du corps est tout autre. J'ai aimé le sien jusqu'à la célébration. Si les décennies ont tout de même eu raison de notre sexualité, ce qui est resté de Mona en Mona n'a cessé de me ravir. Dès son apparition dans ma vie j'ai cultivé l'art de la regarder. Pas seulement de la voir, mais de la regarder. Provoquer son sourire pour son éblouissante soudaineté, la suivre dans la rue à son insu pour l'imperceptible lévitation de sa démarche, la regarder rêver quand elle s'abîmait dans certaines tâches répétitives, contempler sa main posée sur un accoudoir, la courbe de sa nuque ployée sur une lecture, la blancheur de sa peau que rosissait à peine la chaleur du bain, la griffure des premières rides au coin de ses paupières, ses rides verticales elles-mêmes, l'âge venu, comme la saisie en quelques traits du souvenir d'un chef-d'œuvre. Bref, quand j'aurai cassé ma pipe, vous pourrez élargir le passage entre la porte et la bibliothèque.

*

86 ans, 9 mois, 8 jours   *Dimanche 18 juillet 2010*

Pauvre Frédéric, il est venu ce matin (jour de sa fête !) faire à mon chevet la part insupportable de son métier : avouer le pronostic. De quelque façon qu'on s'y prenne, passé un certain âge, c'est décréter une sentence de mort. Je lui ai facilité la tâche : Alors, Frédéric, nous en avons pour combien de temps ? C'était un nous associatif, il est mon médecin, tout de même. Un an avec chimiothérapie, six mois sans. Plus ou moins. Nous avons envisagé la chimiothérapie sous l'angle des avantages et des inconvénients. Après tout, c'est un produit de consommation comme un autre. Six mois de survie, ce qui est appréciable, mais une aplasie épuisante, la perte de mes derniers cheveux (soit), d'éventuels vomissements et la garantie plus ou moins assurée que mon vieux sang aura la force de se régénérer sans blastes. Les vomissements, que Frédéric considère comme quantité négligeable, ont réglé la question. J'ai horreur de vomir. Ce retournement de soi comme une peau de lapin m'a toujours rempli de honte et de fureur. Je ne prendrai donc pas ce risque. Mona ne mérite pas que je la quitte de mauvais poil. Pas de chimio, donc. Mais il existe une autre solution : la transfusion sanguine. Elle me donnera un coup de fouet. Son bénéfice durera jusqu'à la suivante, tant qu'il y aura une suite possible. Quant à la fin, la vraie, que je choisisse la chimio ou la transfusion – c'est tout choisi –, le hasard décidera entre une hémorragie due à la chute des plaquettes, une infection quelconque, pneumonie par exemple, due à la faillite des globules blancs (*pneumonia is the old man's friend* disent les Anglais) ou la lente agonie cachectique avec son cortège d'escarres, sur un lit médicalisé qui me privera de la compagnie de Mona. Je préférerais la banalité d'un arrêt nocturne de mon cœur. Mourir dans mon sommeil, la fin rêvée pour un type qui, toute sa vie, a cultivé l'art de l'endormissement.

86 ans, 9 mois, 12 jours   *Jeudi 22 juillet 2010*

La transfusion sanguine colle bien à l'image de Dracula. Me voilà sur un lit d'hôpital, rempli goutte à goutte par le sang d'un autre. J'aurais préféré m'envoler dans la nuit, ivre d'avoir saigné à blanc trois infirmières de service, mais le vampirisme a perdu de son charme avec sa légalisation. Et puis, je n'ai plus les dents. Goutte-à-goutte, donc. Pour me faire patienter, Marguerite me propose de me planter son iPod dans les oreilles. Elle l'a préalablement gavé de Shakespeare et de Mahler. Non, non, ma petite chérie, pas de diversion, on ne m'a jamais fait de transfusion sanguine, vois-tu, je veux entendre tomber ces gouttes et guetter chaque mieux. On a une surprise pour toi, annonce Fanny, c'est maman qui va passer te prendre ! Ne dis pas que nous te l'avons dit, hein ! les surprises font surtout plaisir à ceux qui les font ! Maman ? Ah ! Lison ! Lison est rentrée de sa tournée ? Avant l'heure ? Dois-je m'attendre à la visite de Bruno, aussi ? Ça sent la fin de partie.

La transfusion se révèle lente, endormeuse. Ma résurrection ne sera pas immédiate. Elle a tout de même demandé trois jours au meilleur d'entre nous. Bêtises qui flottent en mon demi-sommeil, le cerveau jouant mollement avec lui-même. Revient ce nom de « blaste ». Je croyais qu'il désignait des ondes de choc. Mais non, *blastos*, des cellules meurtrières, des blastes… Une invasion de cafards sur les rayonnages de ma bibliothèque… Ils graissent leurs ailes au sang des livres et laissent poindre leurs antennes… Tu les vois, les blastes ?

86 ans, 9 mois, 15 jours   *Dimanche 25 juillet 2010*

Incidemment me revient la phrase de ce musicien – éphémère compagnon de Lison – qui se droguait à mort et à qui Mona avait demandé de décrire « avec précision » les effets d'un shoot à l'héroïne. Il avait réfléchi un long moment avant de répondre d'une voix douce (je n'ai jamais connu de garçon aussi radicalement dépourvu d'agressivité) : Un vrai shoot ? Ah ! On comprend tout ! C'est comme si on était bercé dans les bras du bon Dieu. Eh bien, c'est l'effet, sur moi, de cette transfusion sanguine. Un nouveau-né dans les bras du bon Dieu ! Comment décrire autrement ce retour en force de la vie dans un corps exsangue ? Une résurrection, bel et bien. Avec je ne sais quoi d'innocent, de tout neuf. Je ne m'y attendais pas plus qu'on ne s'attend à naître. Un mieux, ça ne veut rien dire un mieux, ils vous disent la transfusion vous apportera un mieux, mais je ne me sens pas *mieux*, je me sens vivre ! Vivant, lucide, confiant et sage. Dans les bras du bon Dieu. Avec une certaine envie d'en descendre, tout de même, pour grimper l'escalier et retrouver notre chambre. Ce que j'ai fait dès hier soir. Notre chambre, mon bureau, mes cahiers, noircir les pages qui précèdent, écrire mes commentaires à Lison. Parce que, bien entendu, ces jours derniers je n'avais pas la force de mettre un mot devant l'autre. Juste pris quelques notes. Résurrection ! Entendons-nous bien, je ne renais pas à mes vingt ans. Ils sont morts, et après eux les six décennies qui ont suivi. Non, je renais à moi-même aujourd'hui, en mon âge, et pourtant neuf. La guérison sans l'antichambre de la convalescence, sans le réapprentissage de la vie. Dopé, en somme. Un shoot !

86 ans, 9 mois, 16 jours   *Lundi 26 juillet 2010*

Nous sommes jusqu'au bout l'enfant de notre corps. Un enfant déconcerté.

Ce matin un rire est remonté de mon enfance pendant que je me rasais en considérant, dans le miroir, cette oreille perpendiculaire que je n'ai jamais fait recoller – et dont je parle ici pour la première fois ! Je m'en étais plaint à papa. Il m'avait demandé ce que je lui reprochais, à cette oreille. De n'être pas comme l'autre ! Et que lui trouves-tu d'extraordinaire à l'autre ? C'est cette réponse qui m'avait fait rire. Puis, papa s'était mis à disserter sur la symétrie : La nature a horreur de la symétrie, mon garçon, elle ne commet jamais cette faute de goût. Tu serais surpris par l'*inexpression* d'un visage symétrique si tu en rencontrais un ! Violette, qui écoutait notre conversation en arrangeant un bouquet sur la cheminée, était intervenue : Tu veux ressembler à une cheminée ? Cette fois, c'est papa qui avait ri. Le rire sifflant de ses dernières semaines... Il lui restait à vivre le temps que j'ai devant moi aujourd'hui.

Au restaurant où nous fêtons ma résurrection, je félicite Frédéric sur le choix du donneur : un tout premier cru, ce sang ! Il échange un coup d'œil avec Lison. Mona et moi entendons la pensée tacite qui circule entre ces deux intelligences aimantes : laissons-le jouir de cette exaltation, les effets de la transfusion se dissiperont bien assez vite.

Fanny jaillissant nue de la douche. Oh ! Pardon, s'exclame-t-elle. Mon émerveillement passé, je repense à la terreur qui s'était emparée de moi un soir de mes dix ans lorsque, rentrant dans la salle de bains pour me laver les dents, j'y avais surpris maman toute nue, sortant de la baignoire. La surprise, la frayeur peut-être, l'avait fait se tourner vers moi. Nue elle me faisait face, silhouette floue dans un nuage de vapeur. Je revois encore son corps mince aux seins lourds (qui maintenant me semble le corps d'une très jeune femme), sa peau rendue toute rose par la chaleur du bain, sa bouche ouverte, stupéfaite, ses yeux écarquillés, puis le miroir du lavabo derrière elle, terni par la buée. J'ai poussé un cri et vite refermé la porte. Je suis allé me coucher sans me brosser les dents, en proie à une terreur véritablement sacrée. Pourtant, j'ignorais tout, à l'époque, de Diane surprise au bain et d'Actéon par ses chiens dévoré. Ce soir-là maman ne s'est pas contentée de vérifier de loin si j'étais bien couché, elle est venue m'embrasser sur le front, puis elle a répété deux fois : « Mon petit bonhomme » en me passant la main dans les cheveux.

Tout de même, tout de même, songer que le squelette est le symbole de la mort quand nos os sont le principe de la vie ! Car le cerveau qui cogite, le cœur qui pompe, les poumons qui ventilent, l'estomac qui dissout, le foie et les reins qui filtrent, les testicules qui prévoient font figure d'accessoires à côté de nos os. La vie, elle, le sang, les globules, le *vivant*, sourd de la moelle de nos os !

86 ans, 9 mois, 29 jours   *Dimanche 8 août 2010*

Grosse affaire. Le jeune Fabien, sept ou huit ans, grand copain de Louis et Stefano, a pété à la messe. Pendant le silence de l'élévation qui plus est ! Les enfants en sont tout chamboulés. Je les ai surpris en plein débat, requis par la préoccupation numéro un de l'enfance : trouver une corrélation entre les causes produites par leur petit monde et leurs conséquences sur la galaxie adulte. Évidemment Fabien « n'aurait pas dû » ; cette émanation du corps là où souffle l'Esprit saint, « ça ne se fait pas ». Mais Fabien « ne l'a pas fait exprès », son père a eu tort de « le gronder devant tout le monde » et la punition qu'il lui a infligée est « dégueulasse ». Le pauvre Fabien est consigné chez lui tout ce dimanche après-midi, alors qu'il était invité à l'anniversaire de Louis. (Au demeurant, le père de Fabien est un jeune crétin qui pratique avec un enthousiasme glacial une religion aussi irraisonnée que l'est mon athéisme. Son enfant est translucide comme une scolopendre élevée en sacristie. C'est un miracle s'il pète.)

Comme ils me voyaient les écouter, Stefano et Louis m'ont demandé mon avis sur la question des pets, en qualité d'arrière-grand-père omniscient. Pas facile à donner quand on est soi-même empêtré depuis des années dans la problématique des pets toussés. J'y suis pourtant allé résolument. Je leur ai dit qu'il était dangereux pour la santé de retenir nos pets. Pourquoi ? Parce que si nous laissons notre corps se remplir de gaz, les enfants, nous nous envolons comme des montgolfières, voilà pourquoi ! On s'envole ? On s'envole et une fois en l'air, si on a le malheur de péter – et ça arrive toujours parce qu'on ne peut pas retenir ses pets indéfiniment –, on se dégonfle et on s'écrase sur les rochers, comme les dinosaures. Ah ! bon ? C'est comme ça qu'ils sont morts, les dinosaures ? Oui, on leur avait tellement dit que c'était malpoli de péter qu'ils se sont retenus, retenus, retenus, ils ont gonflé, gonflé, gonflé, et bien sûr ils ont fini par s'envoler, et quand ils ont été forcés de péter, les pauvres, ils se sont dégonflés et se sont écrasés sur les rochers, jusqu'au dernier ! (Les rochers ont beaucoup impressionné.)

86 ans, 10 mois, 6 jours   *Lundi 16 août 2010*

La marmaille est repartie la veille de ma deuxième transfusion. Au revoir grand-mère ! Au revoir grand-père ! Si ces enfants ne doutent pas de nous revoir c'est qu'ils nous connaissent depuis toujours. Enfants nous ne voyons pas les adultes vieillir ; c'est grandir qui nous intéresse, nous autres, et les adultes ne grandissent pas, ils sont confits dans leur maturité. Les vieillards non plus ne grandissent pas, eux, ils sont vieux de naissance, la nôtre. Leurs rides nous garantissent leur immortalité. Aux yeux de nos arrière-petits-enfants, Mona et moi datons de toute éternité et vivrons par conséquent à jamais. Notre mort les frappera d'autant plus. Première expérience de la fugacité.

377

La deuxième transfusion n'a pas la saveur de la première. Ses effets, tout aussi toniques, seront moins longs. Le seul fait de le savoir me gâte cette ivresse.

En regardant Lison retaper notre lit et Frédéric écrire mon ordonnance après la prise de sang, l'idée m'est venue qu'il faut devenir très vieux soi-même pour assister au vieillissement des autres. C'est un triste privilège que de voir le temps bouleverser les corps de nos enfants et de nos petits-enfants. J'ai passé ces quarante dernières années à voir les miens *changer*. Ce sexagénaire aux cheveux jaunis, aux mains tavelées, au cou décharné, qui commence à se détacher de sa peau, n'est plus le Frédéric à la nuque pleine et aux doigts souples dont Grégoire s'était épris. Et Lison n'a plus grand-chose de Fanny et Marguerite qui dévalent l'escalier en promettant de venir me « poupouner » le mois prochain, et ces deux merveilles, pour splendides qu'elles soient, ont déjà perdu la densité pneumatique qui fait bondir Louis et Stefano aux quatre coins de la maison.

Du point de vue de l'habillement, le blue-jean qu'ils portent tous, pantalon depuis longtemps universel, unisexe et intergénérationnel, est un terrible marqueur du temps qui passe. Chez l'homme, le jean a la particularité de se vider avec l'âge, et chez la femme de se remplir. Les poches arrière de l'homme faseillent sur les fesses désormais fondues, l'entrejambe se plisse, la braguette flotte, le jeune homme n'habite plus son jean fétiche, un vieux l'y a remplacé, qui déborde autour de la ceinture. La femme mûre, elle, remplit pathétiquement le sien. Ah ! cette braguette, comme une cicatrice enflée ! De mon temps, nous avions l'âge de notre costume. Culottes bouffantes des bébés, shorts et col marin de l'enfance, pantalon de golf de l'adolescence, premier costume de la première jeunesse (flanelle souple ou tweed aux épaules rembourrées), et enfin ce costume trois-pièces, uniforme de la maturité sociale dans lequel on me mettra en bière d'ici peu. La trentaine passée vous faisiez tous vieux là-dedans, disait Bruno. C'est vrai, le costume trois-pièces nous vieillissait prématurément, ou plutôt il vieillissait à notre place, quand l'homme et la femme d'aujourd'hui vieillissent dans leurs jeans.

86 ans, 10 mois, 14 jours   *Mardi 24 août 2010*

L'irréductible jeunesse, pourtant, de ceux qui ont vingt ou trente ans de moins que nous ! Et la petite enfance visible encore chez nos vieux enfants. Oh mon adorable Lison !

86 ans, 10 mois, 18 jours   *Samedi 28 août 2010*

*

NOTE À LISON

Te souviens-tu, Lison, de cette lecture qui avait horrifié Fanny et tant fait rire Marguerite ? C'était du García Márquez. Mona leur lisait Márquez, cet été-là. À l'heure de la sieste. Cent ans de solitude, *je crois, je ne m'en souviens pas vraiment. Mais cette séance de lecture, je me la rappelle très bien ! L'histoire était la suivante : à l'occasion de Noël ou de son anniversaire, une jeune femme reçoit tous les ans un cadeau de son père. Le père vit au loin pour je ne sais quelle raison mais il est très ponctuel quant à l'envoi du cadeau. Une grande caisse au contenu toujours inattendu, qui ravit les enfants. (Ce doit être Noël, plutôt, je me rappelle la joie des enfants.) Or, une année, la caisse arrive un peu avant la date dite. Même expéditeur, même destinataire, mais petite erreur de date. L'impatience précipite la famille sur la caisse : surprise, elle contient le corps du père lui-même ! Putréfié ? Momifié ? Empaillé ? Aucun souvenir, mais le corps du père, bel et bien. Fanny horrifiée, « C'est dégueulasse ! », Marguerite extatique, « C'est super ! », Mona ravie de son effet, « Vive le réalisme magique ! » et toi, comme toujours, crayonnant la scène sur un de tes carnets à dessin. Dis-moi, Lison, n'est-ce pas le même tour que je suis en train de te jouer ? Sincèrement, je ne me retournerai pas dans ma tombe si tu fiches tout ça au feu.*

86 ans, 10 mois, 29 jours   *Mercredi 8 septembre 2010*

L'infirmière qui mesure la fuite de mes globules peste contre mes veines. Trop souvent sollicitées, elles durcissent ou se dissimulent. Ma piqueuse en cherche d'autres, sur le dos de ma main, à la naissance de ma cheville. Hématomes, égratignures, croûtes… Parce que vous vous grattez, en plus ! Regardez-moi ça ! Et si vous m'injectiez une petite pinte d'héroïne, dis-je à Frédéric pour le taquiner, ma réputation est fichue de toute façon, regardez mes bras ! Et puis, c'est facile pour vous, il suffit de crocheter la pharmacie de votre hôpital ! Le pauvre se fâche une fois de plus, il proteste qu'il n'est pas un dealer et m'accuse de confondre héroïne et morphine : « Avec votre indifférence habituelle ! L'héroïne, la morphine, ce n'est pas du tout la même chose ! Vous êtes vraiment... » Il me regarde en hochant la tête et brusquement fond en larmes. Allons bon. Sanglots. Il quitte la pièce. Cette fatigue des médecins devant la mort... Moi aussi j'aurais vécu en colère si j'avais vu mes patients mourir. Y compris ceux qui guérissent. Finalement, mourir. Du mieux et des morts... Chaque jour de votre vie. Il y a de quoi en vouloir aux mourants. Pauvre médecin ! Passer sa vie à réparer un programme conçu pour merder. D'autres écrivent *Le Désert des Tartares*. Frédéric est un chef-d'œuvre.

86 ans, 11 mois, 1 jour   *Samedi 11 septembre 2010*

En annotant ce journal pour Lison me saute aux yeux tout ce que je n'y ai pas noté. Aspirant à tout dire, j'en ai dit si peu ! À peine ai-je effleuré ce corps que je voulais décrire.

86 ans, 11 mois, 4 jours   *Mardi 14 septembre 2010*

Plus je me rapproche du terme plus il y a de choses à noter et moins j'en ai la force. Mon corps change d'heure en heure. Sa désagrégation s'accélère à mesure que ses fonctions ralentissent. Accélération et ralentissement... Je me fais l'effet d'une pièce de monnaie qui finit de tourner sur elle-même.

86 ans, 11 mois, 27 jours   *Jeudi 7 octobre 2010*

Enfin achevé les commentaires à Lison. Écrire m'épuise. Le stylo pèse énormément. Chaque lettre est une ascension, chaque mot une montagne.

87 ans, anniversaire   *Dimanche 10 octobre 2010*

L'écorché du Larousse une dernière fois dans la rainure de la glace. Dans le miroir, à côté de lui, moi, Job, sur mon fumier. Bon anniversaire.

87 ans, 17 jours   *Mercredi 27 octobre 2010*

Plus de transfusion. On ne vit pas éternellement aux crochets de l'humanité.

87 ans, 19 jours   *Vendredi 29 octobre 2010*

À présent, mon petit Dodo, il va falloir mourir. N'aie pas peur, je vais te montrer.

INDEX

Hors série Littérature

KAMO : Kamo, l'idée du siècle – Kamo et moi – Kamo, l'agence de Babel – L'évasion de Kamo. *Illustrations de Jean-Philippe Chabot.*

Dans la collection « Écoutez Lire »

KAMO L'IDÉE DU SIÈCLE. Lu par Daniel Pennac. *Illustrations de Jean-Philippe Chabot.*

KAMO L'AGENCE BABEL. Lu par Daniel Pennac. *Illustrations de Jean-Philippe Chabot.*

MERCI. Lu par Claude Piéplu. *Illustrations de Quentin Blake.*

L'ŒIL DU LOUP. Lu par Daniel Pennac. *Illustrations de Catherine Reisser.*

CHAGRIN D'ÉCOLE. Lu par Daniel Pennac.

Dans la collection « Gaffobobo »

BON BAIN LES BAMBINS. *Illustrations de Ciccolini.*

LE CROCODILE À ROULETTES. *Illustrations de Ciccolini.*

LE SERPENT ÉLECTRIQUE. *Illustrations de Ciccolini.*

Dans la collection « À voix haute » (CD audio)

BARTLEBY LE SCRIBE de Herman Melville dans la traduction de Pierre Leyris.

Aux Éditions Hoëbeke

LES GRANDES VACANCES, en collaboration avec Robert Doisneau.

LA VIE DE FAMILLE, en collaboration avec Robert Doisneau.

NEMO.

ÉCRIRE.

Aux Éditions Nathan et Pocket Jeunesse

CABOT-CABOCHE.

L'ŒIL DU LOUP (repris dans « Écoutez Lire »/Gallimard Jeunesse).

Aux Éditions Centurion Jeunesse

LE GRAND REX.

Composition Nord Compo
Achevé d'imprimer
sur Roto-Page
par l'Imprimerie Floch
à Mayenne, le 23 janvier 2012.
Dépôt légal : janvier 2012.
Numéro d'imprimeur : 81536.

ISBN 978-2-07-012485-5 / Imprimé en France.

166483